Kurobe
Benimaru
Shuna
Hakurou

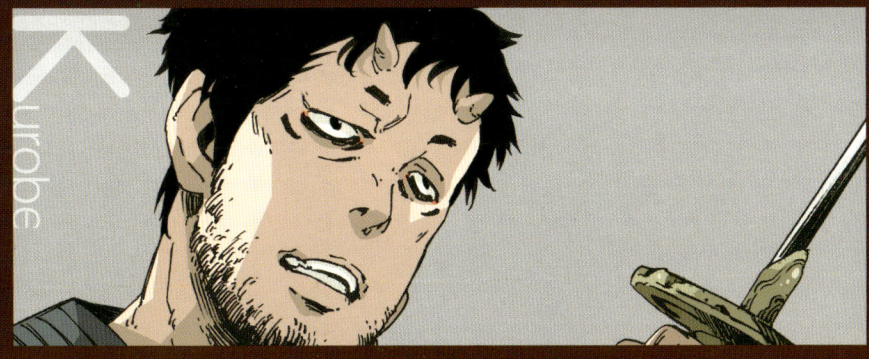

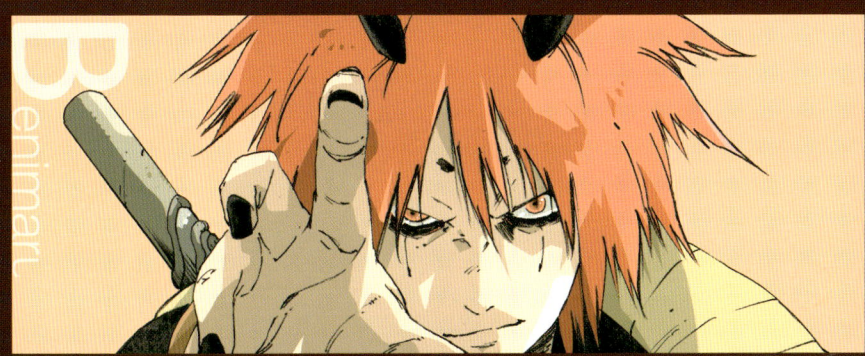

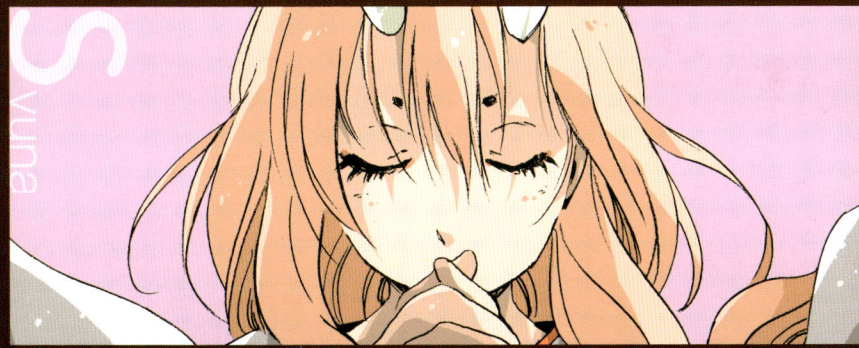

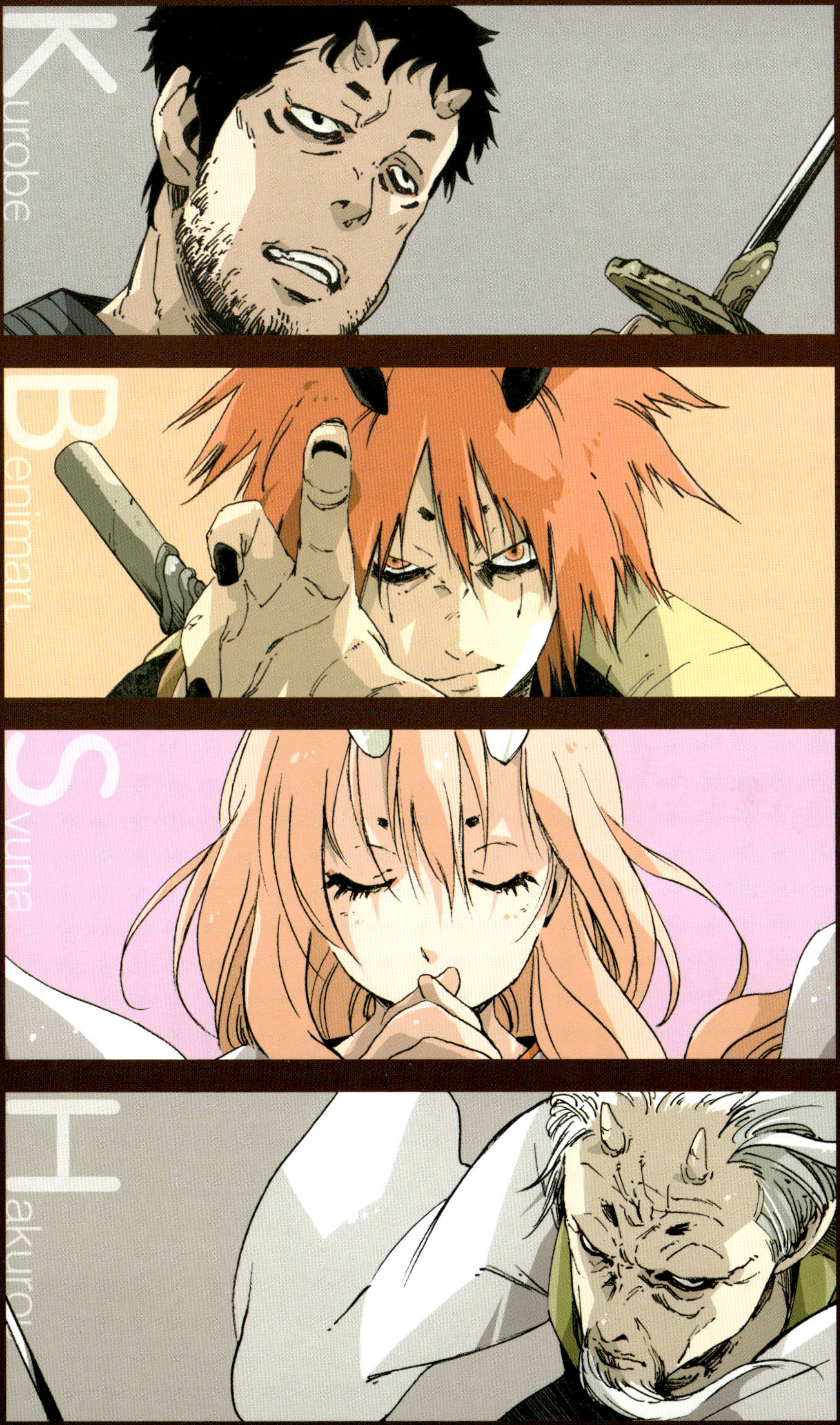

关于我变成史莱姆这档事 ②
Regarding Reincarnated to Slime

Story by Fuse,Illustration by Mitz Vah

[日] 伏濑 / 著
[日] Mitz Vah / 图
程 宏 / 译

关于我变成史莱姆这档事 ②
Regarding Reincarnated to Slime

时代出版传媒股份有限公司
安徽少年儿童出版社

我想吃东西，什么都行——

肚子好饿——

然而，他们的数量非但没有减少，反而成倍增长。同伴们发出含糊的声音，倒了下去。

所以，王自然会视那片森林为活路。

越过边界没多远就是一片富饶的森林。

这样一来，剩下的路只有一条。

他们这种下等魔物绝对不能侵犯三位魔王他们居住的地方。三面分别是三位魔王的领土，另一面是森林。

一旦越界，他们还没饿死就会被杀光。

越过那条边界就等同于正式反叛魔王。

然而，他们不能去那些地方。因为那是魔王的领土。

只要稍稍跨过边界线就能到那些富饶的国度。

发生了大饥荒，大地干枯，颗粒无收。

孤独的王心系饥饿的同伴，却无计可施，愁眉不展。

他的眼中是苦恼的王，王总是如此。

我抱着这个无法实现的愿望开始了新的一天。

把我们从这永无止境的饿鬼地狱中救出来。

谁来救救我们？

梦到凄惨的王和一无所知的孩子之后，我每晚都会做梦。

孩子怎么都吃不饱。

我没能谏诤这种行为，我有罪。

王只是想让孩子活下去快来人阻止王吧⋯⋯我在心中祈求着，但这只是奢望。

于是，王触犯了禁忌。

孩子们太瘦弱，他们已经丧失了生存的能力⋯⋯

可是第二天仍有孩子饿死。

王甚至把自己的口粮也分给幼小的孩子。

王的脸上从未出现过笑容。

事态变得更加严峻。

因为在生存本能的刺激下新生儿增加了。

著作权登记号：皖登字 12181856 号

ⓒ Fuse ⓒ Mitz Vah ⓒ MICRO MAGAZINE
All rights reserved.
Original Japanese edition published in 2014 by MICRO MAGAZINE
Translation rights in Simplified Chinese Arranged with MICRO MAGAZINE
本作品中文简体字版由风车影视文化发展株式会社授权安徽少年儿童出版社在中华人民共和国（不含台湾、香港和澳门特别行政区）独家出版发行。

图书在版编目（CIP）数据

关于我变成史莱姆这档事 2 /［日］伏濑著；［日］Mitz Vah 图；程宏译.—合肥：安徽少年儿童出版社，2019.7（2021.5重印）
ISBN 978-7-5707-0455-2

Ⅰ.①关… Ⅱ.①伏…②M…③程… Ⅲ.①长篇小说 – 日本 – 现代 Ⅳ.①I313.44

中国版本图书馆CIP数据核字（2019）第073937号

GUANYU WO BIANCHENG SHILAIMU ZHEDANGSHI 2
关于我变成史莱姆这档事 2

［日］伏濑 著
［日］Mitz Vah 图
程 宏 译

| 出 版 人：张 堃 | 责任编辑：王卫东 张万晖 | 责任校对：冯劲松 |
|---|---|---|
| 责任印制：郭 玲 | 版权运作：柳婷婷 | |

出版发行：时代出版传媒股份有限公司 http://www.press-mart.com
安徽少年儿童出版社 E-mail：ahse1984@163.com
新浪官方微博 http://weibo.com/ahsecbs
（安徽省合肥市翡翠路 1118 号出版传媒广场 邮政编码：230071）
出版部电话：（0551）63533536（办公室） 63533533（传真）
（如发现印装质量问题，影响阅读，请与本社出版部联系调换）

印 制：安徽国文彩印有限公司
开 本：635 mm×900mm 1/16 印张：21.25
版 次：2019 年 7 月第 1 版 2021 年 5 月第 3 次印刷

ISBN 978-7-5707-0455-2 定价：48.00元

版权所有，侵权必究

# 目录 —— 森林骚乱篇

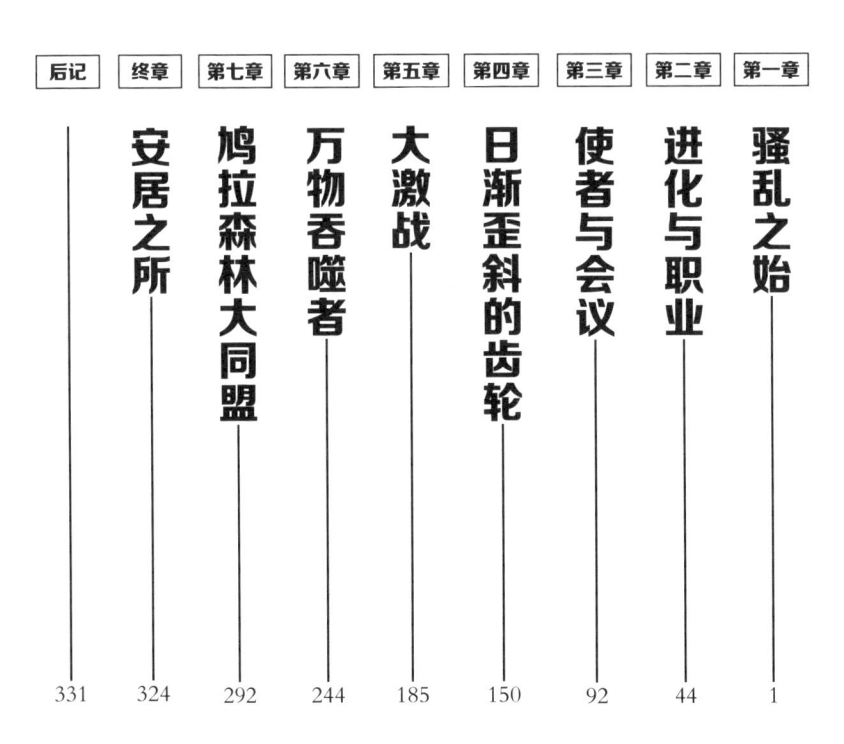

| 章节 | 标题 | 页码 |
|---|---|---|
| 第一章 | 骚乱之始 | 1 |
| 第二章 | 进化与职业 | 44 |
| 第三章 | 使者与会议 | 92 |
| 第四章 | 日渐歪斜的齿轮 | 150 |
| 第五章 | 大激战 | 185 |
| 第六章 | 万物吞噬者 | 244 |
| 第七章 | 鸠拉森林大同盟 | 292 |
| 终章 | 安居之所 | 324 |
| 后记 | | 331 |

## 第一章

## 骚乱之始

Regarding Reincarnated to Slim

暴怒的岚牙发出咆哮。黑发与青发的大鬼族如嘲笑岚牙一般跃身而起。

下一个瞬间,冲击波掠过地面留下一道深痕,扬起的沙土飞散到空中。

这是带有岚牙魔力的声震炮。这威力强劲的一击足以将子鬼族(哥布林)轰得灰飞烟灭,不过被避开就没有意义了。

但是,岚牙非常冷静。自己引以为傲的攻击被避开后,他不慌不忙地轻轻跃起。

岚牙的目的是阻止黑发与青发的连携攻击。看到这两人跃身而起回避攻击,岚牙一口气攻向其中一人——黑发的大鬼族。

选择黑发的理由很简单——岚牙看出黑发较弱。只要有一人失去战斗力,岚牙就不会遭到夹击。

岚牙的目的已经达成了一半。

不过,前提是对方只有两人。

岚牙跃起的瞬间,他的前方突然升起一道火墙。

这火墙很像巫师(Shaman)的"精灵魔法",但它不属于这一系。它是"幻觉魔法",被称为妖术。

大鬼族是高阶种族,能学会这种魔法就是最好的证据。这说明他们和人类一样拥有智慧,能学会魔法,而不只是靠蛮力和本能生存。

现在挡住岚牙去路的是幻觉魔法:幻炎之墙(Flame Wall)。

这项魔法的攻击力不算高,不过能够防住敌人的一次攻击。此

# 第一章
## 骚乱之始

外,还能把火墙放在敌人面前挡住对方的视线,从而争取时间。

事实上,岚牙也失去了目标。现在他只能暂且落地。

岚牙很讨厌这些敌人。

因为他们不与岚牙正面交锋,而是利用他的弱点进行周旋。他引以为傲的"超嗅觉"也在战斗开始时被幻觉魔法"昏睡之香(Confusion)"封住了。这魔法原本的效果是令人陷入昏睡,岚牙没有昏睡过去,现在情况还没那么糟。

但与岚牙并肩作战的同伴没能抵抗住魔法,陷入了昏睡。

成功抵抗昏睡魔法的只有警卫队长利古鲁和副队长哥布塔。

出去狩猎的部队发回紧急联络,闻讯赶来的十多名人鬼族(大型哥布林)和他们的搭档岚牙狼无一例外都陷入了昏睡。

岚牙不快地盯着火墙的另一边。

盯着打倒自己同伴的妖术师(Maya),那是一个粉发女大鬼族。

有六名敌人。

但他们是居住在鸠拉大森林的高阶种族大鬼族。

他们的战斗力绝对配得上高阶种族之名。

刚才和岚牙战斗的黑发与青发也是。

与利古鲁战斗的紫发女大鬼族也是。

与哥布塔战斗的白发老大鬼族也是。

最难缠的是粉发女大鬼族,她的魔法会为大鬼族创造有利的战机。

还有站在粉发身旁睥睨战场的红发大鬼族。

无论哪一个都是不能大意的对手。

最有力的证据就是他们与岚牙等人战斗时会互相配合,没有智慧的魔物绝不会有这样的行为。

目测他们的实力在 B 级之上。利古鲁和哥布塔应该撑不了多久。

如果主人利姆鲁大人在的话——

想到这里，岚牙发出了自嘲的讪笑——竟然想依赖主人，简直岂有此理。

之后，岚牙抱着绝不退缩的决心发出咆哮，似乎想把自身的软弱一扫而空。

●

村子恢复了和平。

大型哥布林的生活一如往常，炎之巨人（伊芙利特）的暴行似乎从未发生过。

最让人意外的是，被任命为哥布林王的利古鲁德展现出了超乎我想象的统帅能力。

在我看护静的期间，村子的建设已经重新开始了。

凯金、矮人三兄弟和四名哥布林领主干得也不错，他们各司其职，指挥村民高效地开展工作。

我的工作只是参与讨论、做出决策。

食物调配由警卫队长利古鲁兼任。

衣物制作归矮人三兄弟的老大伽卢姆。

道具制作归矮人三兄弟的老二特鲁特。

房屋建设归矮人三兄弟的老三米鲁特。

他们是各自领域的负责人。

凯金统筹生产相关的事务，哥布林领主之一的莉莉娜负责管理各类物品。

## 第一章
### 骚乱之始

生产大臣凯金、管理大臣莉莉娜——他们的分工大概是这种感觉。

利古鲁德建立了一套体系，让剩下的三名哥布林领主鲁格鲁德、雷格鲁德、罗格鲁德分别担任司法、立法、行政的负责人，协助进行统治。虽然立法什么的名头叫得很大，但其实是很简单的工作，只是整理我随口说的话而已。

魔物的习性是遵从强者，所以没有出现纠纷，看来这做法目前没有问题。

有了这样的体制，我又顺利朝建立新国家迈进了一步。

我现在得到了人类的身体，总不能一直披着毛皮。

我决定让人尽快为我做套衣服。

虽然史莱姆的身体很方便，但有缺陷。那就是装备问题。除了特殊的魔法装备之外，史莱姆无法使用其他装备。

我感觉不到冷暖，所以不会有这方面的困扰，但我担心防御问题。

史莱姆的身体很优秀，但会被尖锐的东西刺伤。谁都不知道森林里会有什么，就算被树叶、树枝划伤也不足为奇。而且还有可能中毒或感染细菌，这些事防不胜防。为了防止意外和偷袭，我也想要自己的装备。

在以前，除非我运气好能得到合适的装备，否则就只能放弃，不过我能变成人形之后就另当别论了。

而且矮人们用哥布林最近得到的魔物素材制作了各类装备。

总之先让人给我准备一套儿童服装。我抱着这个想法去找伽卢姆。

衣物类的制作工坊在一座不知何时盖好的圆木小屋中。

小屋中，伽卢姆正在指导女性制作衣物。

"你好，伽卢姆君，你能不能帮我做件衣服？"

"老爷，你在说什么？你打算怎么穿衣服？你装备不了吧？"

"呼呼呼。呼哈哈，哈——哈哈哈！你可别小看我哟。如果你以为我永远都是史莱姆，那就大错特错了。哈——！！"

"什……什么？！老爷的身体越变越大……怎么没变大？是小孩——吗？"

"喊，好像也不怎么吃惊啊……算了，虽然我也能变成成年人，但还是这样最自在。先帮我做套这个身高的衣服。"

"哦……哦。那就先量尺寸吧。喂，哈鲁娜，老爷的尺寸就交给你了。"

其中一个正在做衣服的女性哈鲁娜为我量了尺寸。

我当然是全裸，不过没什么好害羞的。毕竟我是孩子的样子，而且也没有性别。

"啊！利姆鲁大人好可爱。"

哈鲁娜红着脸边说边为我量尺寸，她好像很开心。

可爱？虽然我也觉得自己可爱，不过原来哥布林也认为这样子很可爱啊。

没想到魔物也有审美。

哥布林原本也是妖精，也许他们的审美观和人类一样吧。

量好尺寸后就没我什么事了。他们还要花几天才能做好衣服，所以我决定去确认一下之前获得的新能力（技能）。

*

要安心尝试新技能就要找个没人会去的地方。在帐篷中能做的试验很有限，所以我没有尝试威力较高的技能。

# 第一章
## 骚乱之始

我告诉利古鲁德自己要出门，并命令任何人都不能跟来，然后就出发了。

我从村子中心进入封印洞窟。

那是我遇到维鲁德拉的地方。

里面有开阔的地下空间，异常坚固且没人会来。洞窟中的魔物都畏惧维拉尔德，不会靠近那个地下空间。

到了目的地之后，我立刻开始尝试。

这次我吃了静，得到了专属技能"异变者"和高阶技能"操纵火焰"。这些技能中包含着她的感情。

然后是伊芙利特的"分身""炎化""范围结界"。我在查看自己的样子时使用过"分身"。我已经完全掌握了这项技能，应该没有问题。

从哪项技能开始呢？既然已经试过"分身"，就从伊芙利特的能力开始看吧。

先试试"炎化"。

很遗憾，在史莱姆形态下无法发动。出于某些原因拥有的能力（技能）在史莱姆形态下无法使用，这是为什么呢？

"说明。伊芙利特是魔精，即精神生命体。伊芙利特的'炎化'是将自己的身体变换为魔素（能量）并释放的能力，所以在物质形态下无法使用。"

嗯？也就是说无法在肉体形态下使用这项技能？既然这样，那用黑雾创造的魔体应该能够使用"炎化"……

赶紧试试看。

我拟态为伊芙利特，使用"炎化"。技能顺利发动了。不过拟态的核，也就是我的本体没有发生变化。

不出我所料，只有魔体才能使用这项技能。这么说来，也许拟态为其他形态也能使用这项技能？于是我拟态为成年人，并尝试使用"炎化"。接着，我的手掌、脚掌化为火焰，其他部分没有变化。

我的推测得到了证实。虽然本体部分无法发动，但临时性的魔体可以化为火焰。与伊芙利特一样，这火焰拥有接近一千两百度的高温。如果把这些火焰集中到一点，温度还能更高。光是这一点就足以让这项技能成为强力的攻击手段。

不过"炎化"这项能力如果不在结界内部使用的话，会流失过多能量，魔素没多久就会耗尽。魔素消耗难以控制，需要多加练习。

幸运的是，我同时得到了高阶技能"操纵火焰"，所以有办法解决这一问题。

魔精之所以只能在物质世界显现一小段时间，毫无疑问是因为魔素的消耗过大。

不过我拥有实体，而且又能用"操纵火焰"调节火焰。相信只要有足够的练习，我能自如地调整威力。

接下来尝试"范围结界"。

这项技能能把火焰的热量封闭在结界中，目的应该是防止热能流失。根据这个推论，这项能力是防止魔素流失为魔精的显现创造条件。

这项技能的另一个特征是它拥有物理强度。由于要将目标封闭在结界中，当然它必须足够坚固。

那是不是可以把"范围结界"当屏障来用呢？

我想到了这个用法。

## 第一章
### 骚乱之始

结界的最大范围为直径一百米的半球，地表之下没有效果。

结界可以缩小到刚好覆盖我的身体。缩小之后效果没有变化，但是消耗的魔素会减少。

我能在一定程度上自由操纵结界，可以让它像薄膜一样覆盖在身上。

顺带一提，在这个状态下使用"炎化"可以抑制魔素的流失。但是由于热量无法传到结界外部，所以好像没什么意义。

热量的流失意味着能量的消耗，这就是消耗魔素的原因吗？

"说明。'炎化'要消耗魔素产生热能以维持热量。由于要将魔素转化为热量，所以热量的流失等同于魔素的流失。"

原来如此，我对这项技能有了一点儿了解。也就是说，只要把生成的火焰封闭起来就不需要持续生成火焰，所以就不用消耗能量。估计这世界的物理法则之所以与我原来的世界不同，是因为这世界有魔素这种魔法物质。

能够完全把火焰封闭起来吗？火焰不用消耗氧气吗？如果要深究的话，会有无穷无尽的问题，所以还是就此打住吧。

总之，现在重要的不是"炎化"而是将"范围结界"作为防御手段。

我决定将最小状态的"范围结界"简称为"结界"。

它的强度到底怎样？

我有个技能正好可以用来测试。没错，就是"分身"。

此前，很多想法我都没有尝试，因为我担心会伤到自己，不过有了"分身"之后，这个问题就可以解决了。

因为"分身"的能力和本体的能力完全一样。

其实也有限制。只有我的本体才能自如地使用专属技能。

虽然在本体附近时,分身也能像本体一样自如地使用专属技能,可是一旦分身离开我的感知范围,就完全无法使用专属技能了。

只有"捕食者"还勉强可以使用,也许这可以算是史莱姆的本能吧。

我可以在一千米范围内直接操纵分身,但在这范围之外,分身就只能执行我的命令了。不过分身可以和我共享视觉,我也可以通过"思维传递"更改命令。这是一项理想的侦察能力。

不过这和这次的试验没有关系。因为我只想确认"结界"的强度,所以现在分身和本体无异。


我创造出分身,并让分身展开"结界"。

我对"结界"射出"水刃"。

气势汹汹的"水刃"飞到分身面前化为水花四散开去。"水刃"被"结界"防住了。

和我预想的一样,防御强度还不错。

我很好奇能不能在展开"结界"的同时射出"水刃",于是顺便尝试了一下。

这比我预想的要简单。我在手掌上生成一个小小的发射口,并射出"水刃",不过飞出的"水刃"外还包着"结界"。简单来说就像从一个大肥皂泡中分离出小肥皂泡。多了一层"结界"之后,"水刃"的射程和威力都有提升,这倒是出乎我的意料。

接着再尝试"毒雾吐息"和"麻痹吐息"。

结论是,受到伤害时会消耗魔素。

# 第一章
## 骚乱之始

分身在承受"麻痹吐息"时,魔素没有消耗,似乎没受到伤害。但在承受"毒雾吐息"时,魔素迅速耗尽,在"结界"消失的同时,分身也被消灭了。

反过来说,这意味着只要我给分身提供足够的魔素(能量),他就能承受住攻击。

我给予分身大量魔素,再次让分身展开结界。

这次试验中,分身成功挺过了长时间的"毒雾吐息"。

如果我自己用的话,坚持的时间会更长。从实际效果来说,"毒雾吐息"这种级别的攻击对我无效。我得到了一个很棒的防御手段。

接着,是今天最后的试验,同时使用"范围结界"和"炎化"……结果相当可怕。

真不愧是超越 A 级的能力。

结界内的炎化攻击叫作炎化爆狱阵,结界内的生物会被数千度的高温化为灰烬。在封闭空间内(Flare Circle),"炎化"的威力会变大。

空气中的氧气会被燃尽。不过也不需要等空气被燃尽,生物在呼吸的瞬间,肺部就会被点燃,用肺呼吸的生物在其中的生存机会渺茫。

我不需要进行呼吸,而且还有"热量变化抗性",所以不必担心。但对一般人而言,这是绝对的必杀技。

这么看来,我之所以能赢伊芙利特是因为属性克制实在太厉害,真是万幸。

这项技能的威力过高且使用条件严苛,需要进一步研究。

顺带一提,也许是受和伊芙利特同化的影响,静拥有"火焰攻击无效"这项耐性。这项技能可以让我在火焰攻击和超高温中毫发无损。

我的"热量变化抗性"对高低温都有耐性，但"火焰攻击无效"只能抵抗高温。不过，在面对高温时，"火焰攻击无效"提供的抵抗效果更好。估计在耐性技能中，"无效"的等级更高。我估计"热量变化抗性"也是非常强的技能，毕竟这是高阶技能。

试验的结果比我预想的要好。

在帐篷里可做不了这些试验。因为一转眼就会把周围的东西烧成灰烬。

我心满意足地回到村子。虽然我不需要睡眠，但必须要补充魔素。再说，休息是最重要的。我可不想陷入不活跃状态（睡眠模式），而且凡事过犹不及。反正我有的是时间，没必要那么匆忙。

*

翌日，我去找伽卢姆试衣服。

现在还是试样的阶段，我要的衣服还没做好。不过，哈鲁娜为我准备了量产的衣服和防具，所以我就穿上看看。

"啊！很合身呢，利姆鲁大人。"

我觉得自己就像一个更衣玩偶，但哈鲁娜她们好像很开心，我就忍一忍吧。

现有的装备中正好有我的尺寸，于是我就穿上了。

这衣服和村里那些大型哥布林的一样，但比我预想的要好穿。不愧是伽卢姆亲手缝制的。

"这衣服做得很好啊。不会影响行动，而且也很结实。"

# 第一章
## 骚乱之始

"哈哈哈，多谢夸奖。敬请期待专为老爷制作的那身。"听到我的夸奖，伽卢姆开心地说道。看来很值得期待。我给他的材料是牙狼族原头领的毛皮，所以性能肯定有保证。

我满心期待地离开了伽卢姆的工坊。我已经很久没有穿衣服了，所以就保持小孩的姿态没有变回史莱姆。

我本以为自己会被人当成可疑分子，没想到其他人看到我之后都避到一旁点头致敬。

看来就算我变成小孩，其他人也认得出我。

我正感到疑惑时，看到了正在视察的利古鲁德。

"你好啊，利古鲁德，一切顺利吗？"

"这不是利姆鲁大人吗？托利姆鲁大人的福，一切顺利。"听到我的问候，利古鲁德满脸笑容地答道。

他们果然认得出我。

"我变成这个样子，你也认得出来？"

"哈哈哈，当然认得出。我怎么可能认不出利姆鲁大人的高贵气质。"他答道。

他这次的回答不再是我散发着妖气，而是看出了我的气质。既然所有人都看得出来，那可能和我给他们起了名字有关。

算了，原因是什么无关紧要，只要我不会被误当成可疑分子就好。

既然这个疑问消除了，那就去洞窟继续昨天的试验。我叮嘱利古鲁德，除非有紧急事务否则不要来找我。

因为今天和昨天一样也要测试强力技能的效果。不想伤及无辜的最好办法就是不让人靠近。

"了解！那么，今天也不用准备食物吗？"

我盯着利古鲁德，这话提醒了我。

对啊，我怎么把这事给忘了？

我好不容易才能变为人形，可是却没吃过美味的饭菜！

"等着我，从今天起，我也和你们一起吃饭。"

"什么？！那今天得办个宴会才行。我去吩咐娜娜莉准备一顿丰盛的大餐。"

利古鲁德露出开心的笑容。虽然看上去很可怕，但他应该是在笑吧。

我也很开心。虽然我不会感到饥饿，但已经很久没吃过东西了，我非常期待。

我在村子的出口附近遇到了利古鲁和哥布塔。

"哟，今天我们要办宴会，你们要给娜娜莉弄点好吃的猎物哟。而且我也很期待这顿大餐，我们好好奢侈一番吧！"

"哦，利姆鲁大人，这是真的吗？那我就去准备特级牛鹿！"听到我的话，利古鲁开心地应道。

牛鹿？那好像是既像牛又像鹿的魔兽，不过味道好像很不错。

我非常期待。

"话说，利姆鲁大人这样子是怎么回事？"

"呼呼呼，你眼光不错嘛，哥布塔君。虽然史莱姆形态也很舒适，不过这副人类的模样也意外地不错。因为五感比史莱姆更好。最棒的是人类拥有味觉。而且用人类的模样和你们接触也更方便。"

事实上，史莱姆形态能再现除味觉之外的其他感官，但我原本就是人类，所以更青睐人形。不过一定要说的话，还是史莱姆形态

## 第一章
### 骚乱之始

更舒适。

在我想这些的时候，哥布塔似乎产生了什么误解，说出了蠢话：

"原来是这样啊！我也想和利姆鲁大人接触接触……不过我更喜欢凹凸有致的类型！"

"你个白痴！我说的是交流，不是触摸！！"

我给了这个白痴一记回旋踢。我的身体随心而动，右脚完美地踢中哥布塔的心窝。

哥布塔痛苦地倒下了。不过这应该能治治他的脑袋。

"利姆鲁大人，对不起。我会好好教育哥布塔的。"

"啊，我倒是没太在意。你别放在心上，猎物就拜托了。"

"那是自然。最近有很多魔兽从森林深处跑出来，我们收获颇丰哟。您就好好期待吧。"

"发生什么事了吗？"

"有时魔兽会因为环境变化等原因迁徙。我觉得没什么大事，但我会加强戒备的。"

我突然很在意。虽然应该没什么问题，但不怕一万只怕万一。

我决定召唤出岚牙，让他和利古鲁等人同行。只要有岚牙在，就算有情况，他们也能应付。

感受到我的召唤，岚牙从我的影子里出现了。

现在我也能召唤岚牙了。连哥布塔都会召唤了，我的自尊心可不允许自己不会，于是我暗中练习了这项技能。

"您叫我吗，利姆鲁大人？"

"嗯，岚牙。你陪利古鲁他们一起去森林。虽然可能性很低，但如果有情况的话，利古鲁他们就交给你了。"

"明白。交给我吧，利姆鲁大人。"

15

听到我的命令后，岚牙乖巧地应道，但和表情相反，他的尾巴大幅摇摆着，看上去很开心。

岚牙现在是普通的大小（即便如此也接近两米），所以现在既没有风压也没有沙尘。也许他还记得之前被我训斥的事，这次他学乖了。

"岚牙，你小心点。利古鲁也是，如果有事就立即联络。"

"哈哈哈。利姆鲁大人，您别担心，没问题的。比起这事，你还是好好期待猎物吧！"利古鲁笑着对我说道。

是啊，也许是我担心过头了。岚牙现在的实力在 $B^+$ 以上，搞不好现在已经到了 $A^-$。在鸠拉大森林里算非常强的，应该不会有事。

看来是我太期待今天的烤肉，一不留神就多想了。

"我很期待哟。我就在洞窟里，如果有事就联系我。"

我点头回应利古鲁，然后和他们告别并离开了。

我高高兴兴地来到洞窟。

今天有烤肉，我上次品尝烤肉可是上辈子的事。虽然大型哥布林的料理不值得期待，不过只是烤肉和野菜的话应该没问题吧。说不定他们的调味料只有盐，不过这也是没办法的事。

等等？我之前没有味觉，所以一直没注意到，那些家伙做的菜的味道应该没问题吧？至少他们会用盐吧？也许我应该找一点岩盐以防万一。

我使用"大贤者"的"解析鉴定"寻找含有盐分的岩石。接着用"捕食者"吞食岩石并提取出其中的盐，再把剩下的成分统统丢掉。

这项技能实在好用。

用在这里会不会大材小用了？

没事，没问题。就是应该物尽其用。

# 第一章
## 骚乱之始

那么,现在我也弄到了想要的盐……我原本的目的是测试能力。可以品尝味道让我不由得心花怒放,搞错了自己的目的。

我调整心情朝昨天的地下空间走去。

*

我今天打算试试高阶技能"火焰操纵"。

这项技能是操纵火焰的能力。

我尝试着把体温和周围的热量集中在手掌上,并把这些热量收束到指尖的一点。我还能随意操纵燃烧的火焰。

不过,仅此而已。这终究只是高阶技能,性能似乎不怎么高。

我无法用这项技能让指尖冒出火苗,也无法从手心放出火焰。

我还想过像热线炮(Blaster)一样将热量集束在手指上放射出去,不过没有成功。

静之前所引发的爆炸另当别论,那个大概是和魔法融合之后创造出的独特技能。

嗯?和魔法……融合……

我突然想到昨天的"炎化"。

我昨天拟态为成年人,让魔体部分使用"炎化"。不过,我昨天考虑了一个晚上,想到了一个办法,那就是不用魔体,而是直接将魔素"炎化"。

魔精是精神生命体,"炎化"就是将自身转化为能量波,但好像没必要事事都循规蹈矩。

比如,如果把先释放魔素再将其转变为魔体的过程变为直接让魔素"炎化"的话……

接着,再用"操纵火焰"操纵那些火焰……

关于我变成史莱姆这档事2 Regarding Reincarnated to Slime

"说明。可以用'异变者'将专属技能'捕食者'的'拟态'和'炎化'以及高阶技能'操纵火焰'统合。是否执行? YES/NO"

不出所料,我微微一笑。当然要选 YES。

我本想之后再检测专属技能"异变者",没想到它竟然有这效果。本来觉得这项技能好像有些危险,对它没什么好印象,不过也许它比我预想的要强。

"提示。统合之后,'炎化'和高阶技能'操纵火焰'及'水操纵'消失。已获得新技能'黑炎'和高阶技能'操纵分子'。且'热量变化抗性'进化为'温变无效'。受此影响,'火焰攻击无效'已消失。"

"大贤者"遵照我的命令,将能力进行统合。最终,我成功获得了新能力,这比我预想的要简单。我没想到连高阶技能"水操纵"都会消失,不过估计高阶技能"操纵分子"拥有同样的效果。

我要尽快试试新能力。

我注入魔力默念"黑炎"之后,能从身体里射出火焰。它可以跳过创造魔体的阶段,直接将魔素转化为火焰,还能通过调整魔力的强弱来调节温度。

如果我愿意的话,应该可以先抓住敌人的头,然后再放出火焰。这一招似乎非常有杀伤力。

我还可以把火焰集中在手心,并将其射出。这相当于将魔力集中到一点,并让其燃烧,然后再像"水刃"一样射出魔素。

# 第一章
## 骚乱之始

我以岩石为目标进行试射，那岩石一碰到火焰就烧了起来。

岩石化为岩浆，从这点来看，这火焰的温度比"炎化"更高，应该能达到一千五百度。啊，我多了一项了不得的攻击手段。

我可以通过增加魔力来提高这项技能的温度，也可以让火焰扩散布下爆炸网。这需要练习以备不时之需。

我现在不用想太多就能轻松操纵火焰，看来这是"操纵分子"的功劳。

我能利用魔素来操纵分子，通过分子间的摩擦来产生热量。我使用魔力来催动魔素，所以我只要提高魔力就能提高温度。

虽然"操纵分子"这项技能来得轻松，但性能似乎不低。

"大贤者"本想就这项技能为我做一大段天书般的说明，但被我打断了。反正我也听不懂，这纯粹是浪费时间，这事交给"大贤者"就好了。

更让我在意的是，我现在连空气中的分子也能操纵。

"黑炎"是让魔素变为火焰，并产生超高温。不过，既然摩擦分子能产生热量，那是不是也能产生电流呢？

对了，如果连接"黑闪电"和"操纵分子"的话……

"说明。可以将'黑闪电'与高阶技能'操纵分子'连接。是否进行连接？ YES/NO"

我猜得果然没错。我在心中默念 YES。接着，我获得了新技能"黑炎"。

本来我必须拟态为黑岚星狼才能使用"黑闪电"，但现在我可以不受限制地使用"黑炎"。而且还附送了一个效果，我能在一定程度上调节威力。

我需要借助黑岚星狼的两根角来调节"黑闪电"的威力和指定攻击位置，但"黑炎"不一样，不用借助角就能随心所欲地操纵。

我现在还能在食指和拇指间放出苍白的闪电。从让人发麻的微弱电流到把人化为灰烬的轰雷都能收放自如。和"黑炎"一样，我可以通过调整魔力的强弱、魔素的多少自由调节威力。

"操纵分子"实在太厉害了，简直是万能技能。如果只是和那几个技能并用的话还不足以称其为万能，但它和其他技能并用也有很可怕的效果。

不，可怕的是创造出"操纵分子"的专属技能"大贤者"和静遗留给我的专属技能"异变者"的统合……

这个"异变者"到底拥有怎样的能力？

"说明。专属技能'异变者'的效果是……"

根据"大贤者"的说明，"异变者"的能力主要有两项。
统合：合并不同对象，将其化为一个整体。
分离：将对象的不同性质逐一分离。（如被分离的对象没有实体，该对象可能会消亡。）

估计静之所以能变为魔人，就是因为有这项专属技能。她将魔精与人类二者彻底统合在一起。不知是伊芙利特夺取了静的身体后创造出这项技能，还是静为了抵抗伊芙利特的控制而创造出

# 第一章
## 骚乱之始

这项技能。

不管是哪种，现在都无从得知了。我唯一能确认的是这项能力比我预想的更有用，仅此而已。

我已经知道"统合"应用于技能的效果了。这意味着，我可以统合各种能力。说不定"统合"也能应用于魔法，比如让"火"和"风"合体创造出"爆风"，或者将魔法效果和武器统合，创造出只要注入魔力就能发挥魔法效果的魔法武器。

说实话，我觉得这个"异变者"和我的技能相性好得可怕。

史莱姆的身体（Body）没有排汗功能，但我感觉自己好像出了一身冷汗。

我刚才随便一试就得到了"操纵分子"和"黑炎"，而且还成功操纵了"黑炎"。

我通过捕食魔物还能获得很多别的能力，今后也要努力获得能力。

说不定，我还能让敌人的技能消失？

"说明。这因实际情况而异。但，铭刻于灵魂的能力不能消除或分离。"

看来这技能也不是无所不能。

但在某些情况下有可能吗？不用说，肯定要在理解对手能力的前提下。

不过，这项能力的本质应该不是分离，而是统合。

我计划今后要夺取各种魔物的能力，这些能力的统合结果也很值得期待。

虽然全都要归功于专属技能"大贤者",不过"捕食者"和"异变者"的相性实在是好得可怕。

啊,静遗留给我的"异变者"——虽然名字很一言难尽,但却是项非常棒的能力。

我决定今天最后要尝试的是"温变无效"。

所谓温变应该是指对火焰或寒气的耐性很高吧。"热量变化抗性"能抵抗伊芙利特的超高温,这项技能似乎是升级版的"热量变化抗性",它似乎能让大多数攻击无效。话虽如此,但如果冲进太阳里的话,我照样会被熔化。

烤肉还在等着我,所以我想尽快结束,不过防御力是性命攸关的事,我必须要有充分的了解才行。

我可不想在关键时刻掉链子,而且做出之前那种让"大贤者"吃惊的举动也不是什么有趣的事。

我和昨天一样,拿出一定的魔素创造出"分身"。

当然是史莱姆的形态。

不管怎样,我都没办法毫不犹豫地对那个与美少女无异的"分身"发动攻击。我习惯之后可以连装备一起复制,创造出穿着衣服的分身,但这不是穿不穿衣服的问题。

其实史莱姆也很可爱,发动攻击时也有点心痛,但我毫不犹豫地开始了试验。

用"结界"防御"水刃"和我昨天尝试的一样。

这次我尝试用"黑炎"进行攻击。我使用同样的魔素量发动"黑

## 第一章
骚乱之始

炎"和"结界"让二者相撞，"结界"彻底隔绝了热量并将"黑炎"弹开。不愧是连伊芙利特的超高温攻击炎化爆狱阵都能封住的技能。不仅如此，"结界"连水冰大魔枪这样的冰系攻击也能防住，看来"结界"能抵御加热和冷却两种攻击。

"说明。因'温变无效'已和'范围结界'连接，所以温度系攻击无效。"

原来如此，和我预想的一样。

静也有"火焰攻击无效"，当然伊芙利特也有这项技能。难怪她能不受那份热量的影响。看来这项技能最适合用于隔离高温。而我统合了"热量变化抗性后"，"结界"对冰系攻击也有耐性，成了完全的防御手段。

我解除连接之后再尝试用"黑炎"攻击，结果"结界"一瞬间就被破坏。但我的"分身"毫发无损。

这证明了"温变无效"既适用于身体也适用于"结界"。

"物理攻击耐性"可以在一定程度上吸收附带的冲击伤害。

只要有各种耐性和"结界"，防御方面就很让人放心了。前提是我必须记得把全部耐性和"结界"连接起来。

"提示。'范围结界'与各种耐性统合后成为'多重结界'，是否发动？ YES/NO"

看来可以把它们统合为一个拥有多重效果的"结界"。但我也可以发动拥有单一效果的结界。

23

我毫不犹豫地默念YSE。那一瞬间，我感觉到自己的身体覆上了一层无色透明的薄膜。

虽然这是集众多"结界"于一身的"多重结界"，但它的外观就像一层极薄的皮肤，连我的"魔力感知"都难以察觉。消耗的魔素量（能量）并不高。展开"结界"之后，维持的魔素消耗量可以忽略不计。因为消耗的速度还赶不上我恢复的速度。

今天也是硕果累累的一天。

我现有的能力能不能组成新的能力还有待研究，不过现在已经足够了。

增加了新的攻击、防御手段之后，我满意地离开了地下空间。

\*

洞窟通往地表的路我已经很熟了，我边走边考虑有没有办法抑制妖气。

我的身体有时会释放出微量的魔素，如妖气一般。

如果我注意一点的话倒是可以压制住妖气，但偶尔会无意识地放出妖气。而且在吃了伊芙利特之后，我的魔素量（能量）大幅增加，妖气更难隐藏了。

刚才我也遇到了蜈蚣，但它瞄了我一眼就逃了。

洞窟里的其他魔物看到我之后都慌慌张张地逃跑了。

我还想着自己终于有了威严，不过这毫无疑问是妖气导致的。

展开"多重结界"之后，我释放的妖气大幅减少，但多少仍有泄漏。说泄漏并不准确，这是"多重结界"本身释放出来的。但如果不使用"多重结界"的话，我可能会释放出更多妖气。

如果有办法解决这个问题的话，我就不用担心自己是魔物的事

# 第一章
## 骚乱之始

会暴露了……

我突然想到一件事，于是从怀里取出了某个东西。

这是一个美丽的面具——静的遗物"抗魔面具"。我用"捕食者"吃掉损坏的面具，并把它修复。

说不定这张面具可以掩盖我的妖气？

这张面具其实是魔法道具。面具带有"魔力抵抗""毒素中和""呼吸辅助""五感增强"四项附加效果。估计十分贵重。

静能在制造大量火焰、使用爆炸魔法时正常呼吸，应该要归功于这张面具。有了"呼吸辅助"，就算空气中没有氧气也不成问题。不过我不需要呼吸，所以这项效果对我来说没有意义。

如果我想的话也可以在体内重现肺，但我没必要呼吸，所以也没必要这么做。但是戴上面具之后似乎能制造出我在呼吸的假象。虽然我现在还用不上，但在遇到人类时，这面具将会很有用。

另外，"毒素中和"和"五感增强"效果也很好。这些似乎是冒险者的必备魔法，但我不需要。

我需要的应该是"魔力抵抗"。这项效果能抵抗敌方的魔法，同时也有隐藏自身魔力的效果。

我试着戴上面具。很不可思议，我的气息收敛了。

我戴着面具感觉很自然。而且，在戴上面具的同时，我散发出的妖气完全消失了。

好。从今天起，我外出时就是这副装扮。

又解决了一个问题，我很满足。

而且村里还有烤肉等着我。

我高高兴兴地朝地表走去。

……

久违的烤肉——不过我的想法似乎太天真了。

我一离开洞窟就察觉到有几人正在战斗。

空气在震颤，魔素在流动。

虽然烤肉在呼唤，但我放心不下。

我紧张地朝魔素奔涌的方向飞奔而去。

然后——

我看到那里激战正酣。

*

抵达战场后，我听到一声疾呼。

是哥布塔。

他正和一个白发老大鬼族交锋，不过对方很难缠。那个大鬼族虽然年事已高，臂力和速度似乎有所下降，但他从步法到刀法都十分娴熟，应该是个身经百战的家伙。

与之相对，哥布塔是个彻头彻尾的新手。真亏他能活到现在，这一点似乎挺值得夸奖的。

哥布塔忙于躲避攻击，动作显得很夸张，看来他勉强能应付那个大鬼族。不过在悬殊的实力差距面前他的落败只是时间问题。

白发老大鬼族抓住哥布塔露出破绽的瞬间，在他胸口留下一道长长的刀伤——就在我的眼前。

"啊——好痛！我……我要死了。我这样下去会死的！！"

哥布塔倒在地上夸张地叫着。

既然他有力气闹腾，那应该不会有事。毕竟我看得出对方没有下死手。

白发已经注意到我的到来，所以打算先剥夺哥布塔的战斗力。

## 第一章
骚乱之始

"冷静点，伤口很浅。"

"啊，这不是利姆鲁大人吗？你是因为担心我才来的吧？"

"嗯，是的。不过你好像很精神，估计用不着回复药。"

"等等，我要！对不起，我不该开玩笑的！"

他真的没事。看来他是出于野性本能主动倒下，所以伤得比较轻。

叽叽喳喳的也太烦人了，于是我给了哥布塔回复药，一颗就绰绰有余。

哥布塔在治疗时，白发老大鬼族没有行动，他好像在观察我。看来他非常谨慎。

周围躺着不少大型哥布林战士和岚牙狼。虽然他们都活着，但毫发无损地控制住这么多人可不是易事。估计是魔法吧。

我看到不远处有个紫发女大鬼族正和利古鲁战斗。

那边的战况也不容乐观。

女大鬼族挥舞着铁疙瘩般的铁制棍棒——狼牙棒，她的蛮力似乎很可怕。利古鲁手中的剑已经变形了，木盾早就被打坏了，估计受到致命伤也只是时间问题。

岚牙发现了我，跑到我身旁。

"利姆鲁大人，十分抱歉。有我还落得如此狼狈——"

我打断了岚牙的道歉。这不是岚牙的错，只是对手太强了。

他们是居住在鸠拉大森林的高阶种族——是大鬼族，是大型哥布林望尘莫及的强者。

"住手。"我冷静地对利古鲁他们命令道。

利古鲁发现是我后立刻丢下手中的剑。那个紫发女大鬼族饶有兴致地盯着我，没有追赶利古鲁。

27

她体形高大，肌肉发达，但身材匀称，由此可以判断她肯定是女性。她端庄的相貌很让人意外。

我命令岚牙把筋疲力尽的利古鲁带回来。

大鬼族没有上前阻拦，也许是在防备我。

"利……利姆鲁大人……非……非常抱……"

利古鲁遍体鳞伤，呼吸越来越弱。利古鲁的等级可能还不到B，面对那个紫发女大鬼族毫无胜算。

"你安心休息。剩下的交给我吧。"

说完，我把回复药交给利古鲁。他伤得不算重，应该很快就能恢复。

"岚牙，地上那些人怎么了？"

"他们——"

岚牙告诉我他们中了魔法。对方使用了昏睡魔法，他们没能抵抗（Resist）住魔法。还好他们只是睡过去，如果是混乱魔法就糟了。因为陷入混乱而互相攻击是最糟糕的情况。

不过，魔法……

这次来了棘手的敌人。

我冷静地观察对方。

他们有六人。

这伙人很不可思议，破坏了我对大鬼族这一种族的印象。

他们的装扮很像落魄的武士，但一个个身强力壮。我印象中的大鬼族是上身赤裸穿着虎皮围裙的家伙，和我眼前的大鬼族差别很大。

他们高大的体形倒是和我印象中的一样。他们每一个的体格都

© Mitz Vah

很健壮。不过让我意外的是，所有人都规规矩矩地穿着衣服。

虽说是魔物，但大鬼族会武装自己。换句话说，他们拥有智慧。而且他们还会用魔法，可以说这些人比有组织的人类更危险。

在实力相当的情况下，有智慧和没智慧的危险程度是天壤之别。

而且对手还是高阶种族。

尽管他们不过是B级魔物，但既有武装又会配合，就连岚牙也有可能落败。

大鬼族手中的武器也很让人在意。

既然连大型哥布林也会和矮人做交易，那大鬼族有武器也不足为奇。不过，如果武器是刀的话就另当别论了。毕竟矮人制作的武器是用于挥砍的西式剑。

与哥布塔对峙的白发老大鬼族手中的武器怎么看都是武士刀。

从那娴熟的动作来看，毫无疑问他是个剑术高手。

大鬼族的力量和人类的技术，再加上魔法，不用想都知道他们很危险。

之前使用魔法的好像是粉发女大鬼族，她一身豪华的服饰格外醒目。

细看之下，我发现她楚楚可怜的长相十分出众，凛然的举止有种文雅的气质。

她在大鬼族中十分醒目，就算称之为鬼姬也不为过。

不过更加危险的是红发大鬼族。

"这是何等邪恶的魔物？各位多加小心！"我观察大鬼族时，粉发女大鬼族叫道。

她的表情有些紧张，似乎有些害怕。

她径直盯着我，所以她口中的就是我……

# 第一章
## 骚乱之始

"喂喂，等一下。你说我是邪恶的魔物？"

"你装什么傻？普通人类可没法驱使那些邪恶的家伙。你想用外表欺骗我们，好像还抑制了妖气，但你太天真了！！你以为你骗得了我们吗？"

"你骗不过公主的眼睛，快现出原形吧！"

"幕后黑手主动走出来倒也方便。对方人数不多，我们有胜算。"

被称为公主的粉发女大鬼族彻底无视了我的话。接着黑发和白发也附和着叫道。看来他们根本不愿听我说。

我努力辩解了一会儿，想告诉他们这是误会，但徒劳无功。

不管我怎么说，他们都咬定我不是好人，完全无法沟通。

最终——

"算了。既然他不想说实话，那我们就用武力撬开他的嘴。让他说出他和那些袭击我们同胞的肥猪有什么关系！！"红发气冲冲地叫道。

我根本听不懂他们在说什么，不过这场战斗似乎无法避免。

既然他们要打，那我也只能应战了。如果只有我自己的话，倒是可以轻松逃走，但这里还有昏睡的大型哥布林和岚牙狼。

我还不至于无情到会丢下这些家伙逃走。

"利姆鲁大人，你怎么了？"岚牙问道。

虽然利古鲁和哥布塔的伤已经治好了，但这两人肯定派不上大用场。现在能应战的只有我和岚牙。

我决定让岚牙去对付会用魔法的粉发女大鬼族。

"你去对付那个粉发女大鬼族。这事好像有隐情，有必要问一问，所以你一定要留她一命。你只要阻止她施法就行，她的魔法好像很麻烦。剩下的人都交给我。"

31

"可是，利姆鲁大人独自面对五个大鬼族……"

"没问题。我不会输。"

听到我的话，那些大鬼族露出紧张的神情。不过，这没什么可在意的。

"遵命！"

岚牙按照我的命令开始疾奔。大鬼族分散开想阻碍我们的行动。而我正在努力思考要怎么对付那些大鬼族。

我确实不会输。从刚才的试验结果来看，我很强。毕竟吃了超越 A 级的伊芙利特之后，我应该也达到 A 级了。

据利古鲁德说，大鬼族的等级最多也就在 B ~ B$^+$ 之间。我眼前的这些人看起来不像一般的大鬼族，说不定是 A$^-$ 级别的强者……即便这样，他们对我的威胁也不如伊芙利特。

我要杀他们很简单，但这之间的误会让我很在意。

如果对方有明确的敌对行为的话就另当别论，但他们没有杀害我的任何一个同伴。虽然他们因为误会而不愿与我沟通，但等他们冷静下来之后应该愿意和我谈一谈。

他们散开之后，我迅速接近其中的黑发大鬼族。

我自如地控制着轻盈的身体。虽然我刚变为人形没多久，但没有任何不适。

视角的高度差也不是问题。因为有了"魔力感知"之后，我拥有了网罗全方位的视角。

发现我接近后，黑发惊愕地睁大眼睛摆好架势。

但为时已晚……

"你也退场吧！"我边说边把左手手掌伸向黑发。

接着，我的手掌上出现了一个小口，对一脸惊愕的黑发喷出

## 第一章
### 骚乱之始

雾气。

这是从蜈蚣魔物身上夺得的"麻痹吐息"。

我本以为自己无法在这时候自如运用,但我错了。

这是高难度技巧,根据需要只拟态成被我捕食的魔物的一部分。

"提示。专属技能'捕食者'的拟态与专属技能'异变者'的统合分离已成功合并,获得高阶技能'万能变化'。"

与此同时,我获得了意想不到的能力。我曾想既然专属技能"异变者"拥有统合与分离的能力,那是不是可以只重现各魔物有用的独特器官?

刚才在实战中试了一下,比我预想的要顺利。

有了这项能力之后,我就可以更顺畅地变身为各种魔物了。

不仅如此,我还可以有选择地同时集合多种魔物的任意外形特征。

我集黑狼和黑蛇特征为一体进行变身之后就成了合成兽奇美拉。似乎还能以人形态为基础进行变身。

这项能力最大的特征是可以不受限制地自由使用所有能力。

换句话说,它极大地丰富了我的攻击手段。

黑发大鬼族被雾气笼罩,全身抽搐。

接着,他全身僵硬地倒在地上,动弹不得。

不愧是 $B^+$ 蜈蚣怪的能力,相当强大。

不过,那些大鬼族也不是等闲之辈。

我打倒黑发后，两个大鬼族同时向我袭来。

紫发女大鬼族举着铁疙瘩般的狼牙棒向我逼近。青发躲在她身后准备打我个猝不及防。

两人的配合相当娴熟，不过被我"魔力感知"看得一清二楚。我练习这项技能时，维鲁德拉说过它能防止偷袭，果然没错。

紫发端庄的脸庞上那双细长清秀的眼睛怒瞪着我。我看准那个女大鬼族举起狼牙棒的瞬间，从左手指尖射出"粘钢丝"把她捆住。

"粘钢丝"韧性十足，连伊芙利特的蛮力也拿它没办法，这项技能经过"异变者"的统合，现在更强了。女大鬼族像落入蜘蛛网的蓑衣虫一样，无论多用力都无法挣脱。这便是我日常修炼的成果。

我正得意扬扬时，一把刀从我脚下的死角向我逼近。青发的直刀刺向我的心脏。

不过我并不意外。我已通过"魔力感知"识破他的意图，早有准备。我用右臂代替盾牌挡开他刺出的直刀。

随着一声金属撞上硬物的沉闷响声，青发的直刀折断了。青发吃惊地睁大眼睛。我乘势追击，直接用覆着鳞片的右手全力打出一记直拳。我发动了蜥蜴魔物的"全身装甲"，从拳头覆盖到手臂。

钢铁般坚硬的拳头轻松击破了青发的护胸。这一拳成功让青发失去了战斗力，而我的拳头没有任何痛感。

顺带一提，我只要将"物理攻击耐性"和"多重结界"连接就不会受到伤害了，通用技能"全身装甲"似乎是多余的。这只是以防万一而已，应该没问题。

好，已经成功让三个大鬼族失去战斗力。

剩下的是岚牙的对手粉发女大鬼族、不可一世的红发以及谨慎站立的年老白发大鬼族。

# 第一章
## 骚乱之始

"知道我的实力了吧？愿意和我谈谈吗？"

"闭嘴。我现在更有理由相信你就是这灾厄的根源。暗中操纵那些邪恶的肥猪毁灭我们家园的，也是你的同伴吧？否则我们不可能会输给区区猪头族(半兽人)。全部都是你们这些魔人搞的鬼吧？"

嗯？"你们这些魔人搞的鬼？"看来他们彻底误会了。

话说，他们口中的"肥猪"指的是半兽人吧？我记得利古鲁德请我帮忙的时候好像说过为了争夺森林的霸权，各族间开始出现小规模冲突……

"等等，那是误会——"

我正想向红发解释，这时背后传来的感觉让我不禁打了个寒战。

白发突然不见了。刚才那段话是为了分散我的注意力吗？

我慌忙转过头，用右手接住背后袭来的一道闪光。没想到他竟然能躲过"魔力感知"，在一瞬间绕到我的背后。但专属技能"大贤者"的"思维加速"将我的感知速度提高了千倍。白发以迅雷不及掩耳之势使出拔刀术，我勉勉强强才赶上他的动作。

然而——

我的右手有点不对劲。在"痛觉无效"作用下，我感觉不到疼痛，但我的右臂已经被斩断。

这白发，虽然是个老人，但实力非凡。他不费吹灰之力就破开了我的"多重结界"和"全身装甲"。

"唔，我也年老昏聩了……我本想斩下你的头颅……"

年老昏聩？开什么玩笑。他年迈的身体虽远不及刚才的青发和紫发，但动作极快，丝毫没有多余的动作。

他的外表很有欺骗性，是个非常危险的家伙。

我收回被斩断的手臂，暂且拉开距离。

35

"利姆鲁大人？"

"我没事，你别分心！"

岚牙慌忙准备赶过来，我叫着制止他。因为我知道释放杀意的白发十分危险，岚牙不是他的对手。

岚牙犹豫了一瞬间，接着按照命令，继续牵制粉发。看来他选择了相信我。

"下次可不会打偏了。"

白发把刀收入鞘中，再次摆出拔刀的架势。

我现在不会再轻视这个老人了。我必须尽全力打倒这个白发的敌人。

我将所有的注意力都集中在白发身上时，伴着一声"去死吧，为了同胞的仇！！"一把太刀从侧面向我砍来。有人似乎一直在等待这一刻。

"哈！没了一只手，你还能怎么样？你确实很强，但想独自对付我们还是太傲慢了，这就是你的败因。"

红发对我发起连续攻击，他这话倒是说得很对。

红发也有他独特的移动方式，他以超越我认知的速度瞬间来到我身旁。出刀没有一丝犹豫和破绽，每一刀都径直攻向我的要害。

我认定他们是个威胁，决定放弃活捉——这个想法太天真了。

高手的连携攻击非常棘手。我之前对自己出众的能力太过自信，所以大意了。其实在战斗方面，我是个外行。充其量，我只有在义务教育阶段的武道知识，毫无实战经验。

这些高手竟然拿出全力来对付我这个外行，实在没有大人的度量。不过，是我先说自己不会输，才引起了他们的警觉。这是自作自受，所以我没资格抱怨。

## 第一章
### 骚乱之始

不管是虚张声势还是用其他办法，总之，我现在必须渡过这个难关。我远远地拉开距离，边躲避边思考。

用单手对付两名高手太费力了。我用专属技能"捕食者"捕食捡回来的手臂。我之前受到伤害时，曾用专属技能"捕食者"辅助"史莱姆"的固有技能"自我再生"进行回复。但这次是部位缺损，如果能回复就好了……

"提示。专属技能'异变者'统合专属技能'捕食者'的拟态和'史莱姆'的固有技能'溶解''吸收''自我再生'后，获得了高阶技能'超速再生'。因此，'史莱姆'的固有技能'溶解''吸收''自我再生'已消失。"

"大贤者"根据我的想法创造出了新的高阶技能"超速再生"。虽然为了创造这项技能，史莱姆的固有技能消失了，但这不是问题，反正我也用不到。专属技能"捕食者"能完全取代这些技能，所以完全不受影响。

我发动高阶技能"超速再生"，心中默念让右臂再生。接着，被我吸入体内的右臂被分解，瞬间被本体吸收。

短短的一瞬间，我的右臂就再生了。这可怕的再生速度是以前的回复能力无法企及的。果然不负"超速再生"之名。

我现在不能表现出自己的意外。难得有这个机会，我要好好利用，争取唬住他们。

"呵呵呵。哈——哈哈哈哈！只是斩断我一只手就想赢过我吗？太遗憾了。但我确实小看了你们，得拿出一点真本事给你们看看。"

说完，我摘下面具放进怀里。

看到我的手臂瞬间恢复，大鬼族们非常困惑。我摘下面具后，他们浑身僵硬。我释放出被抑制的妖气，头发飘散在空中。

看到我这副模样，他们应该会产生危机感。

"该死的怪物，我要与你决一死战！化为灰烬吧，鬼王妖炎（Ogre Flame）！！"

红发的火焰攻击向我袭来，这估计是他的撒手锏。一千多度，不，搞不好能有两千度的火焰旋涡把我整个人围在中间。

然而——

"这么弱的火焰对我是没用的。"

如果是别人的话，一瞬间就会被这高温化为灰烬。不过，我有"温变无效"，所以这技能对我来说完全不痛不痒。

发现自己的撒手锏对我无效，红发终于露出惧色。但他强大的意志力压住了那份恐惧，坚定的眼神死死盯着我。看来他的内心还没崩溃。他是个不错的对手，但我并不想杀他，所以希望他能快点认输。

也许现在是最好的机会。

那些大鬼族停下动作防备着我，所以我应该借这机会露一手，击溃他们的内心。如果他们仍不愿听我说，那很遗憾，那时就只能把他们解决掉。

"看到这招之后就赶紧认输吧。"我默念着这句话，决定最后赌一把。

"看好了，我让你见识见识什么是真正的火焰。"

我边说边将"黑炎"撒在左臂上。

连我自己都觉得这表演太做作，可是要让对手害怕只能这样。

# 第一章
## 骚乱之始

"兄……兄长……那火焰……和兄长的幻妖术不一样！"

正和岚牙缠斗的粉发看到我的"黑炎"后露出恐惧的表情。

看来她非常意外。这么说来，红发使用的是将妖气化为火焰的妖术。和那种技术性的火焰不同，我的火焰是由能力生成的，也难怪她会感到意外。

那就让他们见识一下"黑炎"……

"哼哼哼哼哼，没错。不过，我还有比火焰更有趣的东西。"

说着，我的右手放出了"黑炎"。

现在要吓住他们，不管怎样必须设法让他们听我解释。

没什么可顾虑的。不过，要是魔素耗尽的话就都完蛋了。

我调整力量，用三成的魔力为"黑炎"注入魔素。

接着——

"给我看好了，这才是我真正的实力！"

我边吼边向一块合适的大岩石放出"黑炎"。

雷光闪现，轰鸣后至。

大岩石瞬间灰飞烟灭，连灰烬都没留下。这次的威力和上次差不多，甚至比上次还大。

这太厉害了吧！

这……简直就是全力攻击的威力。

我注入的魔素比之前试射时还少。

我有点搞不懂了。

我确实只用了三成魔素，如果我想的话还可以连发……

"说明。'黑炎'的能量效率比'黑闪电'更……"

我什么都没说,"大贤者"就开始解释了。据它说这是因为"黑炎"缩小了攻击范围,大幅提高攻击精准度,从而提高了威力。当然,缩小了攻击范围后使用的魔素量也大幅减少了。我使用的魔素比上次少,但威力却比上次大应该就是因为这个。

话说,这个"黑闪电"——有可能是特殊技能。"黑炎"可能也是,也许我该考虑一下这些技能是否可以轻易使用。

放出"黑炎"之后,我心有余悸。

我暗自庆幸没有直接拿自己来试这技能。面对如此强大的威力,我可不能过分相信"多重结界"。

那么,那些大鬼族会有什么反应?

"……太可怕了。太可悲了,看来我们的实力远不及你。但我也是大鬼族下任头领,我们是强大的种族,我要维护种族的尊严。没有血性,不为同胞报仇雪恨那还算什么头领?就算赢不了,我也要报一箭之仇!"

"……少主,我奉陪到底!"

看来起到了反效果。

红发和白发眼中带着悲壮的神色,表情十分坚定。估计他们已下定决心要和我战斗到底。

虽然我没打算下死手,但他们抱着必死的决心,我很难在不伤他们性命的情况下压制住他们。

估计没别的办法了……

"虽说是误会,但如果放过他们的话会留下祸根。虽然很过意不去,但要怪就怪你们自己对我们产生了误会。"

我正想着,这时那个楚楚动人的鬼姬叫道:"请等一下!"

鬼姬(粉发)站在红发面前,她张开双手高声制止自己的哥哥。

## 第一章
### 骚乱之始

"兄长，请你冷静点。你想想看，如此强大的魔人还用躲在背后让那些肥猪来袭击我们的家园吗？这太不正常了。如果你动手的话，反而会因你一人的冲动导致我们全部丧命。虽然这位很特别，但应该和袭击我们家园的人没有关系……"

"什么？不过，听你这么一说……"

红发被粉发说动了，他疑惑地看着我。

"我一开始就说过这是误会了！你们怎么就不听人说呢？"

岩石灰飞后，空地上雾气腾腾。那副惨状是对粉发的话最有力的佐证。

红发看了看粉发，再把视线转回我身上，他向我单膝跪了下来。

"非常抱歉。我们一直追杀他们，差点走投无路，所以误会了你们。请务必接受我的道歉。"

看来他终于认识到这是个误会，愿意向我道歉了。

现在误会解除了，可以暂且放心。

"算了，这里也不是说话的地方，先回村子吧。你们也来吧，我请你们吃饭。"

红发听后点了点头，粉发和白发也表示同意。

就这样，不明所以的战斗结束了。

\*

粉发似乎解除了昏睡魔法，那些大型哥布林陆续醒来。

连那么大的轰鸣声都吵不醒他们，看来魔法的催眠效果非常好。

我也解开了紫发的"粘钢丝"，并为昏迷的青发用了回复药。

我为如何解开黑发的麻痹效果头疼了一小会儿，后来发现麻痹效果也可以用专属技能"异变者"轻松分离，问题解决了。

麻痹效果本来需要使用魔法或者对应的药物解除。我这次没想太多就用了"麻痹吐息"，但今后必须先弄清处理措施再使用才行。

我暗自反省了一番。

没人受重伤，我们一起回到了村子。

正如利古鲁德在我出门前说的，今天准备了奢侈的宴会。

不愧是利古鲁德，他准备得非常周全。

虽然我没有饥饿感，但从早上开始就一直期待着宴会。

我今天也适当活动了一下筋骨，而且我已经很久没有体验到味觉了，所以越发期待这次宴会了。

我咬了一口刚烤好的肉。

好吃！！

我感动得差点流出眼泪。

我一直很担心食物的味道，但他们榨取了几种水果的果汁来当调味料。看来在进化为大型哥布林时，他们的味觉也变灵敏了。现在他们正在积极摸索如何烹调食物。

这好像是名叫牛鹿的魔兽？这种肉即便不加调料直接烤也十分美味，但加了各色果汁之后又别有一番滋味。

果汁消除肉腥味，所以非常美味。

管理食物储备的哥布林领主娜娜莉和负责料理的哈鲁娜为我做了这番说明。

她们两人不停地劝我尝尝，我鼓着脸颊享受着久违的食物。

顺带一提，我把采集到的盐给她们后，她们高兴得欢呼雀跃。看来她们认识盐，但盐太奢侈了，她们弄不到只好放弃。这也难怪，哥布林连获取食物都很困难，更别说是调味料了，估计一生都与之无缘。

## 第一章
### 骚乱之始

反正他们可以从猎物的血肉中补充盐分，而且也没有余力去考虑生存之外的事。摄取过量盐分也不是好事，这一点要提醒他们。

不过，我不清楚魔物摄取过量盐分会不会导致高血压。

另外，粉发为我们提供了意想不到的帮助。

她很了解各种药草和香草，为我们准备了可以消除肉腥味的野草。

"让我尽点微薄之力赔罪吧。"

她带头帮我们准备食材。

不愧是高阶种族，她的动作十分麻利，进化后的大型哥布林与其根本没得比。

但另一位紫发女性和其他大鬼族一样只顾埋头吃东西……

也许他们的风俗有些特别，料理交由擅长的人来做，而不是女性的天职。算了，只要好吃就行。

几乎只会烤和煮的哥布林女性不一会儿就和粉发打成了一片。她们似乎想努力学会粉发的技艺。这可是大好事。

就这样，我翘首以盼的烤肉宴会顺利开始了。宴会的盛况超出我的想象，所有人畅饮到天亮。

# 第二章 进化与职业

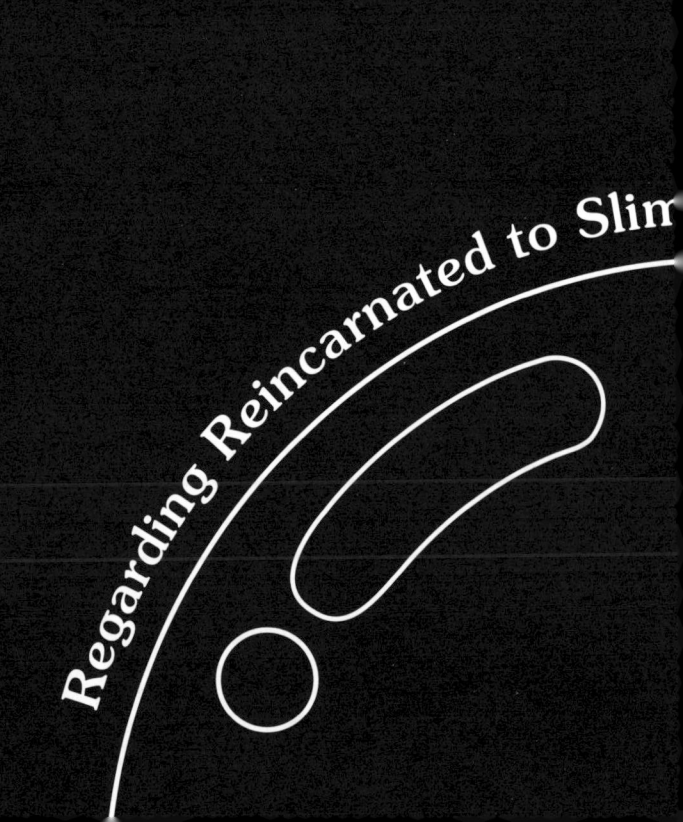

Regarding Reincarnated to Slim

## 第二章
进化与职业

遇到大鬼族的第二天，我们决定坐下来聊一聊。

地点是建在曾被烧毁的广场上的木屋。

矮人三兄弟的老三米鲁特完美地再现了我画在木板上的设计图。

我曾经是建筑公司的职员，多少有些经验，图纸我还是会画的。我用黑炭在木板上画下图纸并标明详细的尺寸，交给了米鲁特。我能做到这些是因为有能做出几乎所有动作的身体和专属技能"大贤者"。我用矮人们拿来的制图道具画出了比电脑制图还详细的图纸。

不仅是这种简单的木屋，只要肯花时间，就算是高层建筑的图纸，我也能手工画出来。

米鲁特看到图纸时，不禁感叹真是简单易懂。我告诉他我的画法比这个世界的制图方法更高效。

我原来的世界中的都市被比作水泥丛林，这边的建筑物与之相比简直就是骗小孩的玩具。

虽然矮人王国也有很多雄伟的建筑物，但在技术方面还很落后。如果以后在这里建一座超高层建筑物的话，也许会很有趣。

啊，越扯越远了。

我带着那些大鬼族走向接待室，我一路上看到的木屋的内部结构也和我要求的一样。

大鬼族们也老老实实地跟在我后面。他们一路环顾室内，似乎觉得很稀奇。不过这木屋刚刚建好，还没有任何装饰，应该没什么值得一看的。

　　接待室里有一张大桌子，桌子周围围着一圈木椅。

　　利古鲁德和四名哥布林领主，还有矮人代表凯金已经在这里等候了。包括我在内，房间里一共有十三人。

　　为什么我要叫利古鲁德他们？

　　那是因为我认为和大鬼族的谈话很重要。

　　如果鸠拉大森林有异变，那我们也没办法置身事外。

　　我独自解决重大问题太麻烦了。

　　我要将"君临天下而不亲力亲为"的方针贯彻到底。

　　哈鲁娜端了茶上来，给每人分了一杯。

　　她不失礼数地递完茶后，行了一个礼离开了接待室。虽然动作还不娴熟，但她已经掌握了礼仪，真是惊人的进步。

　　我轻轻呷了一口茶含在口中。很苦，但并不难喝。

　　我本是个不拘泥于味道的人，但重拾味觉之后，我好像变得很喜欢细细品尝味道。

　　我的舌头很享受这类似抹茶的苦味。

　　我也能感觉到热度。虽然我不受温度影响，但能感觉到热度。

　　真是有趣。

　　大鬼族似乎也很爱喝茶。

　　我决定等他们品完茶再开始聊。

　　"你们为什么会来这里？"我说出心中的疑惑后，他们说他们是为了能东山再起才逃过来的。

　　听到"东山再起"时，我感觉到了危险。看来这次谈话要很久。

　　能打败大鬼族的势力毫无疑问是个威胁。

## 第二章
进化与职业

大鬼族是强大的魔物,单人就有 B 级以上的实力。昨天的战斗也证明了这一点。

特别是这些家伙,他们的实力更甚。

森林的霸者——听说他们是这座森林中最强大的魔物……

总之先听听他们怎么说。

*

根据大鬼族的描述,事情大体是这样——

发生了战争,大鬼族输了。

事情就是这样。

我正在这座村子里和炎之巨人(伊芙利特)战斗时,大鬼族也被卷入了战争。

到底是什么人敢对森林里的高阶种族大鬼族发动战争?而且还取得了胜利……

这些情况很令人震惊。

众人的神情一下紧张起来。

"他们突袭了我们的家园。他们拥有压倒性的战斗力……那些家伙是——那伙可恶的肥猪,是猪头族(半兽人)!!"

红发怒气冲天地叫道,感觉他的血管都快爆炸了。袭击大鬼族家园的是半兽人的军队。

魔物和人类不一样,没有事先宣战的规则。所以,对方发动突袭也没什么可说的。

可是,半兽人攻击大鬼族这事很反常。

理由很简单,这两个种族的实力差距非常大。

半兽人的评级是 D 级。他们虽然比子鬼族(哥布林)强,但也敌不过有经验的冒险者。

而大鬼族的实力在 B 级之上，一般来说不用打就能分出胜负。

可是弱者却对强者发起了战争，而且还取得了胜利……

我进一步询问了细节。

大鬼族的家园比村庄大一些，由少数部族聚在一起生活。

他们有个由 B 级魔物组成的战斗组织，总数约三百人。

那个组织的战斗力足以匹敌小国的骑士团。战斗力相当于 3000 名训练有素的 B⁻ 等级的骑士。

他们是战斗狂，平时部族间会进行战斗训练，还会以外援的身份介入其他种族间的争斗。

魔王发动战争时，他们也会冲上一线，这一种族在各个时代都很活跃。我眼前这些人的体内也流淌着大鬼族之血。

他们的职业和世人所说的佣兵差不多。

这世界的大鬼族彻底颠覆了我的印象。但这事还是放到一边吧。问题在于这个战斗种族竟然被低阶种族半兽人袭击了。

所有人都露出了难以置信的表情。

据说除了这几人，其他人全被杀光了。

红发趁里长率领的战士团拖住半兽人部队时，带着妹妹也就是公主逃了出来。

我猜得没错，粉发果然是公主。

据说她是统领大鬼族部族的巫女，所以一切以她为重。

"如果我更强的话……"红发无力地悲叹道。

他们最后看到的情景是里长被一个身着黑色铠甲的半兽人所杀。

那个半兽人身形巨大，浑身散发着异样的妖气。

## 第二章 进化与职业

此外还有一人。

那人戴着一副凶神恶煞的小丑面具，毫不掩饰自己凶恶的妖气。

"那肯定是魔人，错不了。而且连兄长都无力与之抗衡，那人起码是高阶魔人。"粉发断言道，"我们之所以会误会，就是因为看到了那个人。我们以为你肯定和那家伙是一伙的……"

什……什么？我长得这么可爱，他们竟然会把我和那么邪恶的家伙混为一谈。

简直岂有此理！但我转念一想，我当时好像还戴着面具。

那个什么魔人好像也带着小丑面具，也难怪他们会误会。

我记得魔人应该是指有智慧的魔物。这么说的话，大鬼族应该也是魔人吧？既然连大鬼族都断言自己赢不了那家伙，想必那家伙相当强吧。

拥有智慧的魔物相当难缠，这一点从大鬼族身上就能看得出来。毕竟他们既能和人类一样使用魔法，又拥有武器。他们的身体素质比人类强，而且还拥有装备，人类要对付这样的敌人想必非常困难。

至于高阶魔人，其危险程度已经接近灾厄级了。估计他们起码拥有 A 级的实力，这应该错不了。森林里冒出了一个非常棘手的家伙。

顺带一提，哥布林是亚人，就算进化为人鬼族（大型哥布林）也不能称为魔人。

大鬼族继续说明情况，还有三个半兽人和那个身着黑色铠甲的半兽人实力相当。

大鬼族之乡的精锐战士全部被这四个半兽人杀了。之后，半兽人士兵如雪崩一般涌入大鬼族之乡开始屠村。

敌人多达数千。他们数不清具体人数，只是凭感觉说个大概，但即便如此,这数量也是多得可怕。

他们说所有半兽人都穿着人类那种全身钢铠,连森林都被铠甲掩埋了。如果真是这样,这件事的参与者就不仅仅是半兽人了。

半兽人也是亚人,但和哥布林一样被视作低阶魔物,他们没办法弄到那么多昂贵的装备。

而且,鸠拉大森林还居住着其他强大的魔物,不管怎么想,他们都不可能瞒过所有魔物发动侵略。

他们和某个国家(某个人类国家)联手了——这个假设似乎比较合理。

而且他们的目的也是个问题。

规模这么大的侵略,目的不可能是击溃大鬼族。他们是要称霸鸠拉大森林吗?

"不——说不定他们想加入某一位'魔王'的麾下。"凯金低声说道。

魔王?静的脸庞从我脑海中一闪而过,我想起了她的遗言。

"魔王莱昂——我要打倒的敌人。"

原来还有这种可能性啊。以我现在的实力还赢不了魔王……

一般来说,魔王不会对这座森林出手。

走出森林之后就是广阔的魔大陆。大量战争奴隶和魔力人偶(魔像)在那片肥沃的土地上进行劳作。所以,魔大陆上的魔国食物充足,魔王对人类没有兴趣。

王权几经更替之后,现在所谓的战争奴隶已经和普通居民无异了。虽然不清楚人类国家怎么看待魔国,但在鸠拉大森林的魔物眼里,魔国是个和平的国度。

所以,人类那边更有可能觊觎这片领土。

## 第二章 进化与职业

然而，有魔王出于兴趣或者无聊而发动战争也不足为奇。

鸠拉大森林的守护者"暴风龙"维鲁德拉的消失意味着那些魔王少了一个顾忌。

原来如此，这么看来，我似乎有必要好好想想如何加强这座森林的防卫。

总之，现在只能确定半兽人的军队正在侵略森林。

\*

"那我们该如何应对……"我询问众人的意见。

他们互相使了使眼色，然后利古鲁德代表其他人回答道："我认为那些半兽人的目的是控制这座森林。"

大家都在观察我的反应。

应战？逃跑？还是加入对方？

那些大鬼族也有所觉悟，我的决定可能会让他们再次与我为敌。

众人迅速紧张起来，不过我并不在意。

"能再续杯茶吗？"

我说完便有人上来续茶。

其他人也端起了茶杯，紧张的气氛有所缓和。

接下来……

"那你们今后有什么打算？"我问那些大鬼族。

"什么打算？"

"我问的是今后的行动计划。你们是暂时逃跑找机会东山再起，还是躲起来隐居？就算逃跑也要有个目的吧？"

"那还用说？我要养精蓄锐等待时机，总有一天要找他们报仇。"

"是的。一定要为头领报仇！"

"我也是！虽然我暂时没这个能力，但我决不会放过那些肥猪！"

"我们誓死跟随少主和公主！！"

大鬼族们毫不犹豫地答道。

嗯，看来他们早有觉悟。

我想起了他们与我为敌时的眼神，当时他们已经下定决心了。

他们明白自己会死……不过，我不讨厌这种想法。

而且他们气量很大，在那种走投无路的状况下也没有杀大型哥布林。

我也不愿见死不救。

"你们愿意做我的部下吗？"

"哈？你到底在说什么……"

"没什么，就是字面上的意思。既然你们在做佣兵的工作，那也可以为我工作吧？既然你们为雇主战斗，那我就雇用你们。"

"这个——"

"如果你们想变强，就接受我的提议吧。不过我的报酬只是保障你们的衣食住行而已。"

"可是这样一来，连这座村子也会被我们的复仇牵连……"

"这一点不是问题。我们所有人都只跟随利姆鲁大人一人。只要利姆鲁大人做出决定，就不会有人有异议。"

"而且，我估计我们不可能置身事外。既然他们出动了那么多半兽人，那这一带也不可能幸免。"

"是啊。我们也发现有蜥蜴人族的探子来侦查我们居住的村子。当时我不明白对方的意图，不过现在看来对方应该已经掌握了一些我们的情报。如果是这样的话，战火也有可能烧到这里。互惠互利是个好主意吧。"

利古鲁德、凯金和哥布林领主们都异口同声地表示赞同。

哼。反正单凭这些哥布林的战斗力肯定不够。如果半兽人来犯的话，哪怕能多一分战斗力也好。

"如果你们认同我，我应该能实现你们的心愿。"

"你这话什么意思？"

"很简单。如果你们成为我的部下，我就答应你们，我也会和你们一起战斗。我不会抛弃同伴。也就是说，如果你们愿意为我工作，那我也会帮你们。"

"原来如此，我们帮你们守护这座村子的同时，我们也会受到村子的保护。这提案不错。可以说这正是我们需要的。我们好像还能以这座村子为据点，集中对抗肥猪的反抗势力……"

"反正都要和那些肥猪打，就顺便帮帮你们吧。"

"契约期就到剿灭半兽人的幕后主使为止，怎么样？"

"那就这样。解决半兽人之后，你们就能恢复自由。要帮我们建国也行，要离开也行，怎么样？"

听到我的提议，红发考虑了一下。

其他大鬼族默默地等着，他们好像很信任红发。

红发慢慢闭上眼睛，然后又睁开。

"我明白了。请让我们全部加入你的麾下！"

他们接受了我的提案，选择成为我的部下协助我。

太好了！

这对我们也有益。

＊

最重要的是成功拉拢大鬼族加入。

既然他们从事佣兵的工作，那应该不会抵触成为别人的部下，看来我这个推测没错。如果要面对数千名半兽人，那我们也要有相当的人数才行。

目前还不知道半兽人军队的战斗力如何，部下自然是越多越好。虽说只是契约关系，但既然他们已经发誓效忠，那从今天起这些家伙也是我的同伴。

既然这样，就先给他们起名字，要不然会很不方便。

"好！那我给你们起名字吧。"

"哈？这到底……"

"没什么……就是名字啊，名字。没名字会很不方便吧？"

"不会啊，我们互相都能理解，没觉得不方便……"

"吼吼，确实如此，虽然人类都有名字，但魔物并不需要。"

"你们傻啊？还说什么'我们互相都能理解，没觉得不方便'，这事和你们的看法无关，我说的是我叫你们不方便，所以才要给你们起名字。"

"不，可是……"

"请等一下！起名字本来就有很大的危险，那是高阶——"

红发显得很惊慌，粉发好像还想说什么。

危险指的是那个吧？那个魔素使用过度进入睡眠状态。只要我不像之前那样一次给大量魔物起名字，应该就没事了。

"好了好了。我都说没事了！"

我无视了粉发的话，直接开始考虑名字。

我不顾在一旁困惑的大鬼族，按照惯例给他们起了名字。

我这次起名的风格有些不同。

看到大鬼族的发色，我很快就想到了名字。

红发叫"红丸"。

他像个年轻武者，很适合这种精悍的感觉。

公主叫"朱菜"。

她的头发是粉色，而且很了解野草方面的知识。我觉得这名字不错。

白发叫"白老"。

他给人感觉很像老中，就是那个江户时代总理政务的幕府中职位最高的官员，而且他看上去也很老。

青发叫"苍影"。

他躲在别人阴影中的攻击非常致命。当时如果换成别人的话就危险了。

紫发叫"紫苑"。

她扎着一束头发，有紫苑花的气质。

黑发叫"黑兵卫"。

他给人一种粗俗却又不惹人生厌的好印象。

就这样，我给他们每个人都起了名字。

这些名字不错，我很满意。仿佛得到天启一般，我一下就想到了这些名字。

我正得意时，突然强烈的虚脱感向我袭来。

咦？这感觉是——

已经来不及了。

我陷入了不活跃状态（睡眠模式）。

我才给六个魔物起了名字魔素就快耗尽了，这到底……

我正疑惑时，我的身体变回了史莱姆。我控制不了自己的身体，变身状态完全解除了。

"什么……史莱姆？"

"不是吧！你是史莱姆吗？"

我能听到他们的声音，但却无法回答。

发出惊叹的大鬼族们似乎也受到了影响。

他们陆续倒下，似乎和我一样突然非常疲劳。

这到底怎么了？

只能等魔素恢复之后才能消除这个疑问了。

\*

一晚过后……

这次的不活跃状态（睡眠模式）比之前更严重。我虽然有意识，但感觉像在做梦。

我的记忆也很模糊，感觉有什么柔软的东西压在我身上，周围有种很好闻的气味，而且还有种轻飘飘的感觉，似乎还有人轻柔地抚摸着我，但我无法确认这一切。

这可能是我的幻觉吧。

"紫苑，你想这么抱着利姆鲁大人到什么时候？现在该轮到我了！"

"朱菜公主，什么轮到您？我不懂您在说什么。利姆鲁大人由我来照顾，朱菜公主请去休息吧。"

"紫苑！你别太过分。让我来照顾利姆鲁大人！"

我感觉有人为我吵过架，但这也可能是我的错觉。

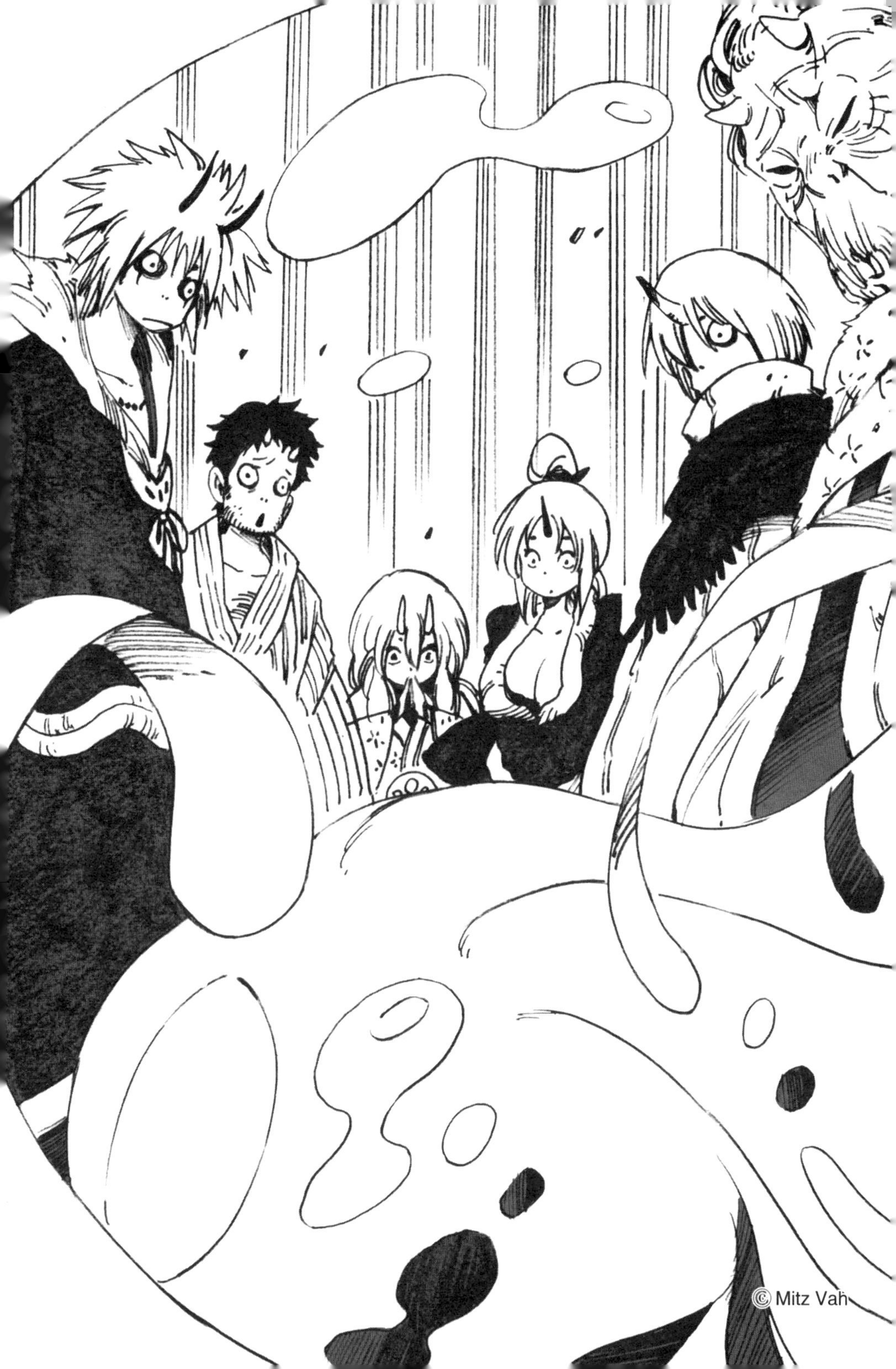

我感觉那时那两人在拉扯我的身体,不过这肯定也是我的错觉。
就当作是这样吧。
那么,到底发生了什么?
我一醒来就看到那六人在一旁等候,随即知道了答案。

最靠前的是一个美男子,他火红的头发宛如熊熊燃烧的火焰。
和他头发一样火红的瞳孔径直盯着我。
这是谁?我仔细一看,发现那是被称为少主的大鬼族——红丸。
他火红的头发中伸出两根漆黑的角,那角闪耀着比黑曜石更美的光芒。
那角原本有象牙那么粗,但现在细小优美,像经过精心打磨的艺术品。
他原本巨大的身躯现在变成一米八左右,身体变小后,动作变得很灵敏。
但他体内的魔素量(能量)已不可同日而语。
虽然不及伊芙利特,但也有相当的力量。
说不定他已经超越 A 级了。
没想到只是起个名字,他就能进化成这样……
我由衷地感叹道。

下一个——
一个美丽的少女站在红丸身旁,她差点被红丸挡住。
这应该是朱菜。
原本楚楚动人的可爱相貌在进化之后更是不得了。
这是谁?是哪里的公主吗?

## 第二章 进化与职业

不,她的美貌远不止如此!
她将淡粉色的头发扎在背后,呈现微微起伏的波浪状。
两根白瓷般的角。雪白的肌肤,樱色的嘴唇。
她火红的瞳孔带着光润的色泽,注视着我。
何等美貌的少女!!在她面前,连二次元美少女也黯然失色。
约一米五五的小巧体型,能激发出别人强烈的保护欲。

原本有些苍老的白老现在年轻了不少。
他原本风烛残年的衰老体态现在看上去仿佛刚步入老年。
他的步履十分稳健,估计衰退的臂力也有所改善吧。光看举止就知道这人不可小觑。
他苍白的头发和漆黑的双目与原来无异,但目光却锐利了许多。
他长长的头发束在头顶,额头左右伸出两根小小的角。
白老宛如一名武士,我甚至不确定自己现在能否赢过他。

另一名女性是紫苑。
她脑后束起高高的马尾笔直柔顺地垂下来,似乎经过悉心梳洗。带着紫色光泽的美丽头发非常适合这马尾造型。
从正面看,她额头上那一根黑曜石般的角将头发对称地分成两半。
雪白的肌肤,鲜红的嘴唇。她似乎化着淡妆,狂野的氛围变淡了,现在成了一个出众的美女。
她的身高好像有一米七。
我的视线被其牢牢抓住,这就是男人的本能吧。幸好我现在是史莱姆的形态,别人看不出我的视线。

她好像很适合穿西服。

"好想让她当我的秘书。"我在心里想道。

苍影和红丸同龄。

浅黑色的皮肤，青黑色的头发。

额头正中长着一根纯白的角。

蔚蓝色的瞳孔展现出坚定的意志，和浅黑色的肌肤十分相称。

虽然和红丸的气场不同，但他也是个美男子，两人身高也相近。

无论是红丸还是苍影，相貌都十分出众。火与水、动与静这是两种风格迥异的美。

这完美的外貌令人不禁有些不快。

黑兵卫是壮年。

这位大叔看上去……说好听点是时髦，说难听点就是满脸胡须。

在这些大鬼族帅哥美女中，唯独他一人特别刺眼。

黑发、黑眼、褐色的皮肤。

额头两边长着标志性的两根白色的角。

平凡的外貌显得最为亲切。

看到两位美男之后再看黑兵卫质朴的相貌，让我十分安心。

他的年龄好像也和原来的我差不多，我要和他搞好关系。

我身边就是这六人，他们的变化不只是外形。

红丸他们已经从大鬼族进化到鬼人族。

正如哥布林进化为高阶种族大型哥布林一样，大鬼族也进化成鬼人了。

## 第二章
进化与职业

他们外表华美，但实力却强得可怕。

他们全部都超越了 A 级。

为防看错，我再次确认，他们确实全部都超越了 A 级。

难怪我的魔素会迅速见底。

看来要为高阶魔物命名就要拥有与之相应的魔素。

魔物的进化结果受所用的魔素量影响，我得到了宝贵的实验数据。但搞不好我可能会因魔素枯竭而身陷险境。我之前就因为魔素耗尽而陷入了似醒非醒的状态。

今后给魔物命名时应该把握分寸，适可而止。

我在感慨着六人变化的同时，内心也有所反省。

不过，如果遭到背叛的话，可不是闹着玩的……

我正想着，红丸开口了。

"利姆鲁大人，我们有个请求！请务必接受我们的忠心！！"

这意外的台词仿佛在嘲笑我的担心。

"嗯？你们夸张了。虽说是佣兵，但也没必要宣誓效忠吧？"

"不，您误会了。请您收我们为家臣。"

什么？我们之前谈好等这次的事解决之后他们就能恢复自由，可是现在他们选择当我的家臣。他们意见一致，似乎已经商量好了。

"请您务必接纳我们！！"他们异口同声地边说边跪了下来。

我没理由拒绝。

他们真的只要有衣食住行就满足了吗？虽然我有些不放心，但我相信既然这是他们的愿望就没问题。

就这样，我得到了新的伙伴。

不过他们太强了，我甚至有点害怕，这是不能对任何人说的秘密。

我再次观察，他们每一个人的外貌变化都非常惊人。

他们所有人的身体都缩小了一些，衣服显得有些宽松。他们调整了自己的着装使衣服看起来没那么宽松。

这些人的长相实在出众。

我本以为黑兵卫没有调整自己的着装，仔细一看，他的衣服好像是找凯金借的。这衣服还真是合身。如果没有角的话，估计别人会误以为他是矮人。

只有白老的衣服和以前完全一样，也许他的体形没什么变化。

紫苑则显得很危险。她那丰满的胸部眼看就要从宽松的衣服中跳出来了。

这可不行！必须尽早解决这个问题。

看来有必要让伽卢姆去准备衣服。

我悄悄凝视着紫苑思考着。

不只是紫苑，苍影的胸甲也破破烂烂的。

……但那是我打坏的。

这正好。我决定为进化为鬼人的红丸等人准备新的衣服和装备。

我答应过要为他们提供日常供应，而且破损的装备会在关键时刻拖后腿。

我带着他们去找伽卢姆。

"哦，老爷，这些人就是新加入的大鬼族吗？不过怎么看都不像……他们真的是大鬼族吗？"

正在忙碌的伽卢姆看到我后笑着和我打招呼。他发现我身后的红丸等人后，吃惊地睁大了眼睛。

他紧紧盯着紫苑。

"嗯，我给他们命名之后，他们就不再是大鬼族了。他们进化成了鬼人。"

"鬼人？那可是大鬼族中极少出现的高阶种族……"

"是吗？不过这事就这么发生了。比起那事，我希望你能为这些家伙准备服装和防具。"

"哦，哦，我明白了。"

伽卢姆似乎还没接受眼前的状况，但他领着红丸他们往里屋去了，没有多说什么。

白老自己有衣服。黑兵卫昨天找凯金借衣服时，凯金多给了他几套以备换洗。虽然和工作服差不多，但他本人倒是很满意。

话说回来，这服装怎么看都是日式风格的吧？

"你们的武器很奇怪啊？"

我提出了心中的疑问，白老向我解释道。

据说在约四百年前，有一伙穿着铠甲的武士来到了大鬼族的家园。他们带着伤，着装也破烂不堪，也许是在森林里遇袭了。

当时的大鬼族战斗组织比现在更接近魔物，但他们不会袭击弱者。大鬼族是森林里的强者，不会为食物发愁，所以他们帮助了那些武者。

因此，心怀感激的武者教授了大鬼族战斗技术，并把装备给了他们。

其中一位武士通晓锻刀技术，不断从失败中吸取经验，最终成功摸索出大批量锻刀的技术。

"那位武士就是我的爷爷。我的战斗技术全凭爷爷的悉心指导。"白老寿命很长，他得到了那位武士的亲传。

"我继承了他的锻造技术。"黑兵卫家传承了那位武士的锻造技术。

"那么，那些武器都是你们自己造的？"

"我只会剑术，制作方面，我只学了维修保养的技术。黑兵卫负责所有人的武器。"

"所有人的刀都是我造的。我不擅长战斗，但很擅长锻刀。"

什么！没想到他们之中有个刀匠。黑兵卫确实比其他人弱一点，却拥有意想不到的特技。

四百年前，那伙穿着铠甲的武士很可能是来自异世界的转移者，但事实究竟如何现在已经无从得知了。重要的是他们流传下来的技术。

"那黑兵卫就当刀匠，专门负责武器方面的事务，今后就有劳你了。"

"交给我吧，利姆鲁大人！我会好好干的。"黑兵卫立即应道。

这真是求之不得，我立即带他去见凯金。

他们昨天已经见过面，所以我只要稍做说明就行。

黑兵卫和凯金很聊得来，他们立刻开始商量制作新武器的事。

于是，这两人开始了某种奇怪的研究。

也不知道是不是因为这事，黑兵卫获得了专属技能"研究者"。

这技能和我的专属技能"捕食者"很像。能力是专门用于制作"万物解析""空间收纳""物质变换"。"空间收纳"和我的"胃"差不多，而"物质变换"可以随意改变"空间收纳"存储的物质。比如，他可以储存大量废铁并转化为铁块。这技能似乎和我"捕食者"的复制效果一样。

看来专属技能"研究者"集合了黑兵卫需要的各种能力。

他甚至还获得了"操纵火焰"和"热量变化抗性"。

虽然他的魔素量减少到 B 级的水准,但他的战斗能力似乎很有威胁性。

然而,他本人好像想当"刀匠",把自己的一生都奉献给装备制造。

这样一来,为滚打哥布林打造大量装备的事就有希望了。

我想先让他为我和红丸等人打几把刀。

我给了黑兵卫大量魔钢块,委托他打造武器。

"我一定会打造出强大的刀具。"

黑兵卫干劲十足,我也十分期待。

*

红丸和苍影量好尺寸穿着兽皮衣出来了。

美男穿什么都合身,真让人羡慕。

"咦?朱菜和紫苑呢?"

"唔,唔,这个嘛……"红丸吞吞吐吐地解释道。

他说朱菜和紫苑对毛皮衣物不满意。这么说来,朱菜穿的衣服很豪华,材料看上去也很高档。

她说毛皮很扎人,现在正亲自动手为自己改衣服。

"朱菜擅长裁缝,人称织女。"苍影补充道。

朱菜和紫苑的衣服好像是用类似绸缎的材料制成的。

据说大鬼族之乡附近有地狱蛾(Hell Moth)栖息,从这种魔物的幼虫化蛹时结的茧中可以抽出丝,她们衣服的布料中混有这种丝。这种丝的魔素浓度很高,拥有很高的防御力。

我也见过用类似麻的材料制作的衣服。哥布林那破破烂烂的衣服也是采用这一类。

这世界的植被和我原来的世界不同,所以严格来说这不是麻,但从感官上来说,和麻完全一样。

这世界长着很多类似棉花的花,朱菜应该能做出衣服。

用棉麻大量生产普通衣物似乎不错。

还有丝绸。既然丝绸有防御力,那我也想要丝绸制的防具。

伽卢姆正在为我准备防具,我想要可以穿在防具之下的衣物。

伽卢姆刚好领着红丸他们出来,我当即和他进行探讨。

"原来是这样,用纺织品做衣服吗……"

"嗯。不知道你能不能用丝绸做衣服?"

"丝绸?"

伽卢姆惊奇的反应吓了我一跳。

即便是在矮人王国,纺织品也非常罕见。

市面上虽然有棉和麻制成的衣服,但丝绸极少流向市场。连丝绸的制作方法都没几人清楚,而且材料难以取得。

"既然这样,就让我去搜集素材吧。"苍影主动请命。

地狱蛾的鳞粉会迷惑人心,是凶恶的B级魔物,但在变态阶段毫无防备。苍影打算在幼虫化为成虫之前找到并取回茧。

我让哥布林骑兵去拿茧。苍影知道地点,所以由他同行,我比较放心。

以后我要捕获幼虫,在村里建造饲养设施。不过我不知道要怎么养蚕,所以可能会经历不少失败。

改完衣服后,朱菜和紫苑出来了。

我叫来伽卢姆和暂时无事的特鲁特,向他们介绍朱菜。

"啊!这样一来,我也能帮上利姆鲁大人的忙了呢!"

我说明了事情原委,提出让朱菜来帮忙。她笑盈盈地答应了。看来她很高兴能帮上我的忙。

朱菜负责各类高级衣物和纺织类衣物的制作。伽卢姆用丝绸制作防具。特鲁特为纺织品和衣物染色。

他们分完工后便开始讨论具体事宜。这样一来,村子也能生产舒适的衣物了。

我突然想到"粘钢丝"也许派得上用场,于是给了他们一些。"粘钢丝"继承了我的特性——"温变无效",估计可以防住大多数的火焰攻击,至少能让衣服不易燃烧。

"谢谢利姆鲁大人!请您拭目以待,我一定会做出非常棒的衣服。"朱菜非常有干劲。

"那拜托了!"我对朱菜等人说。

朱菜听后,脸色通红地答道:"请交给我吧,利姆鲁大人!"

好可爱啊。我的请求似乎让她非常开心。

据说这个大鬼族公主对裁剪很感兴趣。既然有机会把这份兴趣用在工作上,她自然非常有干劲。

能和可爱的朱菜一起工作,矮人兄弟也很高兴。

你们可千万别对她乱来啊……

这公主虽然外表柔弱,但实际上强得可怕。

如果他们轻举妄动,那就见不到第二天的朝阳了。

这两人有点不老实,所以我有些担心。

不过也就我这样无欲无求的魔物才有闲心替他们担心。

毕竟朱菜实在太可爱了。她是名副其实的鬼姬,追求她搞不好

# 关于我变成史莱姆这档事 2
Regarding Reincarnated to Slime

会赔上性命。

我试着画了几张画来消遣。

这里没有纸，我就用木炭在木板上画。

和平时一样，我可以自如地操纵自己的身体，因此我原原本本地画出了脑中的形象。

我画出了原来世界的西服。

这是我根据红丸等人的风格画的几套男女西装。

他们都是帅哥美女，西装也很配他们，特别是紫苑。

英姿飒爽的紫苑肯定也很适合男式西装。

"好像很有趣呢。请一定让我来缝制这衣服。"

紫苑的衣服就这样定下来了。

我请她制作类似甚平（和服式夏季短外衣）的衣服供我平时穿。

我想要运动衫，但没有拉链的问题似乎很难解决。我就先用"思维传递"把材料和穿着感受等详细印象告诉她，很期待她以后能做出这样的衣服。

我提出这几个委托之后，朱菜便开始忙碌，其他人和我一起离开了。

●

鸠拉大森林中央有一个西斯湖，周围是广阔的湿地。

这里是蜥蜴人的地盘。

西斯湖周围有无数洞窟。这些洞窟是天然迷宫，进入洞窟的人难以找到出路。

## 第二章
进化与职业

迷宫深处有个地下大洞窟，那里是蜥蜴人的主要据点。

蜥蜴人利用这地形抵御外敌，统治了西斯湖。

然而，那一天蜥蜴人收到了一个不幸的消息。那消息是一个重大事变的开端，左右了他们的命运。

首领接到半兽人军队开始朝西斯湖进军的报告，他不慌不忙地向众人宣告。

"准备作战！区区肥猪也敢来犯，给我打垮他们！！"

首领斗志昂扬。

首领非常自信，但这不是盲目的自信。

他下令进行战斗准备的同时，也让人去搜集关于半兽人军队的准确情报。

首先必须掌握敌人的数量。

凶暴的肉食性蜥蜴人单人也有 $C^+$ 的实力。战士长的等级为 $B^-$，有的甚至能达到 B 级。蜥蜴人的战士团有一万人。部族中的半数人都是团里的战士，战斗力非常高。

一般来说，普通小国的全副武装的骑士实力为 $C^+$。各国军队的人数最多也不会超过总人口的 5%，在非战争状态下，这一比率一般是 1%。

蜥蜴人有他们独特的连携技能，战士团的一万大军实力轻松凌驾于人口不足百万的小国之上。

而且地形对他们有利。

首领相信他们不会输。

然而，有件事他想不通。半兽人原本是个恃强凌弱的种族，他们不会攻击比自己强的人。蜥蜴人绝不是弱者，算得上强者。半兽人去攻击哥布林那种低阶魔物的话倒是可以理解，但他们为什么不畏惧蜥蜴人？

这个疑问在首领心中留下一个不安的种子，令他难以释怀。

首领是个勇猛而又不失谨慎的人。正是凭借这份豪迈与谨慎，他才能统率众多蜥蜴人。

首领这份不安化为了现实，而且是以最糟糕的形式。

"半兽人军队……总数……二十万！！"

首领和他信任的部族族长们在地下大洞窟中收到了侦察部队带回的冲击性的报告。

听到蜥蜴人战士惶恐地做出报告，首领等人僵住了。

"不可能，不可能有这种事！！"其中一位战士长叫道。

首领的心情和他一样，如果身边没人的话也会喊出同样的话。然而，首领不能动摇。因为他有义务坚定地统领所有部族。

虽然首领也想说这事不可能，但他不能这么做。首领必须面对现实并制定对策。

"这是事实吗？"

"我以性命担保绝对真实！"战士如此回应首领。

"你下去休息吧。"首领镇定自若地点点头，命令这位日夜兼程的战士去休息，以示慰劳。

战士看到首领和平时一样冷静，终于放下心来。紧绷的精神放松下来之后，战士当场昏迷过去。蜥蜴人战士的表现就是对报告最有力的证明。

（竟然有二十万？这太离谱了……）

首领斜视着那位战士被其他战士带下去，现在他不得不重新审视事态。

## 第二章
### 进化与职业

虽然半兽人是繁殖能力很强的种族，不过也不可能会有二十万大军。

（这数量实在太离谱了！他们要怎么填饱那么多人的肚子？）

数量如此庞大的军队，连食物调配也是一大难事。而且搬运食物也需要劳力，半兽人不过是没有组织能力的下等魔物，不管怎么想，他们都没这个能力。

"那些半兽人做事随心所欲，没有组织纪律性，他们到底是如何组织起来的？"一个亲信嘟囔道。

是的。首领也认为这是个谜。

除非有统率能力优秀的人以绝对的力量支配半兽人，否则不可能组织起二十万的大军。可是，再怎么强大的个体也只能统领千人。

半兽人不过是D级魔物，智慧不如人类，是没有远见的种族。这个种族不懂合作，十分愚昧。

即便是蜥蜴人首领统治整个部族的两万人也非常吃力。而且蜥蜴人服从性较好。二十万的规模实在难以想象。

"难道半兽人中出现了大量优秀的个体，他们共同协作？"首领随口嘀咕道。

"这不可能……拥有指挥能力的应该是特异个体（特异魔物），同时出现大量特异个体的事闻所未闻……"

"是啊。区区半兽人竟然会出现大量和首领一样的特异魔物……这事无法想象。"

听到首领的话，亲信们纷纷摇头否定了出现大量特异魔物的猜测。

首领也点头赞同，他想道：这事确实很蹊跷，也难怪他们会否定这个假设。如果报告准确无误，那么，那些半兽人为什么能够做出这样的行动?

假设真的有大量像首领一样的特异魔物,那些魔物会同心协力吗?半兽人军队的规模前所未闻,要统率这支大军,就必须要有能力统领那些强大的特异魔物。

如果他们中有拥有领导能力这么优秀的统帅个体(特异魔物),那就不能因为他们是下等半兽人而轻敌,应该视他们为前所未有的威胁。

(不,我有必要假设半兽人中有如此强大的个体,并以此为前提采取行动。可是,半兽人中真的有可能出现那样的——莫非……)

想到这里,首领僵住了。

他想否定这一猜测。

能统治如此庞大数量的个体,难道是数百年一见的传说中的……

"难道猪头帝(Orc Lord)现世了……"

首领的声音非常低。

不可思议的是,这声音的穿透力极强,冲击着喧嚣的议事厅。

理解这话含义的人沉默了,地下大洞窟陷入了寂静。

"猪头帝……"

"不,可是……"

"不过,万一真是这样……"

他们是首领的亲信,是代表蜥蜴人各部族的族长,所以他们更清楚目前无法排除这个可能性。

因为他们知道,传说中的猪头帝或许真的有能力统领二十万大军。

他们想不出其他合理的解释,这一可能性越想越大。

## 第二章
进化与职业

"如果……如果猪头帝真的现世的话，有人能统领那支半兽人大军也就说得通了……"

"可是，他的目的是什么？"

"他们的目的无关紧要！问题是我们要怎么战胜他们！！"

会场再次一片哗然，亲信们开始了激烈的争论。

（我们有没有胜算……）

在平原战斗对人数较少的蜥蜴人不利。不过，湿地是他们的后院。如果利用陷阱谨慎行动的话倒是有把握能赢。

不，只能说有胜算。

如果敌人只是半兽人的话，来多少都不怕。可是，如果真的是猪头帝现世，那胜算就很低了。

既然敌军在数量上有压倒性的优势，那就有必要把他们各个击破，提高士气，压制敌军。首领认为蜥蜴人拥有地形优势，有可能将敌人各个击破，但这战术对猪头帝无效。

因为猪头帝连友军的恐惧之情都能吞食，是名副其实的怪物。如果用普通战术对付猪头帝则必败无疑。

要想赢就要有能够正面击溃敌军的强大战斗力。但蜥蜴人兵力不足，无法做到这一点。

首领思索着到底要怎么摆脱这个困境。

如果猪头帝的事只是杞人忧天的话，那就再好不过了。不过，在决战开始前必须要做好一切力所能及的事。

也许应该去找援军。

首领下定决心，叫来一名下属。

这人的名字是加维鲁。

这人为这场动乱埋下了新的祸根。

就连深谋远虑的蜥蜴人首领也想不到这个结果。

●

集会时，哥布林族长们脸色铁青，面面相觑。

参加集会的人数比以前少。因为有人逃跑了。

现在他们正面临撼动鸠拉大森林的前所未有的巨大危机……

一切的开端是牙狼族的袭击。当时拥有命名战士的村子弃众多哥布林于不顾。被抛弃的同胞成功打败了牙狼族。

那座村子出现了救世主。拥有难以想象的强大力量的救世主保护了哥布林。被抛弃的哥布林不仅渡过了难关，还收服了牙狼族，正在复兴村庄。

在当时的集会中主张不应放弃那些哥布林、要和他们并肩作战的村子如今加入了那座村庄。

哥布林是弱小的魔物，如果不抱团取暖、互相帮助就无法生存。但即便如此，他们也不会请求曾被自己抛弃的同胞准许自己加入，他们做不出这么不知廉耻的事。

不，其实他们很想加入。事实上，现在也有人提出这一主张。

即便现在加入对方阵营，估计也只会被当成奴隶对待。正是出于这一想法，他们无法决断。

所幸，那座村庄的救世主无意吞并周围的村子。否则即便这些哥布林想本本分分地过日子，他们也会失去现在的生活。

## 第二章
进化与职业

然而，现实是残酷的。

某一天，几个身穿全身铠甲的半兽人骑兵来到了村子。

"我们是猪头骑士团（Orc Knights）的骑士！从此时此刻起，这片土地就是伟大的猪头帝的领地。给你们这些鼠辈一条活路。留几天时间，带上尽可能多的食物来我军本阵报到。如果听话的话，我们会留你们性命，让你们当奴隶。不过我们绝不姑息谋逆行为。我们不会给敌人投降的机会。你们好好考虑吧。哈哈哈哈哈！"

哥布林们连愤怒都不敢。因为他们见识到了那压倒性的力量。

他们确信一名半兽人骑士就足以杀光整个村子的人。

只要有几人，哥布林就完全没有胜算。

半兽人本来只是 D 级魔物。虽说比哥布林强，但也不会有如此压倒性的力量。这事很反常。

鸠拉大森林中发生了非比寻常的事——所有人都确信。

而且不仅是那一个村子，这附近的所有村子全部收到了通知。

族长们在集会时得知各村都是同样的情况，他们更加绝望了。

他们知道自己已无处可逃。

半兽人的目的应该是让哥布林筹备兵粮。他们为了省去征粮的麻烦，所以才让哥布林把食物运过去。否则哥布林的村庄肯定已经惨遭践踏，化为火海了。

虽然半兽人说会留他们性命，但交出村里的全部粮食和要他们性命无异。

是被杀死还是被饿死？既然横竖都是死，那不如拼死一搏，运气好的话还有机会活下来。

可是，即便全部哥布林一起反抗，也只有灭族一条路。

有战斗能力的哥布林总数不到一万。没有参加族长集会的那些同胞他们也联系不上。

哥布林束手无策。

这时，他们接到了一份万分紧急的报告。

蜥蜴人使者造访了村子。

这不就是希望吗？族长们如抓住救命稻草一般出去迎接蜥蜴人使者——自称是战士长加维鲁男性。

"命名"战士长的到来让族长们沸腾了。

族长们把他当成了能将哥布林救出绝境的救世主。

救世主开口了。

"宣誓效忠于我。这样，你们就能拥有光明的未来！"

族长们决定相信他的话。

弱者不能没有依附。

也有人主张与其依附蜥蜴人，不如依附同胞。不过大多数人都赞成加入蜥蜴人，最终他们都加入了加维鲁麾下。

哥布林还不知道，此时他们的命运已经被决定了……

●

蜥蜴人战士长加维鲁带着直属的一百名下属离开湿地。他有首领的特命在身。

不过，加维鲁闷闷不乐。

他是"持名魔物"，而首领连名字都没有，他不愿被首领颐指气使。

即便首领是自己的亲生父亲，他也不愿意……

## 第二章
进化与职业

我是天选之人——加维鲁引以为傲,这是他自信的根源。

是的,加维鲁被选中了。

因为某个魔族在湿地遇到他,并赐予他"名字"。

"你很有潜力。你总有一天会成为我的得力助手。我会再来找你的。"

于是,加维鲁有了这个名字。

加维鲁至今仍记忆犹新。

他还记得那个魔族叫格鲁米德。

他认为赐予自己名字的格鲁米德是自己真正的主人。

"我不能一直听命于连名字都没有的魔物,即便是我父亲也不行!就算是为了格鲁米德大人,我也应该统治所有蜥蜴人!"加维鲁想道,"我能一直这样下去吗?当然不能。"

他严厉的父亲——伟大的蜥蜴人首领并不认同这一点,但加维鲁没把父亲的看法当回事。

加维鲁膨胀的自我意识(自尊心)刺激了他的支配欲。

(那么,我该怎么办呢……)

首领给他的密令是遍访哥布林村,争取哥布林的协助。

首领允许他适当进行威胁,但反复叮嘱绝对不能引起哥布林的反感。

加维鲁认为自己的父亲太温和了。哥布林只是低阶魔物,直接用武力收服就好了。

他对自己的力量太过自信,认为一切都会如自己所愿。

(对了!蜥蜴人需要这种连下等半兽人都怕的软弱首领吗?这正是我统治蜥蜴人的机会!!)

加维鲁想利用这机会一举统治同族。

不过蜥蜴人不仅强大，而且连带意识很强，很难被策反。首领的统治深入底层，可以预见反叛者很少。

那该怎么办呢？

加维鲁想利用这个机会建立听命于自己的军队。

哥布林这种低阶魔物也能当炮灰。虽然是杂鱼，但只要用心征集也能弄到不少。人多力量大，如果能凑到一万哥布林，那也能发挥相应的作用。

"我可是最强的蜥蜴人战士。只要有我在，区区半兽人根本不值一提。我还可以利用这个机会让父亲退位！"

"这么说来，加维鲁大人的时代终于要来了？"

"嗯？哈哈哈哈哈。你说得对！"

"哦！！我等会永远追随加维鲁大人！！"

听到下属的话，加维鲁满意地点点头。

加维鲁在脑中已经描绘着自己的未来——自己成为蜥蜴人伟大的导师，并当上新的首领。加维鲁梦想着到那一天也会得到父亲的认可。

为了这一目标，现在必须谨慎行动。

当下要小心翼翼地等待时机。

第一步是增加战斗力。

加维鲁的目标是哥布林的各个村庄。

哥布林陆续加入加维鲁。

刚与半兽人接触的那些哥布林把加维鲁称为救世主。

这让加维鲁越发膨胀，事态开始朝意想不到的方向发展。

（果然我才是英雄！）

## 第二章
### 进化与职业

加维鲁深信这一点。为了满足自己膨胀的野心及由此产生的欲望，他的行动越发大胆……

● 

几天之后……

我本担心新来的红丸等人是否可以和其他人和睦相处，不过看来是我多虑了。

对大型哥布林而言，大鬼族原本就是强大的魔物。哥布林本来就容易接受大鬼族。大鬼族这一种族不会欺凌弱小，这是他们受到哥布林崇拜的一大理由。

黑兵卫打造刀具，朱菜缝制衣物，苍影去搜集地狱蛾的茧——他们各司其职，融入了这个集体。

红丸和白老假以修行为名，去了我告诉他们的地下空间。确认进化后的能力也是很重要的工作。

这些是紫苑告诉我的，她正和我一起巡视建设中的小镇。

准确地说，我正在紫苑的怀里巡视小镇。

紫苑自称是我的秘书。我也没理由拒绝，所以她便代替岚牙为我代步。

虽然我可以化为人形，但还是史莱姆形态最舒心。

我可没有不纯的动机，这绝对不是因为接触的身体很舒服。

虽说是正在建设的小镇，但实际上只比村庄大一点。考虑到今后的事，开发范围非常大。

话虽如此，但现在还在建造排水系统和地下设施，估计上层部分还要过一段时间才能建好。米鲁特很有干劲，看来他会建成一座很棒的小镇，我非常期待。

小镇中规划了一块建筑物密集的区域，虽然还只是设想，那是工业区。

保管素材的仓库边排列着不少原木小屋。那些小屋是制作武器、防具和衣物的工坊。

黑兵卫正闷在工坊里和凯金两人傻笑着制作某种东西。现在打扰他们好像不大好，我还是静静等待他们完成吧。

于是，我们朝朱菜所在的建筑物走去。

"啊，利姆鲁大人！"

朱菜一看到我就露出灿烂的笑容。

接着，她迅速把我从紫苑怀里抱起，那动作和抢劫无异。她边轻轻抚摸着我，边为我说明工坊里的工作。

她似乎工作得很开心，这比什么都好。

我和朱菜闲聊了一会儿，确认她是否有什么不便。

看来没有问题。据说苍影一拿来材料，她就开始制作丝绸。

麻和木棉的制作工作已经开始了。工作的进展意外得快。

"这也是托利姆鲁大人的福啊。"朱菜向我解释了其中的奥秘。

原来朱菜获得了专属技能"解析者"，这是我的解析能力的特化版。她好像继承了我的专属技能"大贤者"中的"思维加速""解析鉴定""森罗万象"。不过，她的鉴定能力出类拔萃，她不用像我一样进行"捕食"，单凭"魔力感知"就能进行解析。

她得到了很方便的能力。

有了这项能力，她就能在短时间内完成诸多试验。

## 第二章 进化与职业

不过，得到专属技能似乎有副作用，她的魔素量（能量）大幅减少。她似乎变回了 $B^+$ 的等级。但即便如此，她也比进化之前强，这应该不成问题。

"利姆鲁大人，朱菜公主还有工作在身。我们也不好打扰太久，差不多该走了吧？"我和朱菜的对话告一段落时，紫苑开口道。她像秘书一样为我制定行程。

"咦？紫苑，你能照料好利姆鲁大人吗？"

"当然能！照料利姆鲁大人的事由我来，请别担心。"说完，紫苑把我从朱菜手中抢走了。

"呵呵。我也可以照料利姆鲁大人哟。"

"不必了，朱菜公主。没这个必要，我会打点好一切的！"

我隐约看到朱菜和紫苑之间火花四溅。

这一定是我的错觉。

话说回来，我本来就不需要别人照料。我独自生活了很久，自己的事基本都能搞定。所以，我还是悄悄溜走吧。

但事与愿违……

"利姆鲁大人！利姆鲁大人您说我和紫苑，哪一个侍奉你比较好？"

她们没有放过我。

"是……是啊。朱菜你还有纺织工作吧？等你有空的时候再劳烦你吧！"

到底要劳烦她干什么，我也不知道。

"我明白了！我能帮上利姆鲁大人不少忙呢！！"朱菜心满意足地对我露出了开心的笑容。

嗯，是啊。就这样吧。

"是的。拜托你了！"

听到我的话，她莞尔一笑——真可爱。

"交给我吧！我是利姆鲁大人的巫女，随时为您效劳。"

"巫女？"

"是的。利姆鲁大人不是已经让我当'巫女姬'，让我为您祈福了吗？"

嗯？我什么时候让她当"巫女姬"了？不过直接说出这话似乎很危险。

"是……是啊。以后也要好好干啊，我的'巫女姬'……"

"是！交给我吧。"

朱菜再次笑成一朵花。

可爱即正义。和如此可爱的朱菜比起来，一切问题都可以原谅。

"那利姆鲁大人就交给我了！"

紫苑打断了我和朱菜的对话把我抱了起来，她似乎在有意破坏气氛。

"那就有劳了。"

"嗯，没问题！"

朱菜的笑容僵住了，而紫苑的脸上似乎带着胜利者的骄傲。

看来这事算是定下来了。

周围的空气似乎在一瞬间冻住了，这应该是我的错觉吧。

这世上很多事情都应该用"错觉"二字一笔带过。

接着，我们去查看红丸他们的情况。

得到新能力之后确认效果是基本常识，而且我也很好奇他们得到了什么能力。

来到地下空间后，我发现红丸和白老正在拼剑。

## 第二章
进化与职业

不知为何,红丸手中的木刀环绕着白光。红丸对白老挥动木刀时,斩击的弧线化作白光飞了出去。但那道白光与白老擦身而过,斩断了后面的岩石。紧接着,白老出现在红丸背后,把木刀架在红丸脖子上。

看来胜负已分。

"……那……那个……他们……原本是大鬼族吧?他们的动作也太灵敏了。"

话说那道白光是什么……

为什么木刀的斩击会斩断岩石?那使用木刀不就没意义了吗……

"这不是利姆鲁大人吗?这里很安静是个好地方。"

"是利姆鲁大人啊。见笑了。"

注意到我后,白老和红丸向我打招呼。

"嗯,你们正在修行啊。我来看看情况,感觉怎么样?"

"我们的身体状况很好。白老变年轻了,他恢复了当年的力量。"

"呵呵呵。正如红丸大人所说,连我衰老的身体都充满了力量。"

"我好不容易才超过白老,结果又回到了原点。单论力量,我倒是更胜一筹,不过……"红丸愁眉苦脸地抱怨道。

确实,看上去红丸的魔素量(能量)更多。

"因为少主——红丸大人过分依赖自己的力量。你应该像我一样倾听剑的声音,与剑化为一体……否则你是赢不了我的。"

白老是剑术达人,我记得他在进化前就能绕到我背后。

而且他能骗过我的"魔力感知",击破"多重结界"和"全身装甲"的防御,斩断我的右臂。这事我记忆犹新。

虽然不愿意这么想,但他进化之后应该比我更强。

"对了，你曾经砍飞了我的右手。说实话，我当时很紧张。"

"哈哈哈哈哈，您说笑了。您的右臂一瞬间就长出来了，紧张的人应该是我。"

不……啊……嗯。确实是这样，不过这是因为我在战斗时获得了"超速再生"。这事也许应该保密。

"你隐藏自己气息的招数非常厉害，那是怎么做到的？"

"那是一种名叫'气斗法'的武术，是使用妖气的战斗术。它属于技术体系，和魔法截然不同。"

根据白老的说明，那是"气斗法"，是一种特殊的技术。

体内的魔素经过提炼会变为斗气，是身体强化系的技术。会自然向外散发的是妖气，用于战斗的是斗气……

而且，高阶魔物什么都不做也会散发出强力的妖气，到底谁高谁低倒是不好说。

据说还有瞬间移动的"瞬动法"和令人无法察觉的"隐形法"等各种各样的术式。

强化武器和拳头的"气操法"是初级术式。

那白光就是这个。它还可以直接射出。

技术与魔法似是而非。它源于实践，无须咏唱。

后天学会的统称为技术。当然，只要拥有智慧，魔物也能学会……

而且朱菜也会用"幻觉魔法"，看来在面对高阶魔物时应该要默认对方会用魔法或技术。如果是同伴，我当然非常欢迎，但如果是敌人的话就非常麻烦了。

如果冒险者遇到会用魔法或技术的高阶魔物……不知道至今为

## 第二章
进化与职业

止有多少冒险者遭遇不测。

我为那些冒险者合十祈福。

不过,我对"气斗法"很感兴趣。特别是"隐形法",它的隐形效果连"魔力感知"都察觉不到,我一定要学会这招。幸好我变为人形后拥有视力,否则我根本无法做出反应。

隐形效果分为绝音、绝味、绝温、绝气几个等级。

练到绝气阶段之后就能在不扰动魔素的情况下行动了。

我一定要学会这招。

"白老是我们的师父。他也是家臣中最强的剑士。"

听到紫苑的解释,我释然了。

"白老,我也想学'气斗法'。另外,我还想请你训练大型哥布林。你能当我们的师父吗?"

"呵呵呵。你想驱使我这个老头子吗?求之不得。我这把老骨头定会鞠躬尽瘁!!"

白老跪下来接受了我的请求。

这时——

"利姆鲁大人说过要在这里建国吧?我听说利姆鲁大人是国王,并任命利古鲁德殿下为宰相。我虽然不通政治,但擅长军事。请务必让我为您效力。"红丸说道。

"这倒是没问题……你当里长怎么样?"

"虽然现在说有点晚,不过我是您的部下,我们的忠诚全部属于您。从成为家臣向您效忠的那一刻起,我们一族的成员都是您的部下。"

这可不好办。他是真心的。

85

我记得几天前他说过要做我的家臣，但我没想到他抱着如此觉悟……

看来是我的决心不够。

"我明白了。你要好好为我效力。"

我必须回应红丸那份决心。我也下定了决心，必须回应红丸他们要与我同舟共济的决心。

"你怎么抢先了？太狡猾了！利姆鲁大人，既然这样，那我也想为您效力！"紫苑抱着我不满地说道。

啊，吓了我一跳。

真拿这家伙办法。她可能觉得自己被排挤了吧。红丸暂且不提，必须给紫苑也安排一个合适的职务。

我跳出紫苑的怀抱，落到地上，同时变为人形。变身结束后，立即从"胃"里拿出衣物穿戴整齐。其实我悄悄练习过。

红丸和紫苑对我的变化非常吃惊，但他们没有说话，当即跪了下来。

"我任命红丸为'侍大将'。从今以后，我们国家的军事就交给你了。"

"遵命！战斗问题就交给我吧。"

"紫苑，我任命你为'武士'，担任我的护卫。不过，工作的任务相当于我的秘书，你要好好干。"

"谢谢！我会砥砺精进，全力辅佐利姆鲁大人！！"

红丸、紫苑以及白老得到我授予的职业后，感慨万千。

看来他们非常高兴。黑兵卫之前好像也很高兴。我应该早点任命他们的，也给朱菜和苍影一个职务吧。

我正想着，红丸身边突然出现了一个人影。

## 第二章
### 进化与职业

是苍影。

他好像是从红丸的影子里冒出来的，看来苍影进化后获得了类似高阶技能"潜影移动"的技能。

据我所知，"潜影移动"是利用影子通过最短距离进行移动的能力……

黑岚星狼也拥有这项能力，所以我也能够使用，但我从没试过。这能力比我预想的要方便。

我有用的能力太多，来不及一一试验。这事必须提上日程。

苍影不知何时掌握了"潜影移动"。

这项能力非常适合搜集情报。

苍影看着我，跪下来说："我有事禀报！"

"哦，哦。"

"我们顺利取得了茧，在回来的途中目击了一伙蜥蜴人。蜥蜴人主要在湿地一带活动，他们跑到离湿地这么远的地方很反常，所以我火速前来报告。"

苍影面无表情地向我报告。虽然他的呼吸很平稳，但估计是全力赶过来的。因为我的"热源感知"探查到苍影的体温偏高。

"蜥蜴人？没理由啊……"红丸也一脸疑惑地开始思索。

不仅是半兽人，连蜥蜴人也出现了吗……看来真的有紧急情况。

"苍影，你负责谍报活动。从今天起，你就是'密探'，专门为我搜集情报。"

"无须多言。据说我这一族本是忍者。我会尽心当好利姆鲁大人的'密探'，尽全力完成任务。"

苍影很平静，但抱着强烈的决心。他看着我的眼睛宣告道。

就这样，红丸等人轻松和其他人打成一片，而且也成了我忠实的部下。

他们已经进化为高阶种族鬼人族,也称鬼人。但他们如返祖一般,觉醒了超常的能力。

他们刚进化时,实力评级超越了A级的壁垒,但在获得能力之后,评级似乎有所变化。但毫无疑问,他们的实力都有飞跃性的增强。

特别是在获得职业之后,各人的魔素量(能量)都稳定在与资质相符的水平。授予大型哥布林职业时,他们也产生了变化。

比起肉体能力,特殊能力的优劣对战斗的影响更大。

我之所以能赢伊芙利特,也是因为在能力上压过她。

我很好奇他们拥有怎样的特殊能力。

虽然朱菜是硬拉着我给她授职的,不过这也没什么。她本来就是巫女,这很适合她。既然朱菜喜欢,那就这么定了。

就这样——

红丸是"侍大将"。

朱菜是"巫女姬"。

白老是"师范"。

苍影是"密探"。

紫苑是"武士"。

黑兵卫是"刀匠"。

他们各司其职为我效命。

●

加维鲁顺利取得了哥布林各村的协助。

## 第二章
进化与职业

他没彰显武力，哥布林就臣服了，毕竟是弱小的部族。他原本计划只要哥布林稍有违抗，就毫不犹豫地用暴力让他们屈从。

加维鲁早已把首领的话抛到脑后。他召集各村的战士，让他们把仓库里所有的食物都带来。

就这样，他组建了自己的军队，人数有七千。

士兵的装备是破旧的皮甲和破烂的石枪等。

这支军队的战斗力堪忧，但现在已经够了。

没有战意的人已经逃走了。

"族长们，这一带还有其他村子吗？"

听到这话，族长们面面相觑。

其中一人提心吊胆地答道："没了……不过有个地方，应该不算村子，也许可以叫集落。"

"集落？"

那个哥布林含糊不清的说话方式让加维鲁有些不快。

（这是怎么回事？他是说那地方比村子还大？）

追问之下，哥布林说出了奇怪的事：那里有一个骑牙狼的大型哥布林组织。

莫名其妙。

牙狼族是很强的魔物，而且集体行动。据说他们是平原的统治者，就连蜥蜴人也不敢踏入平原半步。

如此强大的种族竟然臣服于下等的大型哥布林，这不可能。

而且还有更夸张的事：那些大型哥布林跟着一只史莱姆。

"开什么玩笑。"加维鲁心想。

史莱姆不是最低级的魔物吗？那些与垃圾无异的哥布林也就算了，怎么可能连牙狼族也屈服于他？

89

有必要确认一下。

这事可能有蹊跷。如果顺利的话，说不定还能收服牙狼族。这样一来，连平原也会变成加维鲁的后院。

在欲望的驱使下，加维鲁开始行动了。

哥布林所说的村子不见了。

这事让加维鲁大为恼火，但他忍住了。收服牙狼族需要一些耐心。

从首领的管束中解放出来之后，加维鲁不再压抑自己的欲望。即便如此，也要为了目的耐住性子。

在他眼里，首领已经成了阻碍他组建军团的人。

如果现在能收服牙狼族，那其他蜥蜴人应该也会推举他当新首领。

只要强大的平原统治者和湿地王者联手，那无论来多少下等肥猪也不足为惧。

加维鲁深信这一点。

平定那些肥猪之后，他要当鸠拉大森林的统治者。

（这样一来，我就能以格鲁米德大人下属的身份大显身手了。）

为了那一天，无论吃多少苦都是值得的。

大部队奉命朝西斯湖方向移动，现在已经在待命了。

军粮并不充裕，所以必须尽早行动，他的时间有限。

收到部下发现移动痕迹的报告后，加维鲁发出号令。

包括他自身在内的十名精锐，他们骑上疾行蜥蜴（Hover Lizard）直奔目的地。

他们到了目的地附近，一路没有任何阻碍。

## 第二章
进化与职业

牙狼族虽然是个威胁,但已经被哥布林收服了。估计那些是落单的牙狼吧。

"我要亲自训练牙狼,让他取回原来的力量!"加维鲁想着。

加维鲁根本想象不到前面有什么在等着他,因为他一心想着为敬爱的格鲁米德效力……

第三章

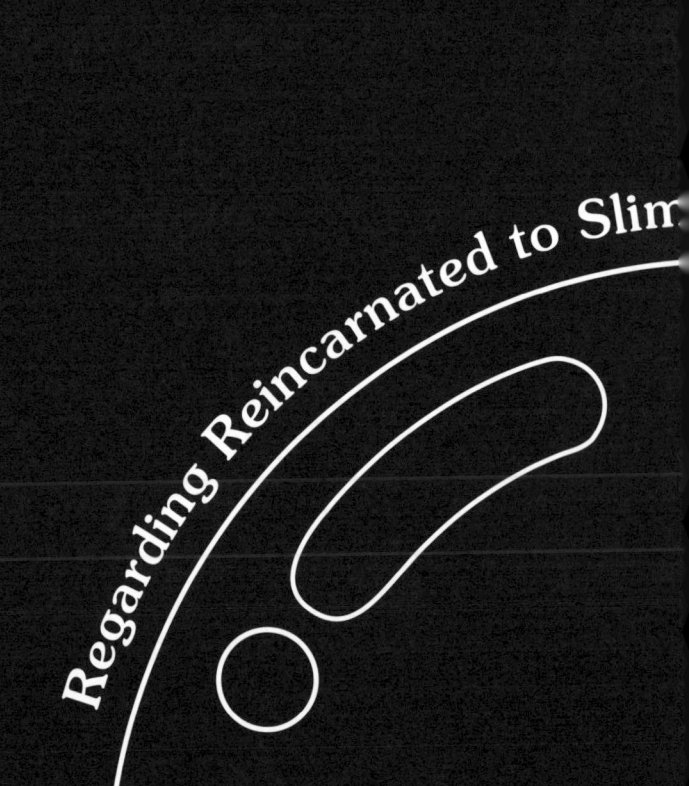

使者与会议

Regarding Reincarnated to Slim

## 第三章
使者与会议

红丸等人正式成为我的家臣几天之后……

和他们说的一样，他们和利古鲁德等人鬼族（大型哥布林）的关系很融洽。

朱菜成功用苍影带回来的素材做出了生丝。用这生丝做出的丝绸制品很受女性欢迎。

毕竟这衣服和子鬼族（哥布林）时代所生产的麻衣相比简直是天壤之别。

据说娜娜莉领着女性们——以哈鲁娜为首拜朱菜为师，正在学习纺织技术。所以，朱菜现在成了服饰工坊的主事。

她和防具工坊的伽卢姆关系也不错，两人会一起研究衣物的舒适性等问题，力争做出更好的衣物。

估计她用不了多久就能做出我们的正装和日常服装，真让人期待。

同样，黑兵卫也成了武器工坊的主事。

他和凯金互相交流，并吸收了凯金的所有技术。

凯金也开始有些力不从心，他现在专心统筹生产事务。不过，凯金的知识可不容小觑。虽然他把打造武器的工作交给了黑兵卫，但他原本就很喜欢钻研技术，其实他是想潜心研究吧。

他正在为大型哥布林设计乘骑武器，现在正开心地和黑兵卫讨论着。这就是证据。希望他们以后也能像这样齐心协力。

苍影带着几名大型哥布林在小镇周围布置警戒网。

这样一来，只要有人靠近小镇就会响起警报。

与此同时，他还在搜集情报。苍影逐次向我汇报。他之所以能做到这一点是因为他有高阶技能"分身"。

苍影的技能可以同时创造出六个"分身"，而且还可以通过"思维传递"互相配合。他的分身没有移动限制，所以可以前往各地搜集情报。

虽然任命苍影为"密探"的是我，但没想到他竟然这么适合这一职位。

顺带一提，他"分身"的肉体战斗力和本体一样，但体力极差，魔素量（能量）很低，连妖术都用不了。

但能力（技能）又另当别论，他的"分身"可以使用高阶技能"潜影移动"和"粘钢丝"等——简直是万能。

苍影的能力看似继承于我，但他对这些技能的运用堪称完美。原来使用方法会影响到技能的最终效果……

不，不是我不行，而是苍影太厉害了，他就是天才。

其实在任命苍影前，我也派出了斥候。

搜集情报是基本，既然猪头族（半兽人）和蜥蜴人族有异常举动，那我们也要小心行事。然而，大型哥布林没有经验，他们最多也只能在远处观望大军的动向。

距离太近就很容易暴露而被抓，即便成功逃脱也会引起对方的警觉。虽然大型哥布林很着急奉献自己的力量，但我仍嘱咐他们不要勉强。

我任命苍影是个正确的决定。反正是"分身"，就算被发现也可以让"分身"消失，没有后顾之忧。

另外能使用"思维传递"这一点也很重要。这个世界连手机都

## 第三章
### 使者与会议

没有，但有了这项技能，情报的传达速度甚至比我原来的世界更快。

"要我去侦查吗，利姆鲁大人？"

我想起了苍影说这话时沉着冷静的样子。

"你能搞定吗？"

我话音刚落，苍影便答道："能，交给我吧。"

苍影留下这话就消失了。

他对"潜影移动"的运用简直可以写进教科书。

苍影是个冷静的男人，他应该不会胡来。他非常适合这类侦查行动，是"密探"的最佳人选。

红丸正在和利古鲁等人商讨如何建立小镇的警备体制。

我新设了军事部门，并交由红丸负责。不过部门里只有白老一人。

利古鲁他们的警备部队还兼任调配食物和采集资源的任务，所以不能随便把他们调往军事部门。

看来有必要再次招募志愿者，组建军事部门。

红丸似乎找利古鲁德商讨过这事。

"我想选拔有潜力的人，组建一个专职战斗的组织，你看怎么样？"

"嗯，交给你了。组建好之后再向我报告。"

红丸征求过我的意见，我同意了。其实我想说一切都交给他，但这样太不负责任了。因为我的工作就是决定一切事务。

目前这里是个魔物聚集的小镇，但我要慢慢完善国家体制。这一切都少不了红丸他们的协助。我今后也要依靠他们。

还有白老——现在拿着木刀站在我面前的刚步入老年的鬼人。

白老是毋庸置疑的剑术达人，他的实力非同小可。

他虽然是爷爷辈的人物，但有强大的气场。

我也能变为人形，而且也想学剑术，但我错得很彻底。

我本想要是运气好的话没准能获得技术，不过这想法似乎太天真了。

我只在中学时代在学校学过剑道，而且从没拿过木刀，所以不可能随随便便就学会。

我有"千倍的认知速度"，接住攻击绰绰有余，但我看不透白老的行动。

话说回来，白老也获得了"思维加速"，我从一开始就没有优势。

结果这个修行非常艰苦，眼前这个鬼人让我吃了不少苦头……

我轻松获得了不少能力（技能），所以小看了这个修行。

和能力（技能）不同，技术是努力与修炼的成果。技术可不是轻轻松松就能学会的。

我本以为魔法也是一种技术，其实这二者有根本性的区别。

我只要吸收并解析水冰大魔枪就能获得这项魔法……

发发牢骚也是在所难免的。

如果技术也能解析的话，我也有机会学会，但这似乎非常难。我放弃了这个想法，技术没有捷径可走，只能脚踏实地地修炼。

啊，现在可不是研究的时候。

我用"拟态"变为成年人时，反应速度会下降。现在要全力以赴，所以我变为儿童的体形拿着木刀。

我发动"魔力感知"捕捉全方位的动向，而且还发动了"热源感知"和"超嗅觉"。

之后应该是那个声音……

# 第三章
### 使者与会议

"询问。是否改良'超声波',令其进化为高阶技能'声波感知'? YES/NO"

不愧是"大贤者",它没有辜负我的期望。

我当即默念 YES。这样一来,我就可以掌握魔素变动、热量、气味、声音等全部信息。我对感知范围内的一切了如指掌,应该没人逃得掉。

我自信地与白老对峙,白老也干脆利落地举起木刀。

刹那间,白老消失了,我的所有感知都没有反应。

接着,我的头顶受到冲击。

完美的一击,胜负已分。

既不痛,也没有伤害。白老并没有用力,这是理所当然的结果。

不过,就算这样……

这不是速度,是技术。我们的水平有着天壤之别。

"刚才那是……"

"呵呵呵。刚才的招数是隐形法的极致,名叫'胧'。这招数能将自身与环境融为一体,行动时不会扰动魔素。利姆鲁大人迟早能学会这招。"白老开心地为我解说道。

从这描述来看,我应该学不会。

白老掌握这一招少说也要一百年,这我怎么可能学得会。

"是啊,我迟早要学会这招。"我随口答道。

白老听后对我点了点头。

我有点心痛,但这也是没办法的事。与能力(技能)不同,想学会技术需要付出非同一般的辛劳。

论能力也许我更胜一筹，但我还是无力与白老抗衡。

毫不夸张地说，我对他无计可施。

我用炎化爆狱阵倒是有机会赢他，但问题不在这里。

这就是剑士吗？

这位老人是无名的大鬼族，他默默无闻地磨砺剑术。

说他是家臣团中最强之人也不为过。

不愧是白老，这份强大令人折服。

他还没拿出过真本事，变年轻后更是了不得。

也许当年他是名扬天下的"剑圣"。

我在心中感慨道。

"那我们再来一次——"白老露出和蔼的笑容，如一个亲切的老爷爷一般敦促我继续修行。

这时，洪亮的钟声响彻小镇。

有人触发了苍影布置的警报。

太好了。来得正是时候。

说实话，我无望战胜白老，正想结束这次修行。

我们停止修行，去找利古鲁德。

利古鲁德一看到我就跑过来。

"出事了，利姆鲁大人。有蜥蜴人使者造访！"他慌慌张张地向我报告。

话说回来，利古鲁德总是一副慌慌张张的样子。我印象中他总是跑前跑后的。

但是……蜥蜴人？

看来这件麻烦事终于来了。

## 第三章
使者与会议

第一个来找麻烦的不是半兽人而是蜥蜴人吗？

反正不管是谁都一样。我去听听对方怎么说。

*

我们去小镇入口迎接使者。

使者还没到。

蜥蜴人先派了一个人过来发出一个夸张的命令"村里的人统统出来迎接！"之后就离开了。

利古鲁德本想反问对方是什么来头，可是他们惊奇地发现那人竟然骑着巨大的疾行蜥蜴，还是个强大的战士。

据说一支蜥蜴人骑士部队足以轻松毁灭哥布林村庄，要求村里的人统统出来迎接也在情理之中。

既然来通告的是个骑士，那来者想必是个大人物。

看来需要以礼相待。

我、利古鲁德、红丸、白老四人在小镇入口处等候。

我叮嘱众人要小心应对。

"我们一定要以礼相待。"

"明白了。"

利古鲁德回道，其他人也点头表示了解。

"咦？紫苑干什么去了？"红丸问道，礼貌二字似乎让他想起了什么。

"啊，紫苑一大早就在打扫我的房间——"

"什……什么？"听到我的回答，白老显得非常意外。

"怎么了？那有什么好吃惊的？"

"不……不……没事……"

"是啊。紫苑也有所成长了，应该没问题……"

也不知道这两人在说什么，我突然觉得有些不安。

接着，我的不安化为了现实。

紫苑为我们端来茶水。

她努力想当好我的秘书。我正要开口表扬紫苑。

但……我看了那茶一眼便哑口无言了。

这是……茶吧……

疑似裙带菜的奇怪植物从杯口往外涌——这绝对不能喝。

这是怎么回事……解释一下！

我看向利古鲁德无言地问道，他迅速移开了视线。

这是怎么回事？

红丸紧闭双眼转向另一边。

至于白老……他发动了隐形术和空气融为一体。

这些家伙……他们都知道吧？

紫苑浑然不知我内心的纠结，她偷偷看着我，期待着我的夸奖。

等等，这要我怎么夸你啊？

我的本能向我发出警告，已经没有其他办法了吗……

为什么我现在是人形？如果是史莱姆形态的话还有办法糊弄过去。用专属技能"捕食者"把这茶隔离的话，至少可以渡过这一关……

现在后悔也无济于事了。

我抱着必死的决心把手伸向茶杯。

这时——

"啊，这是茶吗？我正好口渴了！"

巡逻归来的哥布塔边说边把手伸向茶杯，一口气喝光了。

咕——咚！！

## 第三章
### 使者与会议

干得好！我打心里为他喝彩！！

紫苑的表情如恶鬼一般，但他没发现。不，他现在已经无法发现了。

噗！哥布塔嘴里冒着泡倒下了。

他的手脚不停地抽搐，看来性命堪忧。

刚才好险。我差点就像他一样了。

紫苑疑惑地微微歪过头。

美丽的容貌和可爱的举止有种反差萌，但这骗不了我。

今后要禁止这家伙和一切与饮食相关的事务扯上关系。

"啊，紫苑，今后你做食物或茶水给别人时，必须要有红丸的许可！"我叮嘱道。

红丸惊讶得睁大眼睛看着我。

我用眼神告诉他：我不管，监督工作就交给你了。

紫苑与红丸失落地垂下头。

万一真出事就来不及了。

不，哥布塔已经遇难了。不过，他应该没事吧。他这次是为我挡灾，我要感谢他。

希望红丸今后能努力减少牺牲者。

\*

警报响起之后过了约一小时。

蜥蜴人使者伴着大地的轰鸣声来了。

我变回史莱姆形态，待在紫苑怀里。

虽然他们让我变为人形以防不测，不过没办法，还是普通一点比较有安全感。

紫苑似乎对护卫任务很有干劲，我就不泼冷水了。

而且她也想挽回泡茶的失败。

话说回来，房间的打扫没问题吧？不，现在就别管这事了。我放下脑中闪过的不安，把注意力转向使者。

十人的队伍中有个高傲的蜥蜴人从疾行蜥蜴上下来。

那人是他们的头吧？

"辛苦了！你们可以加入我的麾下，这是你们的荣幸！！"

他一来就说胡话。

连沟通都没有，单方面发出宣言，令我哑口无言。

我一句话都说不出。

这蠢货在说什么？不只是我，红丸他们也显得很疑惑。

"失礼了，请问为什么突然让我们加入……"

利古鲁德代表我们回应道，但那蜥蜴人无礼地打断了他的话。

"哼。你们也听说了吧？半兽人肥猪正在侵略森林，这里也会遭到攻击。只有我才能拯救你们这些弱小的杂鱼！"

这家伙似乎已经认定我们会加入他麾下了。

如果半兽人来犯的话，寻求蜥蜴人的庇护确实也是一条路。

我正在等待苍影的调查结果，不过和蜥蜴人并肩作战，抵御半兽人也是一个办法。

可是……

"对了，听说这里有人驯养牙狼族。我要让那人当干部。带他过来！"

唔，这个……

并肩作战确实是个办法。

不过，瞧不起战友的人能干什么？

## 第三章
使者与会议

　　"不怕神一样的对手，就怕猪一样的队友。"这话好像是拿破仑说的？我很认同这句话，猪一样的队友只会碍事。

　　特别是战场这样的特殊环境，如果这个猪一样的人还是上司……光是想象就让人不寒而栗。

　　我瞄了利古鲁德一眼，他张着嘴很是震惊。

　　红丸挠着头，他心里似乎在犹豫该不该杀了这家伙。

　　当然不能杀他。

　　这倒是不好办。这比刚才紫苑的事还让人尴尬。

　　白老抱着胳膊闭上了眼睛。

　　他太平静了，该不会睡着了吧？

　　而抱着我的紫苑气得加重了手中的力道。

　　住手！我的身体被压扁了。

　　我慌忙挣扎了一下，她这才想起我，把手松开。

　　紫苑冒着冷汗向我道歉，看来她很容易被惹怒。

　　以史莱姆形态待在紫苑怀里很舒服，但也很危险。

　　其实紫苑获得了高阶技能"刚力"和"肉体强化"。鬼人的力气本来就大，而且还得到了两项技能的双重强化。

　　不能因为她是美女就对她掉以轻心。

　　她似乎控制不好力道。要是被她勒死那就太丢人了，今后一定要注意。

　　不过，真是难办。

　　想不到使者是个蠢货。

　　"那个……那个人就是我，不过牙狼是我的伙伴，不是我驯养的宠物……"我对那个高傲的男人说道，总之先接下他的话。

　　"哈？是一只下等史莱姆？别开玩笑了，拿出证据给我看看。

103

否则我是不会相信你的。"那家伙趾高气扬地命令道。

我有些不快。

这家伙在交谈时一味地自说自话，根本不听人说，这也太目中无人了。

我以前在工作时也会接触大公司的员工和政府官吏，但极少有人会如此露骨地藐视别人。

我也没必要对这种蠢货以礼相待，更不能让这种蠢货当队友。

我决定改变对使者的态度。

"岚牙。"

"是，我在这儿。"

岚牙从我的影子里出来了。

最近潜伏在我的影子里已经成了岚牙的习性。

这也算是"潜影移动"的一种运用方式吧。

"哦。那家伙找你有事。你就赏脸听他说说吧。"

光是听那个人说话，就让我火冒三丈，我决定把这事丢给岚牙。

这绝不是嫌麻烦。

我只是觉得他面对岚牙也许会好好说话。

这家伙竟然认定我是杂鱼，不愿和我说话。利古鲁德刚见到我时都比他强。既然他不愿意和我沟通，那也只能这样了。

话说回来，既然他注意不到我的妖气，那他应该也没什么大不了的吧？

我的妖气本来就藏不住，就算特地放出来，他也有眼不识泰山。

真是不可思议。

得到我的授意后，岚牙转向蜥蜴人。

身强力壮的蜥蜴人战士穿着铁护胸在使者周围保护他。这些战

## 第三章
### 使者与会议

士被瞪一眼就畏缩了。

这也在所难免。

岚牙现在没有缩小体形,他展露出原本的巨大身形。

"主人命令我来和你谈。你说吧。"

岚牙直视着使者,并对那些蜥蜴人使出"威压"。

蜥蜴人战士直接受到"威压"的影响,浑身僵硬。

不过,有一人没有僵住。

使者虽然有些狼狈,但还能勉强维持住自己的威严。

说不定他比我想的要有骨气一点。我对使者的看法稍稍有所改观。

"哦,哦。你就是牙狼族的族长吧?我是蜥蜴人兵长加维鲁!请多关照。正如刚才所说,我是'持名魔物'。你别管那只史莱姆,来和我联手吧?"他厚颜无耻地说道。

真想揍他一顿,不过现在要忍耐。

现在不应该和他计较,要有成年人的度量。

我是成年人。冷静点。还有紫苑,她比我更需要冷静。

住手,你再加大力道,我史莱姆的身体就要走形了。

注意到我在拼命挣扎,紫苑慌忙低头向我道歉。

她似乎很难忍住怒火,但我真心希望她能注意一点。

不过这个使者也是,区区一只蜥蜴也敢如此狂妄……

他名叫加维鲁,看来是因为有名字才会这么目中无人。

"岚牙,解决他!"我在心里呐喊道。

"区区一只蜥蜴——竟敢嘲弄我的主人——"

岚牙咬着牙眼中冒着红光,散发出无声的怒意。

岚牙……你要手下留情啊……

105

不过这只蜥蜴没事吧？如果他不是使者，就算被揍一顿，也只是笑着说一句自作自受，这事就过去了……

"看来你被那家伙欺骗了。好吧，那我就用武力打倒欺骗你的家伙。谁先来？你们所有人一起上也无妨哟！"

喂喂……这只蜥蜴在说什么？

这玩笑可开大了。这只蜥蜴太没眼力了，他真应该好好学学。

你可是这里最弱的一个。

啊，这么说好像过分了。他好像比利古鲁德强。

利古鲁德也有 B 级的实力。他是大型哥布林的王，是最强的大型哥布林战士。大型哥布林的平均实力是 $C^+$，从这点来看，他的进化相当成功。借助凯金打造的装备，他在 B 级中也拥有相当强的实力。

但他没学过武术和剑术，所以应该比不上真正的战士。

技术对战斗力的影响非常大，这是我最近才学到的。

而这只蜥蜴——加维鲁虽然举止高傲，但却是个身手不凡的战士。

既然敢说这话，想必他对自己的身手很有自信吧。

我们互相看了看。

那么岚牙打算让谁当那只蜥蜴的对手呢……

"咦？你们在干什么？"那个最不会察言观色的哥布塔在这时候启动本能复活了。

"你没事吧？"

"你听说我！我刚才在河里游泳时，有个好听的声音说我获得了'毒素耐性'！接着，我就缓过气来，醒了。"哥布塔轻松地说道。

那条河该不会是三途河吧？那条河的对岸可是另一个世界……

不过这事还是别告诉他比较好。

"是吗？'毒素耐性'吗？好厉害，连我都不会这项技能……"

"是吗？嘿嘿，我很开心！"

哥布塔非常开心，但这糟糕的时机决定了他的命运。

"呵呵呵，好吧。如果你能打倒我认可的男人，我就再考虑考虑。"

说完，岚牙指定了哥布塔。

果然是这样。

哥布塔惊恐地说："啊！什么事？"不过这事已经定下来了。

太好了。我刚才正头疼应该选谁。

所有人都狠狠地盯着那只蜥蜴，都想狠狠地揍他一顿。

不知为何，看到那凶恶的目光后，我反而冷静下来。

要等到有人动怒之后，其他人才会冷静下来。

话说，岚牙的想法也很可怕。从他的眼神可以看出他想让哥布塔去送死。

直接教训使者有失体面，不过如果对方先动手的话，我们就有借口了——真是个狡猾的家伙。岚牙这一点到底像谁呢……

"决定了吗？我也可以陪你过几招哟。不过也许交给部下更好，否则你会暴露自己不堪一击的实力。"加维鲁一脸得意地对我说道。

实在令人不快。看来他坚信我骗了岚牙他们。

真想揍他。真想狠狠地揍这家伙一顿。

我好不容易恢复了冷静，他又点燃了我的怒火。

"哥布塔，不要手下留情。放手干吧！如果你输了，我就要用紫苑的料理喂饱你！！"

"请等一下！这事好像已经定下来了，那我就不多说什么

关于我变成史莱姆这档事2 Regarding Reincarnated to Slime

了……但至少赢了的话给我一些奖赏吧！还有，唯独紫苑的料理我不要……"

"这话实在让人火大……"

紫苑绷着脸，我就假装没看到吧。

嗯嗯？是啊。确实有必要给他奖赏。

既然哥布塔已经尝过紫苑的料理，那他现在应该会尽全力战斗……不过反正他也赢不了，再怎么尽力也没用，但还是要考虑一下奖赏。

"好。那我就请黑兵卫给你打造一件武器吧。"

"真的吗？"

"喂喂，哥布塔君，我什么时候说过谎？"

"不，你是没说过谎……但我总觉得自己经常被你骗……"

"那是你的错觉。"

"是我的错觉吗？说得也是呢！"

嗯。幸好哥布塔很好糊弄。

岚牙见我们说完了便向我示意，我向他点点头。

"如果想让我帮你，就先让我看看你的实力。那开始吧！"岚牙对加维鲁说道。

他话音一落，战斗便开始了。

哥布塔摆好架势，而加维鲁则漫不经心地拿着枪。

哥布塔的武器也是骑兵的枪，看来这是一场长兵器间的较量。

哥布塔应该没有胜算。因为他擅长的是小刀类的武器。

"哼。大型哥布林虽然比哥布林强点，但在我面前都一样！我们蜥蜴人可是伟大的龙族后裔——"

## 第三章
### 使者与会议

正式开始之后，加维鲁仍不可一世地讲个不停。

他认为哥布塔这个对手太弱，毫无威胁。

不过，说到哥布塔——

"你不动手吗？那我先上了！"

出乎我的预料，哥布塔一心求胜。

"哼，没规矩！"

加维鲁不慌不忙地往下拨开哥布塔的枪。但这正中哥布塔的下怀。

有那么一瞬间，加维鲁把注意力转移到枪上。哥布塔抓住这机会一下潜入影子里。

什……么……

我简直不敢相信自己的眼睛，哥布塔竟然使出了"潜影移动"。

当然，与他交锋的加维鲁也失去了目标……

"躲到哪儿去了？"加维鲁边叫边慌慌张张地环顾四周。

但此时胜负已分。

哥布塔从加维鲁身后的影子里飞了出来并顺势扭过身使出一记回旋踢。

加维鲁似乎还没搞清发生了什么。他对这来自背后的偷袭毫无防备。那一脚直接命中他的脖子，他瞬间失去意识。

哥布塔那一脚瞄准铠甲和头盔间的缝隙，非常完美。

延髓是神经集中的区域，无论蜥蜴人的肉体有多强韧，也承受不住对延髓的冲击。他有鳞片的保护，估计小命还在，不过可能需要一点时间才能恢复。

也就是说——

出乎我的预料，哥布塔赢了。

"胜负已分。胜者哥布塔！！"

听到岚牙的宣告，红丸等人发出了喝彩。

能得到奖赏的哥布塔听了也非常高兴。

不过……我没想到哥布塔竟然能以绝对优势赢了蜥蜴人兵长加维鲁。

加维鲁拥有 $B^+$ 级的实力，可是却被哥布塔秒杀了。

啊，哥布塔的成长实在令人惊叹，想必其他人也很意外。

"不愧是哥布塔。我果然没看错人。"岚牙满意地点点头。

"干得好！你给我们大型哥布林长脸了！"利古鲁德非常高兴。

"我对你刮目相看了。你刚才无礼的话我就当没听到。"紫苑面带笑容夸奖道。

"干得不错。你比和我们战斗时更强了。"红丸说道。

"嗯，干得好。那个小伙子有潜力，值得锤炼。"白老锐利的目光盯着哥布塔。

能被白老看上，哥布塔这家伙还不赖。

可怜的哥布塔，看来他被修行的恶鬼给盯上了。就算为了减轻我的压力，你也一定要一起来修行。

话说回来——

咦？也就是说其他人都认为哥布塔会赢？我看了看其他人，似乎他们都相信哥布塔会赢。看来只有我一人认为哥布塔不会赢。

我刚才似乎过度解读了岚牙的想法。

"不……不愧是哥布塔。干得好！我会履行诺言请黑兵卫给你打造一把武器。"

我也装成从一开始就相信哥布塔吧。

我是懂得察言观色的男人，于是配合其他人一起夸奖哥布塔。

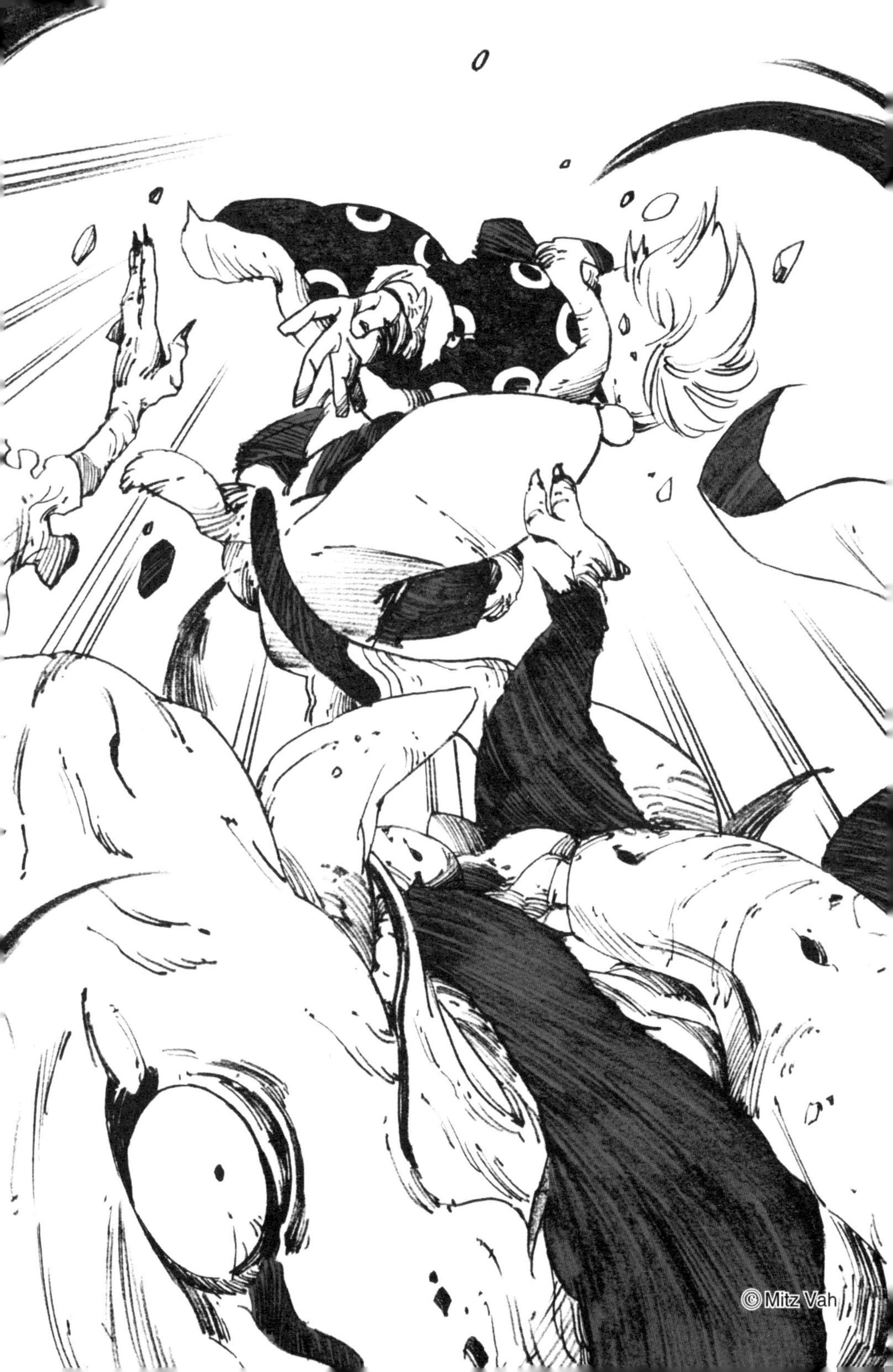

关于我变成史莱姆这档事2 Regarding Reincarnated to Slime

那么,至于落败的加维鲁和他身边的那些人……

加维鲁没有外伤,只是晕过去了。

加维鲁的部下本想给他助威,结果话还没喊出来就僵住了。

"喂,已经分出胜负了。我们拒绝当那家伙的部下。如果你们愿意和我们一起对抗半兽人的话,我们还有的谈。不过今天你们就带上那家伙回去吧。"

听到我的话,蜥蜴人终于动了起来。

就这样,他们带着那个咋咋呼呼的使者回去了。

*

那个蠢货走了也无妨,我们现在必须制订今后的计划。

我决定召集众人一起开会。

我在这座小镇最大的住宿建筑物隔壁临时设了一座用于议事的小屋。众人在这里集合,商讨今后的计划。

我命令利古鲁德召集没到场的人。

"我立即召集他们。"利古鲁德点点头让哥布塔跑去传令。

我也通过"思维传递"叫苍影回来。

我召集了各位要员。

大型哥布林利古鲁德和利古鲁、鲁格鲁德、雷格鲁德、罗格鲁德以及莉莉娜,矮人凯金,鬼人红丸、朱菜、白老、紫苑、苍影,还有我。

不包括我,总共十二人。

除各生产部门的负责人外,其他都是负责这座小镇的主要人员。

# 第三章
### 使者与会议

建设、制作部门的代表兼总负责人是凯金。

管理部门由娜娜莉负责。

政治部门的最高负责人是利古鲁德，鲁格鲁德、雷格鲁德、罗格鲁德分别负责司法、立法、行政。这些部门还有待完善，今后的问题堆积如山。

军事部门是红丸和白老。

谍报部门是苍影。

警备部门是利古鲁。

现在增加了军事和谍报部门，一共定下六个部门。

目前整个组织还非常不完善，但也没有出现问题。各部门也空有名号几乎没有实际工作，但可以慢慢充实。毕竟我们目前才刚解决食物问题。

现在连狩猎相关事务也由警备部门负责，要说的话这应该也算个问题。

仔细想想利古鲁这家伙还真能干。可以说，他这样的人是我们的无名英雄。

负责军事部门的红丸也在头疼去哪里招兵。

他和利古鲁商量过，现在正从警备部队中挑选有实力的人。

我才刚任命他，所以现在也只能先这样。不过，既然现在半兽人和蜥蜴人蠢蠢欲动，那这事就必须抓紧进行。

尽管红丸肩上的担子很重，但为了其他人，你要努力啊。

娜娜莉很机灵，而且非常勤奋。她负责的虽然是管理部门，但实际工作其实是农业生产。她采回野生的芋种，并成功开始种植。这种作物种植周期短，营养价值高，她为改善食物做出了贡献。为了保障我们有丰富稳定的食物供应，她还在驯养魔兽和养殖鱼类等。

同时，她也管理着产品、采集的素材、搜集的资财等全部物资。可以说是她在支撑农业、林业、水产业、畜牧业全部领域。

现在规模很小，所以她还忙得过来，不过将来有必要视情况进行调整。

如果今后能和人类通商的话，我还想采购各类蔬菜的种苗。如果能实现的话，单凭莉莉娜一人就应付不过来了，看来到时候有必要增加负责人。

那些哥布林美女现在也非常努力，她们正在向朱菜学习纺织技术，而且还有哈鲁娜这样的人才。就算我不操心，她们也有办法搞定。

建设、制作部门全权交由凯金负责。

虽然他本人专职锻造，但现在有了黑兵卫的协助，他就成了总监。

他们技艺高超，擅长的领域也泾渭分明。工坊已全权委托给黑兵卫负责。

他说过："我现在诸事缠身忙得不可开交，等稳定下来之后，我想潜心制作。"

真那样的话，他可能会埋头研究，似乎会很可怕。

黑兵卫也是，等做好我要的武器后似乎也要和他一起埋头研究。

我干脆将错就错和他们一起研究也不错。即便是为了这个，我也想早点安定下来。

\*

外出侦察的苍影回来了。

既然全员到齐，那就开始会议吧。

"现在我们开始会议。首先听听侦察报告。"等全员入座之后，我说道。

听到这话，苍影开始报告情况。

内容大致为三项：

一、哥布林各个村的情况。

二、湿地一带的状况。

三、半兽人的行军状况。

苍影驱使六个"分身"搜集了这些情报。

他往每个地方各派出两个"分身"去搜集情报。

现在还有几个"分身"留在当地继续调查。

所有人都静静地听他说。

首先是哥布林各个村，据说他们大部分加入了蜥蜴人兵长加维鲁麾下。

就是刚才的蜥蜴人吧。竟然会给那个蠢货当部下，真是群奇怪的家伙。

那些没有加入蜥蜴人的哥布林都惊慌地逃亡了。

有很多哥布林逃往人类的国家，不过恐怕他们会沦为人类讨伐的对象。

如果在森林里群居生活，人类也不会多管闲事，可是一旦踏足人类的领域，当事人就会露出獠牙。任谁都会保护自己的住所，这是理所当然的事。

虽然我不清楚人类的战斗力，但估计哥布林这种低级魔物一下子就会被剿灭。

这样的话，他们只能躲起来，但他们的未来一片黑暗。

苍影也说了加维鲁的事。

他收编了哥布林组建了一支七千人的军队。

他们集结在山脚下的平原上。

数量不少啊。

估计和与我们交涉时一样,他也是以保护哥布林免遭半兽人践踏为条件引诱那些哥布林加入的吧。

他也算有脑子。不过那些哥布林交出了所有余粮,就算能赢半兽人,之后也会有人饿死吧。

这一点他倒是完全没有考虑。

虽然接受这一条件的族长也有错,但估计族长认为这总比被半兽人杀死好。

……不,也许族长想通过和半兽人的战争减少人口,让战争幸存者活下去?

如果是这样的话,这一方针算是弱小的种族为了生存而做的博弈。

我们也无法置身事外。

这座小镇还没建设完成,但我也不能轻易放弃这里。

如果放任半兽人入侵这里,这一带的森林也会遭到掠夺,那我们将难以找到食物。

要想保护现在的生活,就必须要在湿地一带击退半兽人。


苍影又报告了湿地的状况。

蜥蜴人首领在那里集结各部族的战士,组织了近万人的军队。

他们从湖中捕鱼,准备了充足的食物。

蜥蜴人准备据守天然迷宫,将半兽人各个击破。

半兽人需要他们如此大动干戈吗?

蜥蜴人是强大的种族,现在他们动用全族的力量防备半兽人,

# 第三章
## 使者与会议

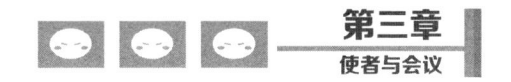

而且还准备与弱小的哥布林联手……

最后是确认半兽人的行军状况。

"半兽人军队总数——约二十万——"苍影顿了一下，清晰地说出了那个数字。

"哈？二十万？"我不禁惊叹道。

我记得袭击大鬼族之乡的数量应该是几千人……

"袭击我们家园的部队只是其中的一小部分吗？"

"是的。这是我经过调查确认的。他们的总数应该有二十万。半兽人主力从南面沿着阿米鲁特大河畔的较为宽广的侵略路线移动。这数量只是我根据道路宽度和队伍长度估算的，估计数量不会低于十五万。我正在确认侵略森林各地的部队，过分低估敌人的数量十分危险。"苍影毫不犹豫地断言。

他说半兽人军队塞满了广阔的道路，延绵几千米，一路侵略。

"你知道半兽人的目的地吗？"

"是！半兽人军队计划穿越西斯湖周边广阔的湿地，突破蜥蜴人的领地。可是……"

"可是？"

"可是那前面是人类的地盘。我不清楚那些半兽人的目的是什么，但如果继续突进的话，将无法避免与人类各国产生冲突——"

难道他们有什么计划？不，等等……

如果他们只是想统治森林的话，消灭了蜥蜴人之后会停下来吗？

那些半兽人的目的到底是什么？

"苍影，你怎么看？半兽人的目的是消灭蜥蜴人吗？还是说他们打算继续侵略后面的人类国家？"

"现在还无法判断……"

说的也是。

话说回来，我还不清楚地形。

"首先我想了解半兽人的目的。苍影，你有类似地图的东西吗？"

"地图是什么？"

"呃……"

……

万万没想到，在场的人几乎都不知道地图是什么。

只有凯金知道。他只是知道地图，但从没见过。

看来在这个世界，地图属于军事机密。

没办法，我拿了一块大木板放在桌上，在木板上画下大致的位置关系。

魔物间可以通过"念话"交流，能在一定程度上共享信息。弊端是妨碍了记录媒体的发展，造成了现在的状况。

白老也听爷爷说过地图，他也在木板上画下了大鬼族之乡周边的地形。

没有纸太不方便了。

总之先拿来木板，从这座小镇周边的地形开始画起。

这次我反过来，用"思维传递"连接苍影的思维，直接读取他对地形的记忆，并画在木板上。这确实很方便。这种便利是人们不用记录媒体就能交流信息，所以画地图可能也没多大意义。这也可以被视为一种改善，毕竟在魔物的生活中，记录媒体可有可无。

不过，毋庸置疑，知识的传承是人类的优势。这是发展最重要的原动力。虽然现在会有些不便，但我希望他们能养成记录的习惯。

我读取了所有人的思维，用"大贤者"整合这些信息，然后在木板上画下了详细的地形图，做出了一张还算能看的地图。

虽然缩放比例和其他信息只能用做参考，但姑且还能用。

没想到在进入会议正题之前，我在画地图上耗费了一些时间。

现在进入正题。

"像这样简单易懂地标明地形的东西就是地图。你们边看这张地图边听我说。"

这地图画在拼凑而成的木板上，众人围着地图。

我用"思维传递"把所有人都连接在一起，共享思维。

"好了吗？现在开始我们边看地图边推断蜥蜴人和半兽人的动向。我们的目的是推断出半兽人的想法。只要知道他们的想法，我们就好办了。"

听到我的话，众人一齐点头。

我让苍影在半兽人军队的位置放下木片。

木片经过简单加工，表面上写着半兽人主力，像象棋的棋子一样。

半兽人的侵略路线一目了然。

鸠拉大森林有三条大军能够通过的路线，这三条路线分别通往不同的方向。无论哪一条都要沿着连通加纳特大山脉的阿米鲁特大河前进。

阿米鲁特大河在鸠拉大森林中心位置附近一分为二，大支流流入西斯湖。大河干流连接南北，贯穿大陆。河水然后缓缓往东拐去汇入东部之海。

这条大河的对岸也是森林，但严格来说，另一边是人类国家东方帝国的领地。穿过鸠拉大森林之后就是孕育阿米鲁特大河的肥沃大地，那是魔王们的领地。

没错，魔王不止一人。

我记得静也说过莱昂是魔王之一。我当时还觉得奇怪，现在我的疑问终于解开了。给利古鲁德的儿子命名的是一个魔人，这么说来，那个魔人所侍奉的魔王有可能和莱昂毫无关系……

不，这事和现在没有关系，问题是半兽人的侵略路线及目的地。

根据苍影的报告，半兽人的栖息地在魔王领地，他们离开了栖息地，目前驻扎在阿米鲁特大河。这肯定就是大军行动的路线，但他们同时还派别动队侵略森林，消灭周围强大的魔物，就像毁灭大鬼族之乡一样。

别动队的目的是确保食物，但是好像有些不自然。

"你们怎么看？"

我询问众人的看法，同时边移动写着半兽人别动队的棋子，边把大鬼族的棋子从地图上拿走。

"你指的是……"

"半兽人派出了别动队吧？他们为什么不直接突入森林，还是有什么不便之处？"

白老回答了我的疑问："因为大森林里的树木会影响大军的行动。"

我也想过这一点。不过，既然这样——

"那些家伙为什么要毁灭我们的家园？这与大部队的移动无关，为什么还要多此一举？"

"唔……听你这么说，确实很奇怪……"

## 第三章
### 使者与会议

是啊，半兽人似乎没必要特地与森林的高阶种族大鬼族开战。虽然可以掠夺大鬼族之乡的食物，但这非常不划算。虽说有数千人，但与大部队相比，这只是一支小队，用这支小队袭击大鬼族之乡……

事实上，袭击大鬼族之乡的半兽人伤亡也很惨重。

袭击大鬼族之乡真的只是为了食物吗？

"那些家伙没有提雇我们当佣兵的事。他们肯定从一开始就想把我们杀光。"

"确实是这样。我的高阶技能'恶意感知'也从一开始就察觉到了敌意。"朱菜点头赞同红丸的看法。

也就是说，半兽人的目的是消灭大鬼族。

不仅如此……

"从大部队的侵略路线和别动队的行动来看，预计他们会在湿地会合。"白老锐利的目光盯着地图，低声说出了自己的想法。

众人一起转向地图。

半兽人主力的棋子和半兽人别动队的棋子——我同时移动这两枚棋子，他们会合的地点是蜥蜴人统治的湿地。

湿地周边是开阔地带，可供半兽人主力展开战斗阵型。

前提是能无视那里对半兽人不利的泥泞地形。

"如果半兽人继续前进，他们肯定会和蜥蜴人产生冲突吧？那些家伙的目的是消灭蜥蜴人，登上鸠拉大森林的顶点吗？"

"这个嘛，他们的目的怎么看都不像要称霸鸠拉大森林……确实令人费解。"

"会是我们之前猜测的，和魔王联手吗？"

"虽然可以确定有人在背后支持半兽人，但还不能确定那是不是魔王。现在还是不要妄加猜测比较好。"

"就算半兽人与某个势力联手，可是他们消灭森林里的强大种族的目的又是什么？"

我提出疑问之后，众人纷纷提出自己的意见。然而，讨论看似要无果而终，可我们仍不清楚最重要的问题——半兽人的目的。

这时——

"半兽人是怎么解决二十万大军的食物问题的？"朱菜低声嘟囔了一句，众人同时停下了动作。

"当然是从森林里搜集食物……"红丸说到一半突然停了下来，他似乎意识到自己这说法有问题。

是的，这太不正常了。

"苍影，半兽人的别动队有补给部队吗？"

"……没有，我没发现补给部队。主力部队后方有部队在运输食物……可是数量不足。运输部队人数在两万左右，无论如何都无法满足二十万大军。"

既然他们沿着大河行军，那水的补给应该不是问题。但食物补给的问题倒是值得考虑。这样看来他们的食物没有保障。

按说无论是别动队还是主力部队都需要进行补给……

半兽人似乎没有后勤的概念，不知道什么是"必要的东西、必要的时间、必要的数量、必要的场所"，但不管怎样，他们也不会想饿着肚子战斗吧。

而且既然他们没有给别动队提供补给，那别动队也不可能搜集食物提供给主力部队。毕竟他们光是确保自己的食物就已经力不从心了。

虽说是别动队，但规模也有数千人。光是确保他们自己不饿肚子就已经极为困难了。

## 第三章
使者与会议

苍影似乎想说什么，但又打住了。

"怎么了？你有话要说吗？"

在我的催促下，苍影吞吞吐吐地说道："这只是我个人的猜测……饿死或战死的人的尸体……可能被其他半兽人吃掉了……因为……战斗结束后我调查过战场……没有一具尸体……"

苍影说了一件可怕的事。

红丸听到这话咬牙切齿。

"什么？难道我们的家园也一样？"

"……嗯。什么都没剩下……"苍影艰难但明确地答道。

"什么？"

"没想到……"

鬼人们无言以对。

呕……半兽人是这样的种族吗……

我不由得想象那副场景，感觉非常恶心。

"不管怎么说这也……"

"那些家伙确实什么都吃，但也不至于这样吧？"

听到利古鲁德和凯金的疑问，苍影冷静地答道："不，这终究只是我的猜测。可是，他们所过之处没留下一具尸体。我们的家园也干干净净的，什么也没留下。这是不争的事实。而且，我知道有一种能力有这样的效果——"

苍影顿了一下，表情有些纠结。

"该不会……是猪头帝……"

不过还没等苍影开口，红丸就接上了他的话。

"是的。虽然还不确定，但猪头帝可能现世了。至少可以确认半兽人有高阶的猪头骑士团。袭击我们家园的应该也是那些家伙——"

"确实。他们的实力那么强，就算是猪头骑士，不——是猪头将军（Orc General）也不足为奇——"

"如果是这样的话，所有问题都说得通了……"

鬼人们的表情十分严肃，他们好像都知道猪头帝。不过我、凯金还有利古鲁德等一干大型哥布林都一头雾水。

"喂喂，那个猪头帝到底是何方神圣？给我们解释一下。"凯金终于回过神来，向红丸问道。

"是啊。请给其他人解释一下吧。"

我和凯金一起寻求解释。

然后，我们知道了猪头帝的可怕之处。

总而言之，猪头帝是一个拥有强大支配系能力的特殊个体（特异魔物）。每隔几百年会突然出现这样的个体。他会为世界带来混乱，被称为最糟糕的魔物。而且猪头帝现世时一定会有某项技能，那就是专属技能"饥饿者"。

这项技能能让友方变得像蝗虫一样吃光周围的一切，十分可怕。这像诅咒一样会让人被无尽的饥饿感折磨，但也有极大的好处。受此技能影响的人会吃光周围的一切有机物，并将其转化为自己的能量吸收进体内。虽然很饿——不，正是因为这份饥饿感，受影响的人才会发挥出巨大的潜力。

这项能力真正恐怖的地方在于可以吸收被吃掉的魔物的属性。

被吸收的属性包括魔物的力量、身体的特性乃至技能……

虽然不能保证必定获得那些属性，但吃得越多获得那些属性的可能性就越高。

## 第三章
使者与会议

也就是说——

"半兽人的目标不是消灭半兽人或蜥蜴人等森林中的高阶种族……而是夺取他们的能力？"

我不禁叫出声来，鬼人们没有回答。

这份沉默意味着他们的结论和我一样。

*

会议室陷入了沉默。

气氛很沉重，但还不能确定猪头帝是否真的现世了。

而且，假设猪头帝真的现世，也不是完全没有办法。

正因为这个灾厄般的魔物已多次现世，所以世人也掌握了应对的方法。

"那要怎么对付他？"

听到我的问题，鬼人们面面相觑。

凯金和利古鲁德等人颇有兴致地看着鬼人们。

朱菜回答了这个疑问："说来惭愧，过去出现的猪头帝全部都是被人类剿灭的。专属技能'饥饿者'虽然强大，但他终究需要从被打败的人身上夺取特性强化自身。魔物拥有各种固有技能，猪头帝能将技能还原成魔素之后转化为自己的力量，但他无法从人类身上夺取技能。人类擅长的技术和技能不同，技术是各人通过努力或才能取得的。所以只要人类的国家出动，就有可能剿灭猪头帝……"

原来如此，就是说只要不给他喂食，他就不会成长。他们之所以吞吞吐吐，估计是因为他们认为魔物不应该依靠人类。

我们可以查出猪头帝夺取的能力，也不至于没有对策。猪头帝现世的时间越短，他的威胁也越小……

这个对手似乎没有那么危险。不过这次半兽人已经组建起骑士团，而且还拥有二十万大军……

还要加上为他们提供装备的未知势力吗？

看来情况不容乐观。

如果猪头帝得到智慧的话，搞不好会成长为"魔王"。

这是何等棘手的魔物。

要是早点剿灭那么麻烦的家伙就好了。

现在抱怨也无济于事。

现在正是勇者出场的时候，不过我连勇者在哪儿都不知道。

"总之要先确认猪头帝是否真的现世了。如果真是这样，那最好让冒险者卡巴鲁他们把这个消息散播出去。"

"遵命！"利古鲁德点头应承。

我曾听说冒险者隶属于公会。卡巴鲁知道这事后应该会帮我们转达给公会。

我本以为会有人反对我委托公会处理这事，看来是我多虑了。

大概是因为他们之前和冒险者卡巴鲁他们的关系不错，所以没有厌恶感吧。

至于对公会的委托，只要卖掉"魔钢块"就能筹到一些钱。只要有钱，他们应该也不会因为我们是魔物就拒绝。或许可以让矮人兄弟出面交涉。

最重要的是，如果置之不理的话，猪头帝最终也会对人类构成威胁。只要好好交涉应该就没问题。而且……

如果要让人类来对抗猪头帝的话，那就先把这消息告诉人类，让他们有所准备比较好。

至少，如果蜥蜴人落败，那些人类国家就有可能成为半兽人的

## 第三章
### 使者与会议

目标。

即便半兽人吃人类没有意义,但二十万半兽人大军的侵略也足以成为导致国家毁灭的大灾害。

我们决定暂且放下猪头帝的事继续会议,这时——

突然,苍影僵住了,他的表情十分严肃。

"发生什么事了?"

苍影答道:"其实,有人来与我的一个'分身'接触……那人无论如何都要见利姆鲁大人。您看怎么处理?"

"接触?而且还指名找我?到底是谁……"

我认识的人屈指可数。难道是我刚才提到的卡巴鲁他们?不过他们说过从城镇来这里要花好几周。这样算来,往返一趟就要花一个多月,怎么想都不会是卡巴鲁他们。

"他没有指名,他说想见我的主人。那人是……树妖精(Dryad)。"

苍影这话让全员不禁发出惊叹。

看来那是很有名的魔物。

"不可能!树妖精大人最近一次出现可是几十年前的事!"

"最近那位大人一直没有现身,现在这是怎么了?"

看来对大型哥布林而言,树妖精是高高在上的魔物。从大鬼族的反应来看,树妖精应该也是相当强大的魔物。

苍影擅长隐匿行踪,虽说只是"分身",但要想发现并与之接触也没那么容易。这么看来,能做到这一点也足以证明对方的实力超出苍影数个等级。

"我明白了,见见那人吧。带那人来这里。"

这似乎是个正确的决定。

我应允之后没过多久，有个人被带到这座小屋来了。

那人紧紧跟在苍影的"分身"后面，速度丝毫不比"潜影移动"慢。

那是一个有着美丽绿发的美女。

雪白的肌肤、轮廓分明的眼鼻，这相貌似乎是北欧系。淡绿的厚嘴唇和蓝色的瞳孔很相配。她的外貌看起来就像二十岁左右的人类。

不过她的身影稍微有些透明，一看就知道她没有肉体。

树妖精正如其名，是妖精的后裔，和精神生命体很像。

后来我听说树妖精是森林的高阶种族树人族（Treant）的守护者。论实力，树妖精是 A 级中的佼佼者。

既然树妖精是和炎之巨人（伊芙利特）同级别的高阶魔物，那自然会受到利古鲁德等大型哥布林的敬畏。

她的目的到底是什么？

会议室再次安静下来。

她们是长寿的种族，极少离开居住的圣域。

她们甚至被当成鸠拉大森林的管理者，很少有人有幸见到她们。据说她们会对无礼之徒或对森林抱有恶意的人降下天罚。

曾为大鬼族的红丸等人现在的反应也和利古鲁德他们差不多。看来这个绿发美女实力非凡。

树妖精环视众人，最后视线停留在我身上。

"魔物统帅及各位从者，初次见面，我是树妖精托蕾妮。今后请多关照。"

树妖精问候道，她露出笑容的瞬间，仿佛一朵花苞绽开了。

## 第三章
使者与会议

我心想我们是不是太小心了?

她是个妖精般的美女,我会这么想也在所难免。

"嗯,初次见面,我叫利姆鲁。'魔物统帅'这个称呼太夸张了,你就当我是普通魔物吧。"

话说回来,这异名怪让人不好意思的,我可不想被人传出去。

我想这事的时候,其他人做完了自我介绍。

"听说你找我有事?"为了掩饰这份尴尬,我问道。

"是的。我今天来访是因为森林里的异变,想必各位也知道这件事。我是森林的管理者之一,对这次的事我不能坐视不理,所以才会来这里。请你们务必让我也参加会议。"

她再次环视众人,接着视线又一次停留在我身上。

她的名字是托蕾妮。那她就是持名魔物了?她确实很强。

"你为什么要来这座小镇?森林里还有比哥布林更强大的种族吧?"红丸问道。

"现在这一带最大的势力就是这座小镇。这一带剩下的势力都跟着那个名叫加维鲁的蜥蜴人离开了。树人是无法自行移动的种族,所以和其他种族的交流非常有限。面对外敌袭击或遇到自然灾害,他们自己无能为力。我们树妖精只放出精神体,多少还能外出,但数量太少……如果这次的元凶盯上了树人村庄的话,单凭为数不多的树妖精无力与之抗衡。所以,请你们务必伸出援手。"托蕾妮带着明朗的笑容说道。

她的语调和外表一样平静。

不愧是长命的种族,她的心理年龄似乎很大。

问题是她的话是否可信。

树妖精足以匹敌伊芙利特,树人村庄中至少还有几位树妖精,

129

她们应该足以抵御大多数威胁……

难道他们想用我们来当诱饵？还是有其他什么目的……

"您刚才有提到这次的元凶。你们知道现在森林里发生了什么事吗？"白老追问道。

"是的。猪头帝正率领大军入侵。"这位名为托蕾妮的树妖精立即答道，没有半点犹豫。

听到森林的管理者轻描淡写地确认了这一事实，会议室的众人如失声一般同时静了下来。

"这是不是意味着你们已经确认了猪头帝的存在？"终于，红丸开口问道。

"嗯。我已经说过了，如果猪头帝盯上了树人群落的话，我们无力与之抗衡。因为树人无法移动，即便用魔法应战也没用。树人的'幻觉魔法'对不怕死的半兽人不起作用。而能烧毁尸体的火系魔法对树人而言是把双刃剑，也没人会用。能对付大军的强大魔法会把树人自己也消灭，而且……"

托蕾妮说到一半停下来环视我们，然后又把视线停留在我身上。

"而且，我们已经确认这次猪头帝的行动是高阶魔人搞的鬼。我们树妖精必须防范这一点。虽然还没弄清那魔人是哪个魔王的手下，但我们决不允许有人在这座森林中乱来。"

托蕾妮眼中多了几分锐气。

不愧是位于森林顶点的种族，不仅是话语，她全身都散发出霸气。

"你说希望我们帮忙，那我们具体要做什么呢？"

"我想委托你们讨伐猪头帝。"托蕾妮毫不犹豫地说道。

我不知所措："喂喂，光听描述就知道这家伙是个可怕的怪物。

## 第三章
### 使者与会议

我有必要自找麻烦吗？"

听到我的问题，托蕾妮疑惑地歪过头。

"可是，各位大鬼族想和半兽人战斗吧？而你也想帮他们吧？你是个好人，曾经救过弱小的哥布林。所以，我相信你也会救我们树妖精和树人。"

托蕾妮露出纯真的笑容。

虽然不知道托蕾妮是怎么做到的，但她搜集情报似乎很有一套。她对这座森林里的事了如指掌。而且她似乎相信我对他人伸出援手是出于纯粹的善意。

我帮助他人也有我自己的打算，不过在她看来这似乎只是善意的行为。

是因为她很少跟别人交流，所以不会怀疑别人吗？或者是因为她不知道人性的丑陋……

她没想过我们……不，没想过我会背叛她吗？

我看不出她的笑容背后是什么想法。但是看着她的眼睛，我产生了一种直觉，这人不会说谎。

那我就相信自己的直觉吧。

据她所说，猪头帝已经现世，背后还有高阶魔人。虽然我不知道自己能做什么，但既然这人提出委托，那我就答应吧。

我刚下定决心。

"那是当然！区区猪头帝根本不是我们的主人利姆鲁大人的对手！！"

紫苑一脸得意，仿佛在说："哼哼，那还用说！"

也不知道我能不能做得到，这小姑娘瞎说什么啊……

话说回来，已经决定要让我去对付猪头帝了吗？

131

我有些慌了，但已经来不及了。

"太好了！果然是这样呢。那猪头帝的事就拜托你们了！"

这件事就在紫苑和托蕾妮的笑容中定下来了。

＊

虽然紫苑不顾我的意见替我揽下了打倒猪头帝的事，不过会议还没有结束。

包括托蕾妮在内，我们仍在讨论。

地图上的湿地部分也放着写着蜥蜴人的棋子。

这枚棋子后面是写着哥布林的棋子。

蜥蜴人的棋子前方显示出半兽人别动队和半兽人主力两枚棋子形成夹击之势。

把各军队放在地图上后，半兽人军队的异常一目了然，而且……

"看这布阵，如果刚才那个蠢货发动强攻，他可以一口气攻下蜥蜴人大本营吧？"

是的。就是那个名叫加维鲁的蜥蜴人使者。

如果那家伙在半兽人与蜥蜴人开战时袭击大本营，防守薄弱的大本营很快就会陷落。

哥布林部队占据了这个绝妙的位置。

"他们的位置没错吧，苍影？"

"没错。哥布林在山脚下的平原驻军。如果他们展开阵型的话就是这个位置，错不了。"

苍影自信地点点头。

既然位置没错，那他们为什么不尽快与大部队会合，而要留在原地待命呢？

## 第三章
### 使者与会议

可是，加维鲁也没理由袭击友方蜥蜴人。他把军队留在这特殊的位置，让我产生了多余的推测。

得出这个结论后，我打算继续其他话题。

"可能是我多想了。抱歉，我也没经验——"

"唔。不，这确实很奇怪……"白老打断了我的话。他眼中闪着锐利的光，气氛有些异样。

"蜥蜴人在正面布阵迎击之后，这支部队可以轻松从背后袭击大本营。很明显，半兽人没时间绕到蜥蜴人背后，如果半兽人敢做这种蠢事就会拉长战线，那蜥蜴人只要从中间把半兽人部队一分为二就行，没理由把部队留在这位置。"

"可是就算他攻下大本营，之后也会被半兽人蹂躏，这么做没有意义吧？"

应该是我多虑了，但红丸和白老似乎有不同的看法。

"那家伙好像非常自大，他有可能想取代首领。"

"是有可能。这是把军队留在那个位置的唯一理由。"

军事部门那两人发表了意见。

他确实过于自信甚至有些自大，但会蠢到这地步吗？

"不过既然有这个可能性，我们就不应该和他联手。"我得出了这个结论。

没有反对意见，而托蕾妮问道："你们认为加维鲁会背叛蜥蜴人吗？"

"嗯，从这布阵来看，确实有可能。我们曾向加维鲁提出联手，但现在这事应该就此打住。"

"……原来如此。他也有可能是受人唆使，我也会去调查一下。"

托蕾妮会去帮我们调查加维鲁。加维鲁的事就交给她了，那我们应该怎么做呢？

"我倒是想和蜥蜴人结为同盟，单凭我们数量太少了。估计他们也不会轻易放弃我们。"

众人点头同意白老的意见。

"可是，即便要结盟，我们的数量也太少了。也许蜥蜴人根本看不起我们，到头来，我们只会被对方利用。"

我也不反对这个提议，但提出了心里的疑问。

大型哥布林也认为这是个问题，十分气愤，但鬼人们却豪爽地笑出声来。

"利姆鲁大人，您多虑了！我们几个一人就足以匹敌一支军队，他们不会小瞧我们的！"白老代表鬼人答道。

这话也太夸张了吧。一人不可能匹敌一支军队。

说出如此自大的话，你可没资格笑话加维鲁。

虽然我这么想，但鬼人们看上去不像在开玩笑。

"利姆鲁大人，我去和蜥蜴人交涉。我可以直接去和蜥蜴人首领谈吗？"苍影问道。

苍影带着坚定的自信静静地等待我的回答。

他怎么会这么自信？算了，就交给他吧。

确认过地图之后，我们预计半兽人和蜥蜴人会有一场激战。如果蜥蜴人输了，这座小镇不久之后也将受到波及。

行动方针明朗之后，众人也没那么不安了。

我们现在有了心理准备，时间方面也很充裕，可以不慌不忙地展开行动。

"好，作战分为两个阶段。我和先遣队一起和蜥蜴人会合，迎击那些半兽人。这一战能赢最好，如果难以取胜，作战就进入第二

## 第三章
### 使者与会议

阶段。我们放弃这座小镇，去树人的群落与他们会合并全力防守。这时候，我们必须要争取到人类的协助。要联系冒险者卡巴鲁，并在人类的协助下抹杀猪头帝。猪头帝对人类而言也是个威胁，这一点毫无疑问。不管怎么说，我们必须想办法渡过这一关。但是，只有在与蜥蜴人结成同盟的情况下，这两个阶段的作战才能成立。苍影，一切都看你了。拜托了。"

"是！"苍影重重地点点头。

我们之后只要相信苍影并等待结果。

"好！那就去和蜥蜴人首领谈判吧。你一定要保证双方的对等地位！"

我目送苍影离开。

"交给我吧。"说完，苍影一下沉入影子里消失了。

这就出发了，这家伙动作真快。

"如果苍影失败的话，我们就直接进入作战的第二阶段。各位也要做好这个准备。"

留在会议室的人一齐点头。

今天的会议就此结束。

"感谢各位愿意提供帮助，希望我们今后也能保持良好的关系。"托蕾妮向我深深地鞠了一躬。

我慌忙回答："我们也要感谢你。"

也许是因为我慌张的样子很有趣吧，托蕾妮露出了一丝笑意。

"那么再会了。魔物统帅——不，利姆鲁大人。"

托蕾妮留下这话后就使用魔法回去了。

这样一来，我们的计划就决定了。

能顺利结成同盟最好，如果不行，我们就随机应变。

"话说回来,利姆鲁大人,卡巴鲁先生的联络怎么办?"

"是啊……等我们进入第二阶段,决定寻求人类帮助的时候再直接和他联系。不过国家调动军队也需要时间,你可以在暗地里放出消息吗?只让人类知道猪头帝现世就行,其他情报不要放出去。"

"这样啊,我明白了。我去请狗头族商人帮忙在暗地里放出消息。"

"有劳了。"

现在先不把详细情报透露给人类那边。不管怎么说,如果拿不出证据,估计人类也不会帮助我们。

利古鲁德快步跑出会议室去落实我刚才的命令。

这家伙现在已经是哥布林王了,但依然来去匆匆。

因为我的决定,事态有了新的发展。

这事让我感到很不安。可是,我再怎么想也没用。现在与其烦恼,不如先做好能做的事。就这样,我们开始准备面对新的难题。

可是,猪头帝吗……

这好像是个非常棘手的敌人。

夺取技能简直是犯规啊。

我把自己的事抛到脑后大骂猪头帝。

不过,即便是为了不辜负托蕾妮的期待,我也必须解决猪头帝。

我也担心自己可能会输,但许下诺言之后就不能犹豫不决,只要全力去做就好。

如果在这种地方栽跟头的话,我还怎么实现对静的承诺?

想到今后的事,我的心里有些压抑。

## 第三章
### 使者与会议

●

大地震颤，树木倾倒，半兽人军队在森林中行进。
踩躏！踩躏！踩躏！

半兽人士兵黄色的瞳孔浑浊无神，他们高声喊叫着在森林中行进。
他们失去了正常的思维能力。
在他们眼里，一切活动的东西都是食物。
他们无法摆脱饥饿的折磨，现在唯一的想法就是要填饱肚子。

嘭。

又有一名同伴倒下。
他们欢呼雀跃。有食物了！
这个半兽人前一刻还是其他人的同伴。
现在在其他人眼中，他只是食物。
那个半兽人还没完全断气，但在其他人眼里这意味着食物还很新鲜，仅此而已。
有幸与他同行的人立即将其肢解。
肝脏要献给老大，其他部位谁抢到就是谁的。

啊呜啊呜啊呜啊呜。
周围全是令人生厌的声响。
他们无法摆脱饥饿的折磨。

而且他们越饿，战斗力越高。

这是专属技能"饥饿者"的隐藏能力。

吃掉越多饿死的同伴，自己越是饥饿，战斗力就越高。

他们的大军有二十万人。

这支大军在猪头帝的统治之下饱受地狱般的饥饿折磨，是一群饿鬼。

他们得不到救赎。他们的行动只是为了满足饥饿感。

然而，那份饥饿深不见底……

那是无限地狱。

他们面前就是大鬼族之乡。

他们是 D 级魔物。本来他们对 B 级大鬼族只有惧怕，根本不可能有敌意。

可是……

踩躏！踩躏！踩躏！

他们的脚步没有停下。

为了食物，他们甚至加速前进。

数不清的同伴死于刀斧之下……

然而——

在他们看来，这不过是在批量生产新鲜的食物罢了。

他们欢呼雀跃。

他们期望自己的饥饿感能得到满足，哪怕只是一丁点儿。

一个大鬼族倒下了，数只半兽人立即蜂拥而上。

## 第三章
### 使者与会议

啊……即便这样也得不到满足。
看啊!
半兽人的身体在变化。他们得到了大鬼族的力量。
大鬼族被下等半兽人包围,开始垂死挣扎。
渐渐地出现了实力突出的半兽人。

吃掉同伴,吸收力量!
吃掉猎物,吸收力量!!

这样,他们便有实力抢到更多食物。
他们不怕死。不,他们的恐惧也被吃掉了。
几经流转,他们的力量最终会被献祭给王。
献给他们的王。
献给位于食物链顶点的猪头帝。

他们继续进军。
因为下一个猎物近在眼前。

●

蜥蜴人首领听到报告后,脸色铁青,他的担心成了现实。
根据报告,强大的大鬼族的家园不到一天就被毁灭。
事实摆在眼前——猪头帝现世了。
虽然数量有二十万,但半兽人不过是 D 级魔物。蜥蜴人是 $C^+$ 级魔物,只要有一万人,再利用好湿地地形起码也能与之抗衡。可是，既然首领所担心的猪头帝已经现世，那么那些半兽人可能已经不止 D 级了。

可以说从半兽人吞噬大鬼族的那一刻起，那份力量就已经传到了最底层的士兵身上。

虽说半兽人还不至于被强化到拥有和大鬼族同等的实力，但至少也应该认为他们拥有 $D^+$ 级的实力。

如果半兽人中也有骑士级的人，那至少会是 C 级，搞不好甚至可能和蜥蜴人一样拥有 $C^+$ 级的实力。

半兽人光是利用数量优势在蜥蜴人疲惫不堪时发动攻击就已经非常棘手，如果蜥蜴人在单兵的战斗力上没有优势的话，就没有胜算。

既然有猪头帝在，那固守据点拖到半兽人断粮也没有意义。

如果有援军的话，固守也有效果，可是一旦出口被封锁，那被饿死的将会是蜥蜴人。

只有出击一条路。

首领被迫做出苦涩的决断。

首领让加维鲁去争取哥布林的帮助，但还没收到他的报告。

可是在这状况下，时间拖得越久，对手就可能变得越强。

首领开始考虑，最坏的情况下自己可能要亲自率军上阵，这时——

"首领，有入侵者！那人在钟乳洞入口提出要见首领……"一名士兵慌慌张张地跑过来叫道。

"别慌张。"首领喝住了身旁正要举枪的亲卫队。

首领感觉到附近有人散发着自己从未见过的强大妖气。他明白

## 第三章
### 使者与会议

来者是故意放出妖气,现在不应该轻举妄动。

如果动手可能会造成不小的战损,而且来者的妖气中没有敌意。

"看在那人有胆量一个人来的份上,我就见见他吧。带他上来。"首领从容不迫地发出命令。

"可是万一有危险怎么办?"

"这妖气与魔人相差无几。如果我拒绝的话,想必会付出相应的代价。我们先按兵不动,现在没必要与那人为敌。"

听到亲卫队长的疑问,首领付之一笑。

"那要派精锐加强大厅周围的守备吗?"

"嗯。不过要下死命令,没有我的命令,决不能轻举妄动。"

"是!"

首领向亲卫队长点点头,等待那位不速之客。

这里是天然迷宫,有许多藏身之处。

这是蜥蜴人的后院,即便对方是魔人也不希望在这里和蜥蜴人开战。

不过,凡事都要做好最坏的打算。首领不想节外生枝,希望尽可能温和地与那人对话。

(如果出手的话,搞不好赔上一百名蜥蜴人精锐也打不赢。)

面对越来越近的妖气,首领突然想到一件事:这妖气的主人似乎有实力做到那件事。

不久,部下领着一名魔物出现了。

这魔物皮肤浅黑,头发青黑,青色的瞳孔透着冷静清透的气息,他的身高和蜥蜴人的平均水平差不多。这体型在魔物中并不算高大,但却泰然自若,没有可乘之机。

光看外表就知道这魔物拥有压倒性的力量。

关于我变成
史莱姆
这档事2  Regarding Reincarnated to Slime

百名精锐围住大厅正在待命。他们已摆好架势，只要首领一声令下，他们就会一齐飞身而出……

（这……实力太强了，这里所有人搞不好都会被杀……）

首领在心里嘀咕着，他一看到那魔物便紧张起来。眼前这魔物散发出异常强大的妖气。

"失礼了。现在我们忙得不可开交，无暇招待。请问您光临此处有何贵干？"

听到首领的话，那些年轻的蜥蜴人面露怒色。估计他们觉得首领没必要对这来路不明的魔物如此谦逊。

首领并不讨厌这种想法，但现在情况不大妙，惹怒那个魔物可能会导致这里的人全被杀光。

那些年轻的蜥蜴人战士经验严重不足，他们无法察觉对方的实力。

只有首领这样经历了漫长的岁月、培养出极强危机意识的人才能看透眼前这魔物的实力。

然而，那名魔物说出了令首领意外的话。

"我的名字是苍影。只是一名使者，不必多礼。"

出乎首领的预料，那名魔物没有生气，只是平淡地报上名字。

他径直看着首领，仿佛根本没看到其他生气的蜥蜴人。

这名魔物说自己名叫苍影。换句话说，他是持名魔物，拥有压倒性的强大实力。

而且，这名魔物只是一名使者。得知这事，首领的后背隐约冒出了冷汗。

"我奉主人的命令专程前来传话，我的主人想与你们结为同盟。感谢主人的仁慈吧。我的主人不忍坐视你们被半兽人全歼，因此想

# 第三章
## 使者与会议

与你们结盟。"

首领一直在揣摩对方的来意，但他万万没想到苍影会提出结盟。虽然对方的语气高高在上，但内容却很有吸引力。

首领在思索苍影及其主人的目的，可以确定他们是半兽人的敌人。

"在答复之前，我能问几个问题吗？"

"问吧。"

使者的回答虽然简短，但可以确定他有意与首领交涉。

首领放下心来问道："那么请问，既然你的主人提出结盟，那是不是意味着你们有意帮我们与那些半兽人一决雌雄？"

"正如我刚才所说，我的主人不会坐视你们被全歼。如果可能的话，我们也想和你们并肩作战。"

"我再问你。对半兽人这次行动的原因，你的主人怎么看？"

听到首领的问题，苍影沉默了一瞬，接着露出了无礼的笑容。

"你是想确认猪头帝是否现世吧？那我就给你一个确定的情报。我的主人利姆鲁大人接受了森林管理者树妖精的请求，已承诺要讨伐猪头帝。请你们根据这份情报，好好考虑是否接受结盟的提议。"

苍影不仅回答了首领的问题，还道出了意想不到的情报。得知这事与森林管理者树妖精有关后，在场的人动摇了。

而且，刚才这个男人还肯定了猪头帝的存在。

这名魔物的主人非常强。

说不定他真能打倒猪头帝？

树妖精位于森林的顶点，既然他能报出这个名字，那这事应该不会有假。毕竟没人会蠢到用这种谎言去惹怒森林的管理者。

143

据说树妖精可以通过大森林中的树木得知一切。鸠拉大森林中没人会敢拿那个名字开玩笑。

而且，既然是同盟那就没有从属关系。对方应该会与蜥蜴人保持对等的立场。

必须接受这个提议。首领做出判断。

这时——

"首领！我们没必要和那家伙谈！"

"是啊。我们高贵的蜥蜴人不会巴结来历不明的家伙！"

"对。加维鲁大人马上就回来了。我们自己足以对付那群肥猪。"

"嗯。估计那家伙的主人已经被那群肥猪吓哭了，所以才来找我们吧。老老实实地来求助就行了，真不讨人喜欢！"

有几人自说自话地走进大厅。

他们是加维鲁留在大本营的部下，加维鲁去争取哥布林的帮助了。

血气方刚的人不适合参与交涉，所以首领没让他们来……没想到还是出了意外。

首领差点皱眉咂舌。

就算看不出对方的实力，单凭个人看法就拒绝结盟也太……

对方确实有些无礼。但对方是使者，普通战士无论如何都无权做出任何失礼的举动。

而且对方的无礼也不是大问题。这名使者的主人是强大的魔物，连树妖精都要请求那人的帮助。论实力，那人不亚于蜥蜴人这一大势力。

在弱肉强食的魔物世界，力量就是正义。

所以，可以说强者亲自上门的行为足以抵消这无礼的态度。

# 第三章
## 使者与会议

而且虽说对方是一介使者,但也是拥有压倒性力量的魔人。无礼的行为可能会惹恼使者,这会无端树敌。

在和半兽人决战之前还与魔人交战实在太愚蠢了。

使者生气了吗?首领抱着这个想法看向名为苍影的魔物。

他仍目不转睛地注视着首领。

看上去他彻底无视了那些吵吵嚷嚷的人。

首领放心了,看来这事不会被一部分不顾大局的人搅黄。

"安静!"首领喝止了那些吵吵嚷嚷的人。

他向亲卫队使了个眼色。

"这事由我来决定。你们无权插嘴。把你们关进牢里一晚,好好反省!!"

亲卫队押着几个年轻的加维鲁部下,把他们带到牢里。

"首领,请重新考虑!"

"加维鲁大人不会容许这种事发生的!!"

那些人还在嚷嚷,但现在可不是说这些的时候。

首领再次转向苍影,并低下头:"我的同族太无礼了。我接受结盟的请求。但我们现在无暇离开。原本应该由我们前去拜会你的主人,可现在形势紧急,能否请你们移步?"首领按捺着心中的不安问道。

因为他提出让压倒性的强者来找蜥蜴人,就算使者被惹怒也不足为奇。

不过,使者并不介意这事。

"我接受你的道歉。能这么快得到答复,我的主人应该也会高兴。我们也要请你们多关照。那我们也着手开始准备,我们就在此会合吧。到时,我的主人利姆鲁大人再前来拜访,届时还请多关照。"

苍影接受了首领的回复，他似乎早就知道是这个结果。

从这态度来看，他似乎认为首领不可能会拒绝。

或者——在首领拒绝的瞬间，蜥蜴人的命运就走到了尽头？首领突然闪过这么一个想法。

（这似乎也不是不可能。如果今天没有结成同盟，说不定蜥蜴人的命运会就此终结……）

名为苍影的魔物断言猪头帝已经现世。

也就是说，事态正朝着首领预想的最糟糕的方向发展。首领发现了对抗这一事态的一丝希望，终于放下心来。

"预计于七天后会合。在这之前，你们不要贸然和半兽人开战，而且对背后也要多加防范。"

"嗯，明白了。我期待与你的主人见面。"

那名魔物点点头当场消失了。

他没有发出一点声音，如被影子吞噬一般。

七天——

只要撑过七天就有希望。

只要固守据点，等待援军到来就行。

虽然不知道援军实力如何，但就算只有苍影这一个魔物也能帮上大忙。如果他的主人愿意对付猪头帝，那蜥蜴人就倾全族之力提供支援。

与其抱着必死的决心把性命赌在微小的可能性上，不如保存实力等待援军更有希望。

首领下定决心对众人宣布道："固守据点！我们保存战力等待援军！！"

"是！！"

# 第三章
## 使者与会议

就这样，蜥蜴人静静地潜伏在天然迷宫的深处等待即将到来的决战。

●

加维鲁醒了。他花了一点时间才想起之前发生了什么事，然后愤怒地跳起来。

"您醒了吗？"加维鲁醒来后，部下问道。

"让你们担心了。看来我中了圈套……"

"中了圈套？"

"嗯。那些卑鄙小人，他们使用阴险的手段……"

"这话怎么说？"

"很简单。打倒我的人才是那座村子的主人。"

"什么？"

"原来如此，确实……"

"这样才说得通。"

加维鲁的部下纷纷表示理解。

"那家伙让部下装成村子的主人欺骗了我。而村子真正的主人则装成杂兵和我战斗！"

"卑鄙！！他们竟然诱骗加维鲁大人掉以轻心，这手段太卑鄙了。"

"没想到牙狼族竟然会帮助这样的小人……虽然被称作平原的霸者，但他终究是野兽。"

"这卑鄙的手段与胆小鬼无异。加维鲁大人可是武士，他们没资格做加维鲁大人的对手。"

"真是的。我还想堂堂正正地和他战斗,我从一开始就错了!"

"原……原来如此……是啊,否则加维鲁大人也不可能会输。"

"原来是这样!牙狼那畜生和那些大型哥布林太可恶了!只是碰巧从哥布林进化成大型哥布林就这么得意忘形。如果他们想和我们蜥蜴人相提并论的话,我们就给他那狂妄的脑子降降温!!"

看到部下的反应,加维鲁也点头同意。

如果不是这样,加维鲁自认为也没理由会输。

(不过我本以为牙狼族是高傲的种族,没想到竟然会与如此卑劣的人为伍。)

加维鲁对牙狼族很失望。

"会使用如此卑劣手段的人不配加入我们!"

所以,他口无遮拦地宣泄自己的愤怒。

"这么想来,说不定这反而是件好事。"

"是啊。"

"就是,就是。"

加维鲁的部下也随口附和着。

然后,他们放声大笑。他们已经忘了加维鲁落败的事。

"话说回来……我觉得加维鲁大人不应该当兵长……"

"什么?"加维鲁不快地瞪着说这话的人。

"不,我不是说加维鲁大人无法胜任兵长,我的意思正相反!加维鲁大人一直屈居于首领那个老头子之下,实在太屈才了……"

部下慌忙解释道,这话勾起了加维鲁的兴趣。

"接着说。"

得到加维鲁的允许后,那名部下放下心来继续说道:"是。我认为那个老头子也该退位,让加维鲁大人当新首领了。虽然是个人

## 第三章
### 使者与会议

愚见，但这样一来，我们也不会被那些半兽人小瞧。"

其他部下也开始附和。

"你说得对！如果加维鲁大人能拿出实力一扫那些死脑筋，带领蜥蜴人走向新时代，没有比这更值得高兴的事了。"

"是啊。现在也该变变风向了！"

加维鲁的部下纷纷激动地叫道。

加维鲁点点头，他认为时机终于要来了。

"你们也这么认为吗？其实我也觉得差不多该行动了。你们愿意和我并肩作战吗？"

加维鲁环视周围的人。炽热的目光让他非常满意。

他们的眼中都闪着炽热的光芒，想象着蜥蜴人的新时代。

他们坚信自己会掌握巨大的权力，站在族群的中枢指导蜥蜴人同胞……

接着有一人开口了。

"您愿意代表我们站出来吗？"

这句话成了契机。

加维鲁落落大方地点点头，发出强有力的宣言。

"新时代来临了吗……好吧，那我们就一起站上新的舞台！！"

加维鲁大声宣布后，蜥蜴人的欢呼声在周围回荡。

就这样，愚者登上了舞台，掀开了骚乱的序幕。

第四章

# 日渐歪斜的齿轮

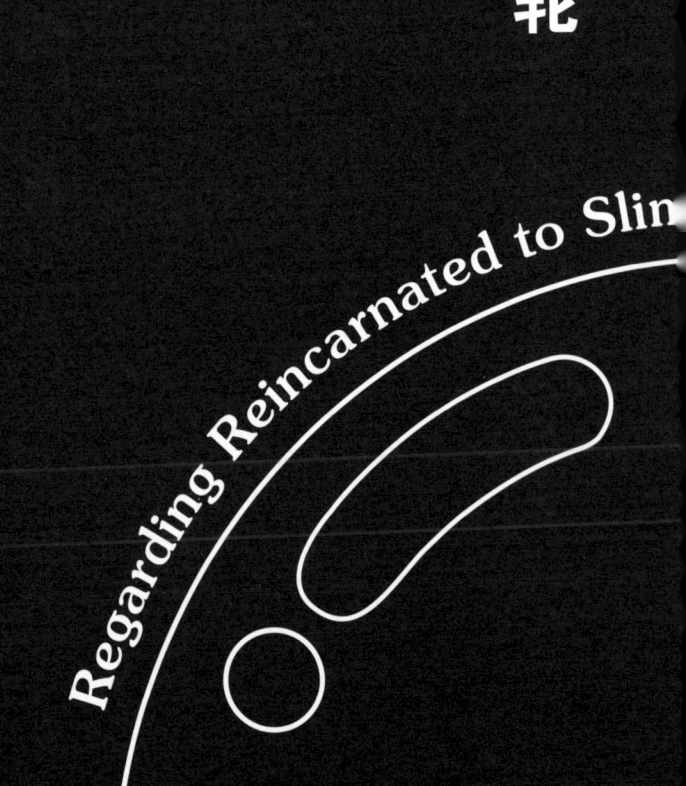

Regarding Reincarnated to Slin

## 第四章
### 日渐歪斜的齿轮

蜥蜴人族的首领听完战况后点了一下头。

与苍影见面之后已经过去四天。

距约定的时间还有三天,不过现在应该不会出现大的伤亡,可以顺利迎来明天。

猪头族(半兽人)的攻击异常猛烈。

半兽人仗着数量优势涌进所有通道。如果被半兽人士兵填满,那再大的天然迷宫也会失去意义。

蜥蜴人现在疲于在某些通道里设置陷阱慢慢消耗半兽人的数量。

不过目前还没有出现死者。蜥蜴人的方针是一心防御,尽力避免有人牺牲,效果很好。

这也是因为他们熟悉迷宫,蜥蜴人士气高涨。

迷宫中有许多岔路,逃脱通道和紧急联络通道都还能用。这样一来就可以调整配置,让处在半兽人军队正面的部队避开锋芒退下去休息,将与蜥蜴人正面交锋的敌人数量降到最低限度。

这全拜首领罕见的指挥能力所赐。

但首领不会因此自大。

等援军一来,蜥蜴人就有胜利的希望,正因为这样,首领才能掌控住全局。

据说亲身与半兽人交过战的人都为敌人的战斗力感到吃惊。

那些半兽人的实力远超普通半兽人。

很明显这是猪头帝的能力(技能)带来的效果,如果蜥蜴人和半兽人决一死战的话，现在肯定已经大败。

目前蜥蜴人精锐部队的防线还未被突破，但不能轻视数量庞大的敌军，必须避免对手的实力进一步提高。

在这状况下，所有人都不得不承认首领的判断是正确的。

战士们接到死命令，一负伤就立即换人。因为一旦负伤战死，那些吃掉尸体的半兽人就会变得更强。

要慎重地行动，确保万无一失。所有人都明白必须死守防线。

而且还有三天。没有与援军会合就不能转入反击阶段。

到时应该可以反过来利用地形，将半兽人各个击破。

至少被分配去防卫要地的人员也可以转入攻击。相信这样一来，胶着的僵局至少可以有所改变。

首领推测战况会有改善，稍稍放下心来。

就在这时……

首领收到报告，加维鲁回来了……

● 

加维鲁义愤填膺。

（这是怎么回事？高贵的蜥蜴人竟然胆小到在巢穴里躲着那些肥猪……）

他差点气疯了。

（不过现在没事了，因为我回来了。现在我们蜥蜴人又可以像原来一样为荣誉而战。）

加维鲁边想边急匆匆地赶往首领身边。

"辛苦你了，加维鲁。你顺利争取到子鬼族（哥布林）的帮助

## 第四章
### 日渐歪斜的齿轮

了吗？"

"是！我找来了七千人左右，他们正在待命。"

"是吗？有办法就好。"

"那我们就尽快出战吧？"加维鲁报告完后便迫不及待地问道。

加维鲁心想，既然自己回来了，就不能让那些肥猪为所欲为。首领应该也期盼着自己回来。

然而，首领的回答却让加维鲁大为意外。

"嗯？不，现在还不能出战。你外出期间，有人向我们提出了结盟，预计盟军三天后抵达。等和他们会合之后，我们就缔结同盟，同时进行作战会议，之后再一口气全面反攻。"

这话简直是晴天霹雳。

（什么？首领竟然不是在等我？）

这份失落让加维鲁极为不快。

对付下等肥猪竟然还要依靠来历不明的援军，加维鲁无法容忍这样的事。

"首领，只要我出马就能轻而易举地击败那些肥猪。让我出战吧！"加维鲁愤怒地请求出战。

然而，首领的回答十分冷淡："不行。一切都要等到三天后。估计你也累了，今天就先休息吧。"

首领完全不理睬加维鲁的请求。

加维鲁被愤怒冲昏了头脑，他无论如何也无法容忍首领如此重视援军却对自己置之不理。

"首领……不，父亲！你够了！我看你已经老得看不清现实了。"

"你说什么？"首领惊讶地看向加维鲁。

153

关于我变成史莱姆这档事2 Regarding Reincarnated to Slime

"加维鲁大人,你想干什么?"首领身旁的亲卫队长质问道。

加维鲁用哀怜的目光看着那两人,不可思议的是他的内心十分平静。

加维鲁看在首领是自己父亲的份上一直忍着没有取而代之。

事实上,首领确实有很多值得尊敬的地方,而且他的指挥能力也值得赞赏。

加维鲁其实并不讨厌自己的父亲——蜥蜴人的首领。

他反而希望伟大的父亲能够认可自己,这份欲求驱使着他。

"一定要得到父亲的认可。"既然如此,加维鲁就要证明自己有能力成为领袖。如此,自己当首领的父亲也就不得不认可自己了。

这就是他真实的想法。

加维鲁独自点点头并向部下示意。

"父亲,你的时代结束了。从今天起,我就是蜥蜴人的新首领!"

他高声宣布,响亮的声音在大厅中回荡。

听到加维鲁的宣言,哥布林纷纷涌入大厅。

他们举起枪对着首领和他的亲卫队。

加维鲁的精锐蜥蜴人也堵住通道戒备着。

"加维鲁,你想干什么?"首领怒气冲天地叫道,他似乎还没搞清状况。

目前的状况非常少见。加维鲁从心底涌起一股优越感。

"父亲,你辛苦了。之后的事就交给我,你就退位享清福吧。"

加维鲁命令属下解除亲卫队和首领的武装。

"加维鲁回答我!这是怎么回事?"

"父亲,也许利用天然迷宫和半兽人战斗也是个不错的办法。但这样一来,我们的战士全都分散在数不清的通道中,战力太分散

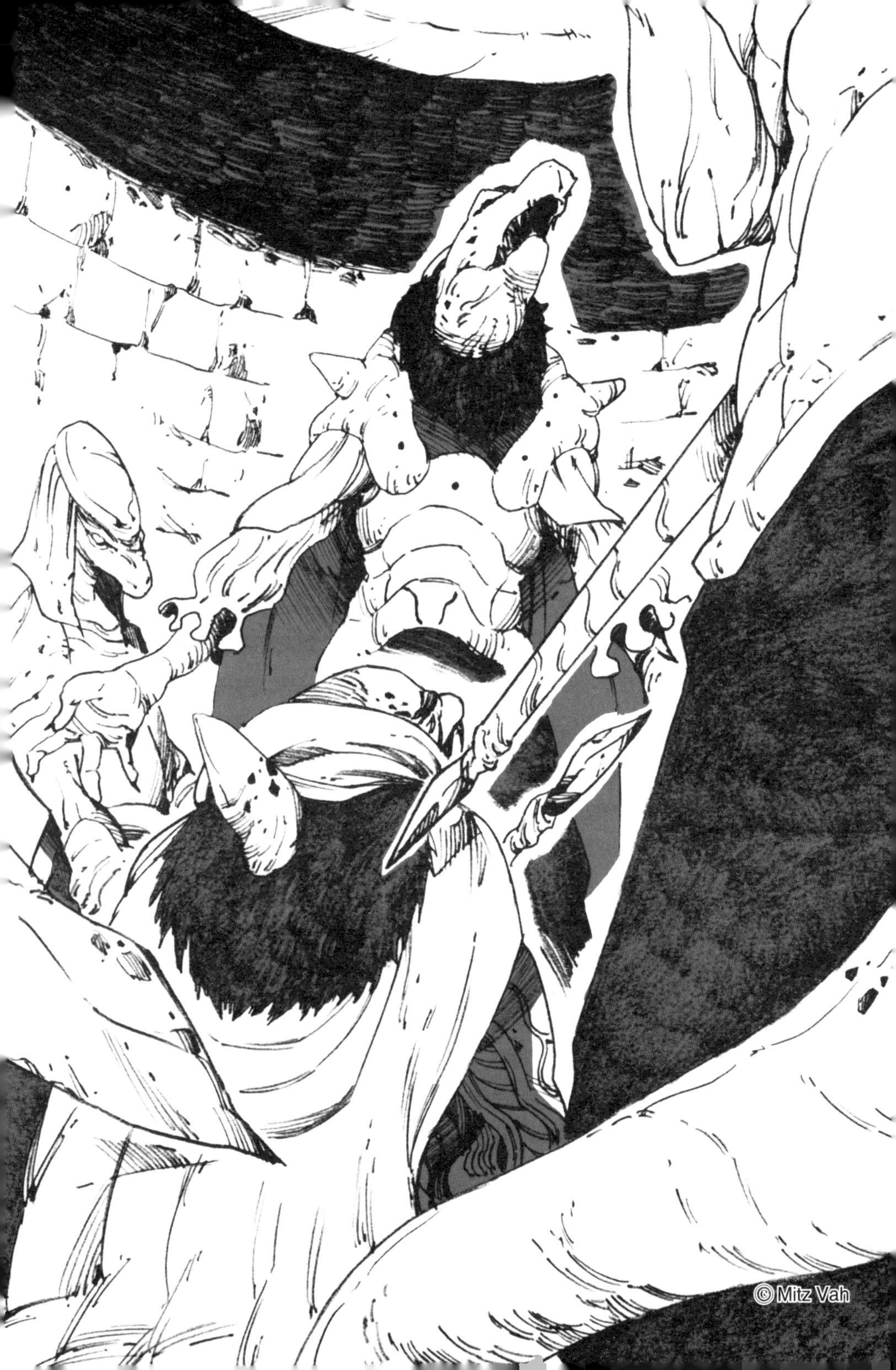

就无法集中力量迎敌,不是吗?这会形成恶性循环。"

"你别说傻话了……三天之后,等我们开完作战会议就会转入进攻——"

"你太温和了!!蜥蜴人是强者。我们在湿地上更能发挥出真正的实力。泥泞的地形能让我们最大限度地发挥出机动性的优势,是拖住敌人的脚步的天然武器。我们是湿地的王者,我们不能东躲西藏!!"

说完,加维鲁拿起首领的武器——象征蜥蜴人首领地位的"枪"。

那把枪是魔法武器:水涡枪(Vortex Spear)。

这是属于蜥蜴人最强战士的魔枪,加维鲁认为只有自己才配得上这把武器。

加维鲁感觉到枪中有股惊人的力量灌入自己体内。这正是这把枪认自己为主的证明。

加维鲁看向首领和亲卫队长,举起了枪。

"这把枪认可了我。蜥蜴人不需要同盟!我会证明这一点。"

"住手,加维鲁。你不能胡来!至少要等到同盟军抵达!!"

"之后的事交给我就好。在战斗结束前要先委屈你一下,你先忍忍吧。"加维鲁无视首领的喊叫,如是说道。

"加维鲁大人——不,兄长!!你要背叛我们吗?"

"妹妹,把公私混为一谈不好吧?而且我这不是背叛。我要让你们看看……蜥蜴人的新时代。"

"蠢货!所有人都知道你很优秀。你为什么要在这时候做这种事?兄长,这是你的真心话吗?"

亲卫队长又是亲妹妹的话触怒了加维鲁。

"这当然是我的真心话!!她太碍眼了,把她带下去。"他对

## 第四章
### 日渐歪斜的齿轮

部下命令道。

妹妹的叫声对加维鲁而言只是噪音。

加维鲁当然没打算杀她，但不能让她来碍事。

他要击败连首领都感到棘手的敌人。

加维鲁想成为新的英雄，登上蜥蜴人的顶点正需要这样的功绩。

（这样一来，父亲也会认可我，并以我为荣。）

加维鲁心潮澎湃。

他的部下带着哥布林前去压制首领的支持者。他们的注意力都在前方的半兽人身上，背后的防备十分薄弱。他们根本想不到友军会从紧急通道过来袭击自己。

没多久，加维鲁就接到报告，他的人掌握了一切。

加维鲁泰然地坐上首领的宝座。

似乎有人正等着这一刻——

"坐上首领宝座的感觉如何？"有人对加维鲁说道。

"哦，是拉普拉斯先生啊。不胜感激。托你的福，事情比我预想的要简单。"

"那就好。我也很高兴能帮上你的忙。"

这男人戴着一张左右不对称的笑脸面具，如在嘲笑别人一般。

他的着装也很恶趣味，是一身色彩鲜艳的华丽小丑服。

虽然他着装怪异，但加维鲁毫不在意。

因为这个名叫拉普拉斯的男性是加维鲁敬爱的格鲁米德雇来的。

"我名叫拉普拉斯。是'中庸小丑连'的副会长，只要给钱，我们什么都干，这次我受雇于格鲁米德大人。他让我来为加维鲁尽一份力。"

加维鲁带哥布林回蜥蜴人大本营的途中，遇到了怪里怪气的拉普拉斯。

他把加维鲁的部下从地下监牢中救了出来，并向加维鲁逐一报告了蜥蜴人的动向。

帮助加维鲁解开水涡枪的封印，协助他发动政变的也是这名男性。

加维鲁原计划趁蜥蜴人主力部队到湿地迎敌时控制住首领，压制指挥部。然而，蜥蜴人同胞固守据点，根本不打算出击。预料之外的事态让加维鲁十分急躁，这时拉普拉斯提出要帮助他。

拉普拉斯悄悄把加维鲁的部下和哥布林部队带到首领身边。

他对部队施了魔法，让部队无法被人察觉，带着部队从逃脱通道入侵。

拉普拉斯算是政变的功臣。

"加维鲁真是的。别说得那么夸张。"拉普拉斯笑着自谦道。

不过在加维鲁看来，他们是共同侍奉格鲁米德的同伴。

"哇哈哈哈哈。拉普拉斯先生，你真是谦虚。等我成了格鲁米德大人的部下，我们就是同僚了。今后也请多关照。"加维鲁兴高采烈地对拉普拉斯说道。

"加维鲁大人，我们已经控制住各部族族长。"

加维鲁收到了期待已久的报告。

这样一来，加维鲁终于掌握了全军的指挥权。

"啊，希望没有打扰到你。那我就去进行下一项工作了。"

"哦，我似乎耽误你时间了。那我也去解决那些半兽人向格鲁米德大人展示一下我的实力。"

拉普拉斯恭敬地行了一个礼，瞬间消失了，他的客套会让加维鲁感到有些不快。

## 第四章
### 日渐歪斜的齿轮

"拉普拉斯先生吗？真是个可靠的人。不愧是格鲁米德大人，竟然有那么可靠的帮手……那我也不能输。"

加维鲁鼓起干劲站起身。

现在就是出击之时。

加维鲁根本想象不到自己会输。他根本听不进身为首领的父亲的忠告。

加维鲁最初的支持者在欢呼声中赞扬着这次政变。

加维鲁召集各部族的负责人，命令他们准备大反攻。

他要让那些得意忘形的肥猪见识见识蜥蜴人的勇猛。

他们已经厌倦了绷紧神经的防卫战，用欢呼声回应加维鲁的命令。首领煞费苦心地防止出现牺牲，下令禁止反击。但讽刺的是，这命令反而帮了加维鲁一把，确实人心都向着加维鲁。

加维鲁听到他们的欢呼后，心情大好，再次一屁股坐到首领的椅子上。

加维鲁坚信：用不了多久，自己的时代就会来临。

虽然在这之前还要先击败半兽人，不过加维鲁觉得那并不是问题。

●

竟然会这样……首领万分后悔。

名为苍影的魔物离开前说过对背后也要多加防范，这话就是在警告首领可能会发生这种事。

他本以为蜥蜴人尽在自己的掌握之中。那些血气方刚的人也严格遵守首领的命令一心防守，可是……

结果，自己的儿子竟然叛变了——首领绝望地想拧下自己的脑袋。

这情况非常不妙。

这样下去别说三天了，不到明天蜥蜴人就会被消灭。

首领下定决心看向亲卫队长。

她是自己的另一个孩子，是加维鲁的妹妹。

队长明白了首领的意图，点点头。

"快去！"

首领大叫的同时，队长甩开束缚飞奔而出。

必须把这意外告诉同盟。否则他们可能会被蜥蜴人牵连。就算为了蜥蜴人的荣誉也必须阻止事态发展到那一步。

那名使者，名叫苍影的男人没有隐藏自己的妖气。所以只要离开蜥蜴人作为大本营的地下大洞窟，就有可能知道使者的去向。

首领赌上这渺茫的希望，送走了亲卫队长。

虽然加维鲁的部下奉命抓住亲卫队长，但他们有些犹豫，似乎不愿对同伴出手。亲卫队长趁机迅速逃跑。

看到这一幕，首领暂且放下心来。

首领自身必须担起责任留下来。所以，他在心中祈祷亲卫队长能顺利抵达目的地。

只要七天……

可是自己连这短短七天的约定都遵守不了，他哀叹自己的无能。

他同时也在祈祷盟友不会因为蜥蜴人没能遵守约定而抛弃蜥蜴人。

正因为蜥蜴人有某种价值，对方才会提出结盟。首领祈祷盟友不会因为这件事认为蜥蜴人已没有价值，从而抛弃蜥蜴人。

## 第四章
### 日渐歪斜的齿轮

（在这一战中，加维鲁率领的战士已无望活命。这也是他们自作自受。可是，至少要保护那些逃走的妇孺……）

双方甚至都没正式结为同盟。首领非常清楚自己的心愿太自私了。可是，蜥蜴人不能被灭族。唯独这一结果首领无论如何都想避免。

他领导蜥蜴人各部族多年，心系整个种族，其实没人会因此责备他。

首领准确预测了今后的情况。

加维鲁打算在召集各部族之后立即出战。这样一来，将无人顶替在各通道战斗的防卫部队。

在这状况下，面对实力渐渐增强的半兽人大军，防卫部队的落败也只是时间问题。

各部族的妇孺集中在迷宫深处的大厅中，这些非战斗人员将失去保护……

事态一旦发展到这一步……可是，唉声叹气也没用。

（我只能亲自承担最后的防卫。至少……要争取到约定的时间。）

首领下定了决心。

至少要争取时间。这是首领唯一能做的事。

●

那一天，湿地被半兽人军队淹没了。

从上空俯视，那些半兽人如蚂蚁一般涌入洞窟入口。

而他们只是半兽人大军中微不足道的一小部分。大群半兽人穿过森林陆续侵入湿地。此外，蜥蜴人还要面对沿着大河北上的主力部队。

这些半兽人不做停留，一拥而上淹没了湿地，如雪崩般填进洞窟。

然而就在这时，那群半兽人中的一角出现了骚乱。

那群半兽人的侧面遭到了袭击。

这是湿地中的半兽人军队与蜥蜴人战士团开战的信号。

蜥蜴人是湿地的王者。

这一种族的战斗力很强，就算是在泥泞难行的湿地也能高速移动。

蜥蜴人躲在茂密的草丛中避开半兽人的耳目，战斗静悄悄地开始了。

加维鲁把自己的父亲、蜥蜴人的首领关在地下的大厅中。他在重新组编军队的同时，通过错综复杂的联络通道悄悄来到地面。

防卫部队被留在洞窟里。加维鲁想在他们筋疲力尽前决出胜负。

加维鲁不清楚半兽人军队的规模。但他考虑蜥蜴人与半兽人个体间的战斗力差距，认为蜥蜴人可以战胜数倍于自己的半兽人。

他认为虽然敌人数量占优，但还不足以弥补战斗力上的差距。

为防万一，他采用了较为谨慎的战术，给予敌人一定程度的打击之后就迅速脱战，利用速度优势扰乱半兽人军队。然后重整阵型再次突击，进一步打击那群半兽人。

蜥蜴人快速重复这一过程，一点点削减半兽人的军力，给予半兽人军队决定性的伤害。这样一来，外面的军队就无法和闯入洞窟的部队配合，半兽人军队将无路可退。

## 第四章
### 日渐歪斜的齿轮

只有蜥蜴人才能在湿地中高速移动,这是他们独有的战术。

加维鲁不是无能之辈。虽然他没有大局观,但率领战士团作战的能力却值得赞赏。他也继承了身为前首领的父亲的优点。

蜥蜴人一族以强者为尊,所以他们不会跟随只会夸耀武力的男人。

有人仰慕加维鲁,这也证明了加维鲁不是个有勇无谋的无能之辈。

然而……

组成最后一道防线的部队有千人,他们负责守卫大厅。

大厅中全是妇孺等非战斗人员。在最后关头,女性也不是不能战斗,但她们的战斗力堪忧。所以,加维鲁派了数千人的部队防卫通往大厅的各岔路。

各防线应该也会且战且退与最终防线的部队会合。

其余的士兵都被加维鲁带走了。哥布林兵七千只加上蜥蜴人战士团的八千人,这些就是加维鲁手中的兵力。

加维鲁没有利用迷宫的地形,他想在地面上战胜半兽人。因此,他只留下最低限度的部队用于防卫,剩下的部队全部出击。

第一波攻击成功了。

漂亮的突袭将半兽人群一分为二,对他们造成了巨大的打击。

半兽人士兵被蜥蜴人冲散后,哥布林兵团冲上去将他们各个击破。

士兵们严格听从加维鲁的指挥行动,最大限度地发挥出自身的能力,很好地完成了士兵的职责。

那些哥布林也拼上了自己的性命,尽力跟上友军的行动。

他们的配合十分完美，战斗进行得很顺利。

"看吧！"加维鲁想道，"没必要过分畏惧那些肥猪。"
（父亲老了，所以才会太过谨慎。）
加维鲁心想，正是因为这样，自己才要让父亲放心。
（只要在此展现我的勇武，父亲也会认可我做首领的。我必须尽快解决那些肥猪……）
加维鲁打算借此机会向父亲展示自己英明神武。
这时响起了欢呼声，这声音仿佛在肯定加维鲁的想法。
部下似乎又取得了战绩。
（看吧！区区半兽人根本不是我们蜥蜴人的对手！）
加维鲁心情大好，睥睨着湿地的战况。
然而，加维鲁的如意算盘到此为止了。
半兽人军队出现了众多死者，按说他们这时应该士气低落。
加维鲁不清楚猪头帝的恐怖之处。
首领很清楚猪头帝的恐怖之处。
加维鲁的无知结出了恶果。

●

啊呜啊呜啊呜啊呜……

半兽人用力踩踏尸体。
他们俯下身，趴在地上。
不，不对。

## 第四章
### 日渐歪斜的齿轮

半兽人不是在踩尸体,他们在啃食尸体。

这副场景令人毛骨悚然。

即便是蜥蜴人战士团中那些身经百战的勇士也不愿直视。

那些半兽人散发出凶煞的妖气。

一名战士被凶残的场面吓得往后退去,不小心摔倒在地。那群半兽人士兵见机一拥而上。

蜥蜴人战士在泥中被那群半兽人拖了过去……

他是这一战中蜥蜴人这边的第一个战死者。

这只是一个开端。

最底层的士兵所啃食的魔物的能力几经流转最终会献给猪头帝。

这项能力虽无法完全达到利姆鲁的专属技能"捕食者"那种效果,但它也有它的优势。它不仅能够获得能力,连被啃食的魔物的身体特征都能继承。它能按一定比例吸收对方的能力,并将其还原(Feedback)到被自己支配的人身上。这是专属技能"饥饿者"的能力之一"食物连锁"。

他们是一个组织,同时也是一个个体。

虽然和牙狼族不同,但这项能力也能凝聚一个集体,这也是"饥饿者"的特征。

所以,蜥蜴人的首领非常害怕出现战死者,他要避免蜥蜴人个体失去优势。

虽然半兽人无法完全夺取对方的能力,但至少能够获得某种特征。而且这种特征会被所有半兽人继承。

比如长出能在泥中自由行动的蹼,比如在身体的要害处长出鳞片增强防御力,或者其他细小的变化。

半兽人士兵身上会出现这些变化。这些细微的变化会对战局产生重大影响。

"别怕！让他们见识一下我们高贵的蜥蜴人的实力！！"

在加维鲁的鼓舞下，蜥蜴人战士士气高涨。

他们是湿地的王者，在有利的地形战斗也较为放心，于是蜥蜴人再次开始袭击半兽人军队。

他们已经认定自己的动作比半兽人士兵更快。

半兽人士兵的脚陷在泥泞的湿地中，跟不上蜥蜴人的行动。

即便蜥蜴人在数量上处于劣势，只要迂回到防御薄弱的侧面展开攻击，也可以像之前一样轻松冲散半兽人并将他们各个击破。

事情本该是这样……

蜥蜴人从侧面发起进攻时，半兽人军队也保持着阵型做出相应的调整。

半兽人的行动速度与之前截然不同。

（唔？那些半兽人的动作不对劲……）

等加维鲁发现时已经来不及了。

半兽人的速度比之前快了很多，士兵迅速向左右两边展开，将蜥蜴人战士团围在中间。

他们的行动有条不紊，两万士兵封住了加维鲁部队的退路。

加维鲁的部队得意忘形，进攻过于深入。他们对自己的速度过于自信，认为自己可以轻易摆脱半兽人士兵。结果他们冲得太猛被半兽人军队围在中间。

现在与加维鲁的部队对峙的半兽人队伍由别动队一万人加上先遣队中的三万人组成，总数有四万。其中的半数绕到了加维鲁部队的后方。

加维鲁犹豫了一瞬间，立即选择从正面突破。如果就此折返，

## 第四章
日渐歪斜的齿轮

蜥蜴人倒是好说,那些行动缓慢的哥布林肯定跟不上。他们会被留在半兽人军队正中,从而被全歼。

加维鲁只是想拿哥布林当炮灰,但现在暂时不会轻易放弃他们。

"跟上我!我们一口气突破半兽人的包围!!"

加维鲁鼓励士兵一鼓作气向半兽人军队正面发起突击。

如果那些半兽人没受到专属技能"饥饿者"的影响,说不定他们会被加维鲁部队的突击击败。

然而这终究是个"如果"。

现实是蜥蜴人战士团的强力一击撞上半兽人军队的防御阵型后立即被冲散了。

那一瞬间蜥蜴人战士团,也就是加维鲁的败局已定。

周围的封锁也即将完成,半兽人的主力部队已经开始加入战场。

对加维鲁的部队而言,最坏的情况是被困在敌军正中。这样一来,军队就会像被蚂蚁军团包围的弱小昆虫一样。他们即便拼死抵抗,最终也会力竭而亡。

加维鲁不是无能之辈,他一瞬间就清醒地认识到自己的处境。可是他不理解事情为什么会变成这样。他们本应该是具有压倒性优势的强者,却想不到他们的战术突然不起作用了。

不过即便是这样,加维鲁也不会放弃,他要试遍一切可能的手段。

加维鲁高声鼓舞周围的人,让部队振作起来。

哥布林已经陷入恐慌的状态,不安的情绪也在蜥蜴人中蔓延。无论如何都要阻止事态进一步恶化。

在战场上,部队一旦陷入恐慌状态就会连命令也无法传达。如此,失败便不可避免,因为这意味着部队会被全歼。

加维鲁也考虑过撤退，但他知道现在已经无路可逃了。

即便他们能突破包围也无处可躲。出击时，各集团在加维鲁的安排下有序地从洞窟出来。可是洞窟很窄，一旦部队溃败，士兵将无处可逃。

如果发出撤退命令，哥布林就会争先恐后地逃命，从而堵住洞窟入口。到时候，他的部队既没有退路，又不听指挥，只有死路一条。

不——现在连抵达洞窟都很困难。

半兽人的速度提升之后，即便转而逃往森林也会被追上最终被各个击破。

无法撤退——加维鲁十分清楚这一点。

他现在终于理解勇敢的父亲为什么坚持要采用固守据点的消极战术。

自己为什么会蠢到这地步？可是现在后悔已经来不及了。

现在加维鲁能做的就是鼓舞士兵，尽量缓解他们的不安。

"哈哈哈！你们别那么怯懦！有我在。我们不可能会输给那些肥猪！！"

他高声鼓舞士兵，可是这话连他自己都不信。

加维鲁和他的部队即将迎来命运的终结。

●

啊……首领叹了一口气。

他很后悔。

他从没严肃地和加维鲁说过猪头帝的恐怖之处，最多只是像讲故事一样随口一提。

## 第四章
### 日渐歪斜的齿轮

　　准确地说，首领也不是没提过猪头帝，但他没有具体描述猪头帝有多么可怕，他很后悔。因为首领自身也把这当成一个传说，没有重视。

　　（责任全在我……）

　　首领陷入深深的自责之中。

　　如果加维鲁足够了解猪头帝的话，说不定他会有所防备。

　　现在已经晚了。首领叹了一口气把那个想法抛到一边，他还有事要做。

　　聚集在大厅中的每一个同胞都显得很不安。

　　有四条大通道通往湿地，一条退路向后方延伸。

　　退路应该是安全的。这条路直通山岳地带的山脚下的一座小山丘。

　　从那里去森林要绕一段路，但离湿地也很远。而且这条路是他们自己挖的逃脱通道，妇孺也不会在这里迷路。

　　需要防备的是前方的四条通道。

　　在各岔路攻击半兽人的部队已经开始谨慎地边撤退边集合。分往四条通道的最终防卫战力现在有一千五百人左右。还有部队没有集合完毕。

　　半兽人士兵数量众多，即便用人海战术走遍每一条通道，估计也能很快发现这里。

　　首领想在半兽人发现这里之前把剩余的兵力集中起来，但……

　　首领瞄了一眼用来撤退的通道。

　　所有的同胞都集中在这里，所以这座大厅也十分拥挤。

　　万一半兽人发现这里，可能来不及让这些同胞逃走。

　　也许现在就应该开始让他们逃离。

不管怎么做都会出现混乱，但即便这样也要尽可能降低被全灭的可能性。

可是，就算逃往森林，被半兽人发现也只是时间问题。

而且就算成功逃走，他们今后也无以为生。

这些想法让首领举棋不定，没有发出逃跑的命令。

结果他只能选择拖延时间，只为等待不知会不会来的援军。

可是，首领这份缥缈的希望破灭了。

通道里突然传来战斗的声响，混杂着汗水与钢铁味道的血腥味渐浓。

（开始了吗……）

紧张的气氛迅速在大厅中蔓延。

首领立即让妇孺去大厅后方避难，并让可以战斗的人站在前方。

这是为了应对封锁线被突破的状况。

战士们拿着枪，按照最初的计划摆出圆弧阵型。他们打算在出口处封锁全部四条通道。

首领采用以多敌少的战术确保能消灭敌人，不会因为半兽人实力较弱就轻敌。

好在通道并不算宽，他们不用同时面对众多敌人。

从个体的战斗力来看，蜥蜴人略强于半兽人。

首领认为利用这个阵型多少能取得一些优势。

最初的战况不出首领所料。

半兽人比平时更强，但还可以应付。

被分往前方四条通道的部队都拼命抵挡着半兽人军队。

战士轮番上前，谨慎应对半兽人。然而,这一状况维持不了多久。

## 第四章
### 日渐歪斜的齿轮

出口附近的尸体越堆越多,但那些半兽人啃食尸体之后又继续进攻。那场面实在令人不快,坚强的蜥蜴人战士内心渐渐产生恐惧。

接着,决定性的瞬间到来了。

半兽人士兵身上散发着黄色的妖气。

(这到底……)

更可怕的噩梦向首领袭来。

蜥蜴人在战斗力上不再有优势,双方的单兵战斗力相差无几。

半兽人士兵的实力并没有急剧提升,但也足以缩短与蜥蜴人间的差距。

从这时起,蜥蜴人的优势消失了。

首领观察着战况,他明白这样下去他们连一天都坚持不了。即便援军会来,那也是三天后的事。无论如何,他们都无法坚守到那时候。

进行防卫的战士开始有人牺牲。

与其坐以待毙,不如先让妇孺逃跑。

"听我说,你们接下来的路将十分艰辛。可是,我们不能让蜥蜴人在这里灭种。你们要活下去。我来争取时间,你们快逃!!"

即便逃走也无济于事。只是让他们多吃点苦头,也许改变不了什么。

虽然首领这么想……但他把一切都赌在最后的希望上。

"你们逃去找名叫利姆鲁的魔物!快去!!"

然而,首领的希望被无情地打破了。

"呼呼呼呼,此路不通哦。"

说着,几只半兽人从本应安全的退路中出现了。

他们是穿着全身钢铠的猪头骑士。

接着——

四条通道中的一条传来了尖叫声。

一个身穿沾满鲜血的漆黑铠甲的丑恶半兽人在尖叫声中出现了。

异样的姿态。

他的眼中带着癫狂的火焰。巨大的身躯比猪头骑士更甚。

（难道是猪头帝？）

首领凝视着那个身形巨大的半兽人，惊愕地浑身颤抖。

然而，首领猜错了。现实更加残酷。

"你们是献给伟大的猪头帝的贡品。一个都别想逃。"

听到这话，首领明白了眼前这个半兽人的真实身份。是的，别说是猪头帝了，就连他下属的一只魔物也拥有如此强大的力量……

猪头将军拿着沉重的战戟（Halberd）登场了。

那邪恶的样子给人带来无尽的绝望。

在这绝望中，首领几近崩溃，但他用最后的力气振作起来。

首领明白自己会死在这里。

他不慌不忙地拿起枪站在猪头将军面前。

他知道自己将成为带领蜥蜴人走向灭亡的最后一任首领，他选择光荣地战死……

●

蜥蜴人亲卫队长带着首领的命令在森林中疾奔。

但她的目的并不明确。她本想追寻使者苍影的强大妖气，却完全探查不到。

## 第四章
### 日渐歪斜的齿轮

可是,她肩负着蜥蜴人的未来,她不能停下脚步。

亲卫队长凭着直觉在森林中乱跑。

呼吸紊乱,心跳飞快,她越来越疲惫。

即便如此,她也没有停下脚步。

她要表达出最低限度的义气,把现状告诉向蜥蜴人提出结盟的人。

她已经奔跑了近三个小时。

她甩开束缚之后就一路狂奔。虽然她还有力气,但现在随时都有可能倒下。

其实她心里很清楚,她也许找不到那个名为苍影的魔物。

即便自己真的找到他,他也未必会救蜥蜴人。

也许自己应该就此逃走?这想法在她脑中一闪而过。

(不行!我怎么能背叛自己的同胞,怎么能背叛自己的父亲?)

她慌忙把这想法丢到一边,把注意力转移到其他事上。

她认为自己本应阻止哥哥加维鲁。

她知道哥哥希望得到首领的认可,她却没把这事告诉首领。

加维鲁是蜥蜴人的勇士,她和很多人一样十分尊敬加维鲁。

她相信哥哥迟早会成为优秀的首领,无须自己多管闲事。

可是……

也许这次的事只是因为各种误会与巧合,就像没有咬合的齿轮一样。

即便这样,她仍会忍不住去想。

如果兄妹之间能多谈一谈,或许就能避免这次的事态。

既然这样,自己就应该负起这份责任,无论如何都不能逃避。

一旦停下来就再也跑不动了。

正因为这样，她才不能停止奔跑。

有人正盯着她。
她拼命奔跑，完全没注意到。
而那人游刃有余地在树枝上跟着她，没有发出任何声音。
那人带着淡淡的微笑，口水从嘴角滴下。
然后——
等到她疲惫不堪停下脚步时……
有人一声不响地落到她的跟前。
那人长长的手如猿猴一般，双足与肉食兽无异。
但那人的身躯和头部却是丑恶的半兽人。
"呼呼呼呼，你累坏了吧。你的肉想必已经变得很有弹性，现在应该十分美味吧。"
她盯着眼前的怪物，眼中满是痛恨。
毫无疑问，这是高阶半兽人。而且不止这一个，他的背后还有数十人。
生还希望渺茫。
"你是……"
"呼呼，哈哈哈哈。我是半兽人军队的将军之一。能进入我的肚子是你的荣幸！！"
"呃，竟然是猪头将军？"
亲卫队长拿起背上的枪。然而，任谁都看得出结果。
亲卫队长已疲惫不堪，动作迟缓，无力与猪头将军及其部下战斗。
但即便如此……

## 第四章
日渐歪斜的齿轮

她知道自己赢不了，但为了荣誉，即便没有胜算也要战斗。

●

"很好，很好！感觉不错！"

一个怪异的男性用开朗的声音大叫着，显得很兴奋。

奇异的服装和怪异的面具，怎么看都是个怪人。

他是之前和加维鲁说话的拉普拉斯。

他像小丑抛球一样玩弄着三个水晶球。

每个球都和人头差不多大，球中映着某种影像。

细看之下就会发现球中显示的影像是战场上的状况。

没错，那些水晶球能够与他人共享视觉并显示出影像，是昂贵的魔法道具。那些水晶球是接受这次委托时，雇主给他的。

必须要触摸过水晶球之后才能与之连接，所以只能共享三个人的视觉，不过这也够了。

他让比较容易控制的三个猪头将军与水晶球连接，通过他们的视线暗中观察战场的情况。

这当然不是出于兴趣。这是雇主的委托，是为了工作。

拉普拉斯兴致勃勃地注视着战场的情况，似乎觉得既然有这机会不看就亏大了。

事情的发展如同他的计划一般，委托进行得很顺利。

"很好。这下雇主应该会满意了。"

周围一个人都没有，拉普拉斯却故意高声说着。

但这次情况不同。

"你好像很享受啊。"有人回道。

175

"什么人？"拉普拉斯惊讶地问道。

一个虚无缥缈的美女出现在他面前。

她绿色的头发像蔓藤一样交缠着覆盖全身。

她的头发散开，展现出半透明的身姿。

"我是森林的管理者树妖精托蕾妮。我不会让魔族为所欲为，所以我要解决你。"

托蕾妮在宣告的同时开始咏唱魔法。

拉普拉斯慌了。

"喂！！等等！你说我是魔族？"

"闭嘴。祸乱森林这一点就足以定你的罪。"

托蕾妮忽略拉普拉斯的话发动了魔法。

"等一下，等一下，等一下，等一下！你那是什么魔法？"

"魔精召唤风之少女(西尔芙)，同时发动高阶技能'同化'！！"

树妖精托蕾妮将魔素覆盖在自己的精神体（Spiritual Body）上形成身体。这项能力与利姆鲁的高阶技能"分身"相似，她没有真正意义上的肉体。她的本体寄宿在灵树中，灵树才是她的本体。所以她可以和魔精同化。

托蕾妮现在已和高阶魔精西尔芙同化，她可以自由操纵魔精的力量。接着，她放出了西尔芙最强的魔法之一。

"现在是审判之时。忏悔自己的罪行，祈祷吧。大气压缩断裂（Air Real Blade）！！"

与魔精同化之后，托蕾妮不用咏唱就能发动魔法。

魔法瞬间发动，拉普拉斯来不及逃跑，被困在空气的断层中。无坚不摧的空气之刃在内部肆虐。

这魔法非常可怕，一旦被困住就无处可躲。

## 第四章
### 日渐歪斜的齿轮

然而,拉普拉斯只被斩断了一只手臂。

拉普拉斯拥有对抗魔法(Anti Magic),他没有受到致命伤害。

而且被斩断的手臂自动施放"存在欺瞒"(Stealth Mode)冒出烟雾。这项能力会自动发动幻觉魔法:虚假情报(Deception)和潜伏、隐蔽等技术,是拉普拉斯的独创技巧。树妖精拥有超常感知,但难以置信的是这项技能竟然骗过了她的双眼。

"你还真是乱来啊……看来你不愿听我说。算了,既然目的已经达成,那我就撤退吧。再见啦!"

烟雾散去后,拉普拉斯不见了,他似乎准备了很多巧妙的逃脱手段。

"……竟然被他逃了。不过,他不是魔族?那些人到底……"

托蕾妮嘟囔着,可是没人回答她。

托蕾妮带着这个疑问把目光转向战场。

树妖精可以通过遍地的植物获取信息。托蕾妮在倾听植物的汇报。

"状况不如人意……我可以完全信任那人吗……"

托蕾妮嘟囔着随风消失了,一脸忧愁。

本来应该由她去解决猪头帝。可是,她发现这事背后有人在搞鬼,在搞清幕后主使之前不能贸然行事。

万一猪头帝吸收了她的能力,那这世上就会诞生新的魔王。如果事态发展到这一步,那连她的姐妹们也无力回天了。

为了防止这种状况,她不能公开行动。

她想留下活口,结果让拉普拉斯那个魔人给逃了,这个失误让她追悔莫及。

战场上,半兽人大军正在吞食那些蜥蜴人。

177

© Mitz Vah

## 第四章
日渐歪斜的齿轮

尽管托蕾妮对自己的失败十分懊恼，但她仍要冷静地履行自己的职责。

因为那是森林管理者的使命……

●

加维鲁继续在绝望中战斗。

战局十分不利。

半兽人士兵不知疲倦地持续进攻。而哥布林和蜥蜴人联军无力突围，人数渐渐减少。

那些蜥蜴人战士也疲惫不堪、伤痕累累。现在要突围又有多少人能跟上呢？

而且这意味着要抛弃那些速度缓慢的哥布林。

就算撤退也无处可去，但事已至此，现在至少应该要想办法避免被全歼。

正常来说，在确定胜局之时，双方就会停止战斗行为，但那些半兽人似乎打算把加维鲁的部队赶尽杀绝。

他们没有发出劝降通告，也没有任何交涉，一心要杀光并啃食敌人。

很明显，加维鲁的部队在他们眼中只是食物。

加维鲁部下心底的恐惧被唤醒了。他们惊慌失措，恐惧从最脆弱的部分开始渐渐吞噬内心，阵型开始崩溃了。

本就弱小的哥布林已经全线崩溃，他们四处逃窜，但半兽人并没有放他们逃走。

半兽人追杀并啃食逃跑的哥布林。还能战斗的哥布林不到三千人。

蜥蜴人战士团也无法幸免,他们已经损失了两成兵力,现在越来越难组织起有效反击。

但加维鲁仍在鼓舞士兵,同时不断尝试一点一点突破半兽人士兵的包围。他将自身的能力发挥得淋漓尽致,巧妙地指挥着士兵。

加维鲁的部队损失惨重,可以说他们之所以还没全灭,还能保持听从指挥的系统运作全拜加维鲁罕见的将领才能所赐。

然而——

突然,一批穿着漆黑铠甲的半兽人士兵出动了。

他们和普通半兽人士兵不同,是支服从指挥、统一行动的队伍。

而且每个人都穿着全身钢铠。

也许他们的战斗力和普通半兽人士兵差不多,但他们是彻底服从指挥的军人,并且装备性能和普通半兽人有着天壤之别。

还有指挥这些士兵的那只半兽人。他身上的妖气比其他人强得多,实力明显远超其他半兽人。

他是猪头将军。其个体的战斗力相当于一支军队,是半兽人军队的将领。

他所率领的是多达两千人的猪头骑士团。

他是五名猪头将军之一,实力相当于 $A^-$ 级。

猪头帝麾下的最强军力——他的直辖部队出动了。

(结束了……)

在加维鲁眼中,那是支决定性的战力。

(看来是逃不掉了。既然这样就只能干脆地战死沙场……)

加维鲁打算像一名武者一样有尊严地死去。

"哈哈哈哈!怯懦的肥猪将领,你敢跟我单挑吗?"加维鲁下

## 第四章
### 日渐歪斜的齿轮

定决心大声问道。

他没有胜算。

加维鲁的鳞甲已经破烂不堪,而且他也十分疲惫。

而对方的全身钢铠是施有魔法的珍品,从妖气上也能看得出他的实力在加维鲁之上。

如果对方接受挑战的话,加维鲁至少能够像武者一样轰轰烈烈地战死。

加维鲁心想如果顺利的话,说不定还能拉个垫背的。

"呵呵呵。好啊,我来当你的对手。"

猪头将军接受了挑战。

他想击败敌将加维鲁,粉碎敌军最后的心理防线。这样一来,就可以尽情蹂躏敌军了。

加维鲁也看出了猪头将军的想法,但他也明白事到如今再怎么挣扎也不过是拖延痛苦降临。首领之前将希望寄托在援军身上,但加维鲁彻底忘了这事。

加维鲁认为自己会死在这里,于是做出了这一抉择。

在这气氛的影响下,战场陷入一片寂静。外围的战斗还在继续,但不可思议的是那些声音传不到这里。

加维鲁感觉自己从未如此集中注意力。

"感谢。"

在这片寂静中,两人的决斗开始了。

加维鲁举起魔法武器水涡枪寻找猪头将军的破绽。

"上吧!"猪头将军叫道。

与此同时,加维鲁行动了。

181

"看招！涡枪水流击（Vortex Crash）！"加维鲁全力放出自己最强的招数。

这是他的枪术再加上魔法武器魔力的必杀一击。

然而……

"混沌喰（Chaos Eater）！"

猪头将军逆向旋转加维鲁的枪，在身前抵消了加维鲁放出的旋涡的威力。

不仅如此，猪头将军的妖气的旋转速度越来越快。凶煞的黄色妖气化为实体袭向加维鲁。

（他想吃了我？）

加维鲁凭着直觉倒在地上躲开这一击，但那股妖气穷追不舍。

"呵呵呵！终究是蜥蜴。你很适合在地上打滚。"猪头将军嘲笑着加维鲁。

加维鲁没有放弃：至少要打中他。

加维鲁抓起一把土，朝猪头将军扔去。即便要背负卑鄙的骂名，他也要给猪头将军一击。

但这攻击也被那黄色妖气吞噬了。现实很残酷，双方的实力差距太大，加维鲁的攻击似乎完全不起作用。

猪头将军的枪指着加维鲁。

加维鲁拼命躲着黄色妖气，他没有余力关注那一击。

猪头将军露出扭曲的笑容，向加维鲁刺出一枪。

这时……

"分散注意力可是很危险的！"

一个声音传进加维鲁耳中。

与此同时，加维鲁被人从背后撞飞，无意间勉强躲开猪头将军

## 第四章
### 日渐歪斜的齿轮

的一击。

（怎……怎么了？）

加维鲁一头雾水。

这时，一声轰鸣从天而降镇住了战场。

加维鲁以为半兽人军队又有动作，但很快就注意到事情并非如此。

因为拥有绝对优势的半兽人军队也陷入了巨大的混乱……

风向骤变，战场上出现了新的局面。

设计草图

©Mitz Vah

第五章

大激战

哥布塔救出加维鲁之时，我正在上空观察战场。

下方的状况很可怕。猪头族（半兽人）原本占有绝对优势的战况瞬间扭转了。几个鬼人加入了战场……

他们会如此混乱也在所难免。

毕竟我也很意外。

……

我送苍影去找蜥蜴人族之后，定下了出战的成员。我没有让全员出动，而是组编了一支专注速度的队伍。我还不清楚对方的实力，所以希望在遇到紧急情况时能迅速撤离。

我命令他们根据这一方针进行战斗准备。

小镇的建设很顺利，但还没有防卫设施。

外墙会妨碍建设工作，所以我们连围墙都没有。因此，一旦这里遭到进攻，我们也打不了防卫战。先做好转移的准备，到时候才不至于手忙脚乱。

因此我让剩下的人进行准备，以便随时都能转移到树人族的据点。如果情况不妙，他们会直接转移，应该不至于傻等我们回来。

"我们在湿地进行决战。如果能赢最好；如果我们输了，就用'思维传递'通知你们，你们要迅速放弃这里转移到树人的据点。与此同时还要向人类求援，我们之后应该会在人类的协助下迎击半兽人军队。说实话，敌人的战斗力不容小觑。虽然我们的目标是胜利，但即便输了也没必要害怕。大家要冷静地按照既定的计划行动！"

我集合了小镇里的魔物，并宣布会议上的决定。

## 第五章
大激战

另外，我就站在类似神轿的东西上面，像个镜饼一样。说实话，演说也挺让人不好意思的，这副模样更是让我羞愧难当。

我甚至想过半兽人的事怎样都好，我可不想再搞这种演说……

也许是因为注意力都在这事上面，我彻底把害怕抛到脑后。魔物似乎很敏感，很容易察觉他人感情的波动。多亏这样，这次的演说很顺利，魔物们听我说话时也没有任何恐惧感。

这次令人羞愧难当的演说是有价值的，就当作是这样吧。

"最重要的第一战，参战人员是……"

在我即将公布名单时，魔物们都十分安静，但显得很兴奋。

看上去人人都想参加，这些家伙有这么好战吗？

算了。我决定不再多想，尽快公布名单。

"这次的战斗由红丸担任主帅，狼鬼兵部队（哥布林骑兵）只出动一百人。副官是白老，紫苑负责游击，苍影虽然不在场，但他也参加，还有岚牙作为我的坐骑参加。这就是全部阵容。有问题吗？"

听到我的决定后，众人一片骚动。他们似乎认为一百人太少，有些不满。

接着，朱菜像众人的代表一样上前开口道："利姆鲁大人，出战的人是不是太少了？你没有提到我的名字，这是怎么回事呢？"

你问我怎么回事……

朱菜像个公主，这也是我不想带她上战场的原因。不过，还有更重要的原因。

这次的战斗以速度为重。

在岚牙的授意下，岚牙狼数量略有增加，但总数也不过一百出头。让步兵留守是为了能发挥机动力。

朱菜不会骑岚牙狼，所以我自然不能带她去。

而且总数六百人的人鬼族（大型哥布林）中有一半是女性。利古鲁率领的警备部队有两百人。剩下的人里，男女共计两百人参加建设工作，还有两百人是无法从事体力工作的妇孺。

出战人数确实很少，但这已经是极限了。

"啊，嗯……这个嘛，我希望朱菜能帮我带领剩下的人。而且和树人及树妖精的交涉光靠利古鲁德一人也够呛吧？再加上有朱菜在，妇孺也会安心。"

我想了一些比较有说服力的理由尝试说服朱菜。

她说："既然这样就交给我吧。"

听到这话，我就放心了，看来这些理由能暂时稳住她。妇孺们的确很敬仰朱菜，她很适合这份工作。

朱菜来回看了看我和紫苑，似乎还有些不满。但既然接受了，我也没再说什么。我可不想没事找事。

"利姆鲁大人，你为什么没让我参加呢？"

利古鲁举手问道，不过他的问题很好回答。

"利古鲁你留下来率领警备部队加强小镇周围的戒备。最近森林很不太平吧？我们上战场之后，如果有事就要靠你和其他人了。所以家里就拜托了！"

听到我的话，不只是利古鲁，连利古鲁德也点头表示理解。最近连栖息在森林深处的强大魔兽也会跑到这里来，所以他们一下就理解了。

就这样，所有人都没有异议，开始进行各种准备。

演说结束众人解散时，苍影发回了联络。

（利姆鲁大人，现在方便说话吗？）

## 第五章
大激战

苍影奉我的命令去与蜥蜴人结盟,是发生什么事了吗?难道……他不知道位置?

他出发的时候可是自信十足,如果现在才说不知道位置的话,不管我性格再怎么温厚都要生气……

虽然我有点担心,但他当然不可能因为这事来找我。和我不同,苍影很能干。

(我见到蜥蜴人首领了。他愿意与我们结盟,但他希望利姆鲁大人去蜥蜴人那边……)

报告的内容让我很意外。

会议结束到现在才刚过去半天,但他已经谈妥了结盟的事……

工作能力超强的男人真的很厉害。而且他还那么帅,我都有些不爽了。

我边疏导自己的嫉妒心边回复他。

(没问题。反正我们也要在湿地决战。话说你这么快就到了?)

(啊,是的。我用"潜影移动"顺利抵达了湿地外围。虽然可以直接移动到某人身边,但我确定首领的位置花了一些时间——)

根据苍影的说明,他用"潜影移动"抵达了湿地,然后用"分身"探查四周。哥布塔只能在能够憋住气的短时间内使用"潜影移动",由此可见这两人的实力差距有多大。

顺带一提,苍影办完事后,本体已经在回来的路上了。

和蜥蜴人首领进行交涉的是他的"分身",这样没问题吗?话说回来,令我意外的是他能同时进行多项工作,对这项能力的运用比我娴熟得多。

不愧是苍影。

(那我们会谈的时间定在什么时候?)

即使受到我的褒奖，苍影依然很冷静。和朱菜和紫苑不同，这家伙非常靠得住。

（这个……我们需要一点时间准备，狼鬼兵部队的移动也需要时间，大概七天后吧。）

这里离湿地似乎很远。

徒步行军的话，估计要花两周，如果只有狼鬼兵部队的话，估计也要花五天。准备大概需要两天，所以七天的时间应该就够了。

加维鲁虽然骑着魔兽，但速度比不上岚牙狼。

如果我们在他们回蜥蜴人大本营之前就与蜥蜴人会合，那我也有可能受到牵连。虽然还不能确定加维鲁会不会发动政变，不过还是小心为上，免得背后挨刀。纵观全局掌握主导权的应该是我们。

略晚一步最理想，于是我给出了需要七天的答复。

（明白了。那我就这样答复对方。）

最后确认完会谈日期后，苍影结束了"思维传递"。

虽然我想确立同盟，但也不能太信任素未谋面的人。话虽如此，先通过会谈成立同盟，然后再做出战准备太花时间，可能会来不及应对半兽人军队的行动。所以，我们要先做好准备。

如果结盟的事谈不拢，我们就立即撤退。

如果无法组成共同战线的话，我计划趁半兽人与蜥蜴人交战的时候转移到树人的据点。这样虽然对不住蜥蜴人，但这是战争，我也顾不了那么多。

我是众人的领袖，我有我的职责，这想法虽然很无情，但我只能这么做。

蜥蜴人愿意结盟是好事，也许是我担心过头了……

## 第五章
大激战

总之，现在只能祈祷我们可以顺利和蜥蜴人结为同盟。

*

我让凯金立即赶出一百套狼鬼兵部队的装备。

红丸、白老以及紫苑也需要装备，但我把这事推后了。苍影也快回来了，到时候再一起解决装备问题。

我的武器由黑兵卫负责，衣服和防具由朱菜和伽卢姆准备，所以不用着急。

我趁等待苍影的时间，组编了狼鬼兵部队。

首先必须选出队长。

突然，我和哥布塔的目光相遇了。他是警备部队的副队长，是个适合的人选。

"哥布塔君，你好像很闲吧？"

"呃？我一听到这话就觉得不会有好事……"

"这是你的错觉。你也想去吧？"我笑着问道。

哥布塔正想说什么，但他的表情僵住了——

"当然想去！"哥布塔慌忙答道。

他的样子有些奇怪，估计是因为我背后那股凶恶的妖气吧。

唔……看来我背后的紫苑的笑容比我的史莱姆式微笑更有效。我看着紫苑想道，听到哥布塔的回答，她满意地点点头。

这样一来，狼鬼兵部队的队长就确定是哥布塔了。

没人不满。经过一番谈话后，所有人都认可了哥布塔。

这事刚定下来，利古鲁就点了点头，他似乎也认为哥布塔很靠得住，应该没问题。

"话说回来，你让黑兵卫帮我打造武器了吗？"

啊，我忘了。

"啊……嗯。当然了。"

"真的吗？我怎么觉得你好像忘了？"

这家伙真敏锐啊。

"哈哈哈。你真爱瞎操心啊，哥布塔君。黑兵卫会为你打造一把优质小刀，好好期待吧。"

"真的吗？我都快等不及了！"

总算糊弄过去了，幸好哥布塔很单纯。

这回一定要记得去找黑兵卫。我看着哥布塔的笑容想道。

接下来是挑选一百名队员。

这事很简单。岚牙狼原本就有搭档，初期的搭档与岚牙狼间的配合比后来配的搭档要好。于是，出击的一百人就决定了。

然后，我带他们去找凯金，嘱咐他为这些人提供装备。

部队的组编就此完成。

我刚组编好哥布塔的部队，苍影就回来了，时间刚刚好。

"我回来晚了。"

苍影从红丸背后的阴影中出现了，简直和忍者一样，这完美的动作令人神往。

接下来，我们也开始准备吧。

于是，我们立即朝装备制作工坊所在的建筑走去。

这座建筑算是制作部门的基地。

这是一座大型木制建筑，和体育馆很像。我计划以后用砂浆加固墙布，但现在腾不出手来。

## 第五章
大激战

即便如此，这座建筑物也是已有的建筑物中最大的一类，显得很有气势。

推开门，里面有些嘈杂，有几个见习工匠正在工作。他们好像正在搬运已经做好的一百套装备。警备部队的装备只能先缓一缓，但这也是没办法的事。

我们继续往里走。

最近这里增设了一间纺织专用的房间，但只有朱菜一人会用。这项技术太高端了，哥布林美女需要花一些时间才能学会。所以现在这是朱菜专用的房间。

哥布林美女们干劲十足，但现在她们正在伽卢姆的指挥下制作麻布等布料。估计等所有人都有装备之后，伽卢姆会选出技术好的人去缝制丝绸制品。

制作防具之前是准备衣服。

我们朝纺织专用的房间走去。

我打了一声招呼走进房间，朱菜笑着过来迎接我。

她穿着一身漂亮的和服，也不知道她是什么时候织好的。

她的衣服以巫女服为基础做了一些方便行动的改良。

千早（巫女服）纯白，袴染成了和朱菜头发一样的淡粉色，显得十分可爱。

这件衣服做工一流，一眼就能看出朱菜精湛的技艺，看来我们的装备非常值得期待。

朱菜拿出几套衣服并排摆在工作桌上。

"久等了。利姆鲁的衣服做好了，还有兄长等人的衣服也顺便完成了。"

"原来是顺便的啊……"

"呵呵呵,这也没办法吧。"

"朱菜公主的纺织手艺高超,公主肯为我们做衣服就非常难得了。难道我的衣服也做好了吗?"

红丸和白老不怎么在意,苍影毫无兴趣。

兴趣最大的当然是紫苑。虽然性格大大咧咧,但紫苑毕竟是女性。

"这是您的衣服!"

朱菜不顾其他人的反应,把衣服递给我,接着再亲手把每套衣服交给相应的人,这还真像她的行事风格。

等我们拿好衣服后,她再领我们进屋换衣服。

我们拿到了两类衣服,其中一种是伽卢姆制作的一套防具。

"这是伽卢姆先生给我的。我为了保证这些装备的舒适性和灵活性,可下了不少功夫。"

伽卢姆不在这里,待会儿得去向他道谢。

第一个换衣服的是我。

第一套是甚平。

朱菜完美再现了我随手画的图。

这套衣服很舒适,很适合平时穿。她准备了不同花色的三套供我换洗。

第二套是战斗服。这是朱菜设计的力作。

我变为儿童形态后立即穿上这套装备。

手感光滑,这触感比极品丝绸还好。

裤子和衬衫和我的设计图一样。

我想不吃惊都不行。因为这做工和质地比我以前的世界的衣服更好。

## 第五章
大激战

材料里好像混有我的"粘钢丝",防御力也很高。我用"大贤者"进行"解析鉴定"确实是这样。

而且这衣服——

我穿上之后发现这衣服非常合身。这是魔法装备,做得非常棒,无可挑剔。

装备里掺杂着我的魔素,它会自动贴合我的身体,似乎变成了我身体的一部分。

我尝试变为成人形态,和我想的一样,衣服也自动变大了。

朱菜的工作堪称完美。

接着,我在那套衣服外面穿上伽卢姆的防具。

朱菜说过她下了不少功夫,难怪我穿起来非常合身。

这是熟皮制作的黑毛皮甲(Dark Jacket)。皮甲上没有纽扣,要用绳子绑住胸前。

这件看上去和夹克无异的防具也是魔法装备,和我的妖气非常搭。

这毛皮在给伽卢姆之前一直待在我的"胃"里,所以浸染了我的魔素。大概是受此影响,这毛皮也变成了黑色,和我的妖气的相性也很好,真是无可挑剔的作品。

之后,我再套上上衣就完成了。

这件漆黑的长外套的材料织入了牙狼前头领的毛皮,也是朱菜亲手制作的。

这衣服的双臂部分几乎感觉不到重量,如羽毛一般轻盈。胸口无扣,但不可思议的是完全不会妨碍行动。

这身衣服穿在身上看起来和法袍一样。

毛皮的尾巴做成类似围巾的构造用于保护脖子。这尾巴也可以和衣服分离，完全可以当围巾用。

虽然看上去像防寒装备，但没想到它竟然也有隔热的功效，性能十分优越。

我拥有"温变无效"的技能，所以这些效果可有可无，但我还是看了看鉴定结果，材料中有我的"粘钢丝"，所以装备上有"耐寒耐热"效果。另外"自我修复"等也是标配。它可以自动修复一定程度的损坏，注入魔力后还能完全再生。防污对策也很周全。这好像也是受我"超速再生"的影响。

原来如此，不愧是幻想世界。这里是魔法产物的宝库。

我穿上装备走出房间，朱菜脸颊绯红地看着我。

鬼人们侧眼看着朱菜这副模样，一个接着一个去换衣服。

不只是我的衣服，用朱菜织的布缝制的每一件衣服都会吸收穿戴者的妖气，与穿戴者同化。

鬼人们穿上衣服之后也如和衣服融为一体一般显得非常自然，估计他们的衣服也和他们的妖气融为一体了。

红丸是一身天鹅绒（Veludo）般的火红和服。他看上去像个怪人，不过这身衣服很适合他，大概美男子穿什么都合适吧。

白老是纯白的僧服。衣服上没有多余的装饰，不会妨碍战斗。这身衣服和他敏锐的目光很配，再适合不过了。

苍影是深蓝色的长袍和裤子。飘然的衣服中藏着各种暗器。

紫苑当然是蓝紫色的西装。这笔挺的衣服和我要求的一样。单看外表，她就是个干练的女性。但这终究只是外表，紫苑在工作方面多少有些不足。

就这样，我们都换上了新衣。

每个人的服装都和自己的妖气融为一体，都是魔法装备。

## 第五章
### 大激战

这些装备做得实在太棒了。

听说这些装备能在一定程度上随心所欲地改变形状,这太让人意外了。

朱菜解释说地狱蛾的丝和我的"粘钢丝"编织在一起之后有了"魔丝"的特性,可以吸收魔素并产生相应的变化。就像"魔钢"打造的武器会根据使用者的想法改变形状一样,用"魔丝"编织而成的衣物也会产生变化。

这装备可以一直穿着不断成长,同时也可以改变外形不失美观。

这种级别的装备估计很稀有。

虽然我不清楚人类城镇的魔法装备性能如何,但我知道朱菜技艺高超。这些装备都是朱菜用顶级的素材加上自己的妖气做成的得意之作,所以性能自然比普通程度的装备好得多。

我不禁在想,如果卖掉这些装备似乎能赚一大笔。

"还有这个。"朱菜递给我一双用皮革和树脂做的靴子,"这一定很适合利姆鲁大人可爱的双脚。"

听到她的话,我试着穿上鞋。完全包裹住整只脚的顶级触感,和草鞋完全不同。

"哦,真是好鞋!"

听到我的满意的赞叹,朱菜笑着告诉我:"这双鞋出自特鲁特之手。"

据说伽卢姆和特鲁特都不好意思直接把装备给我,所以拜托朱菜转交给我。

难道他们拜托朱菜就不会不好意思吗?不,他们只是想借机和朱菜说话吧……

虽然我发现了这一点,但特意说出来就不好了。

每人都有一双鞋。

我、苍影和紫苑是皮靴，红丸和白老是草鞋。

虽说是草鞋，但也是使用了树脂的高级货。我们也收到了日常穿的草鞋，所以一比就能看得出区别。

就这样，我们穿上了新的衣服，心情也焕然一新。

在朱菜笑盈盈地目送下，我满意地离开了。

接下来要去的是黑兵卫的锻造小屋。

黑兵卫最近一直在埋头打造武器，我都没机会见到他。刚才的战前演讲，他也没去。

我知道他的状态不错，他似乎是那种会忽视周围的一切、埋头做自己喜欢的事的类型。我要求他优先制作武器也是原因之一。

会议前，凯金告诉我黑兵卫这几天都在夜以继日地埋头制作。

我们来到小屋前，发现门开着。

屋子里面装了一套从凯金的工坊搬来的道具。

小屋旁边就是仓库，我们搜集的素材都存放在这里。我也拿了一些"魔钢块"给他。仓库中的素材基本齐备，但铁矿石的存量堪忧，我有些不放心。

我有必要去调查周围的矿山，寻找能开采优质矿石的地点。可是，时间和人手不足，这事只能暂且搁置。

必须等建筑方面的工作告一段落之后，人手不足的困境才会有所改变。

小屋里回荡着敲击金属的声音，热气直往外冒。

只有这里才有高温炉。我将黏土固定成型后，再用高温烧制最终完成了这个炉子。这是我用"操纵火焰"制造的，但我没想到会这么顺利。我计划先了解这个炉子是否好用，之后再依次增加炉子

## 第五章
大激战

的数量。

计划太多实在腾不出手——真是头疼。

这事先放到一边,我们进屋向黑兵卫打了声招呼。

黑兵卫发现我们后满面笑容地出来迎接。

"让你们久等了!你们一定要进来看看。"

很明显,他对自己的作品非常有信心。

然后,两小时过去了。

我听着他的解说,目光如死鱼般浑浊。

够了。知道了知道了。真厉害啊!

这些话好几次冲到我的喉咙口,但都被我咽了回去。

看到黑兵卫开心的样子,我就说不出口了。

这该怎么办……

这时候正需要紫苑发挥她不懂察言观色的能力,可她却专心听着黑兵卫的讲解,神魂颠倒地盯着武器。

看来紫苑是个彻头彻尾的武器狂。

而且不仅是紫苑,所有鬼人都一样。

他们个个都凝视着黑兵卫递给自己的武器,拿着武器投入地倾听他的解说。

红丸是一把华美的太刀。

白老的武器形似拐杖,里面藏着刀刃。

苍影是两把忍者刀。

紫苑是一把巨大沉重的太刀。

所有人都满意地装备上武器,非常有模有样。

不过,有件事令我很在意。

紫苑的太刀……是不是太大了?

"没事。这刀没有鞘，我用魔力包裹刀刃代替刀鞘，所以没有拔刀的困扰。"紫苑笑着回答我的疑问。

不，我问的不是那个，而是武器本身太大了……不过在紫苑的笑容面前，我把这话吞了回去。

既然紫苑用得惯，那就没问题。

这武器似乎非常重，普通人连拿都拿不动，估计凯金也做不出这样的武器。

他在矮人中也算有股蛮力，但要用双手拿起这把刀也很勉强。

紫苑轻轻松松地用单手抽出那把如铁块一般厚重的大太刀。

在那一瞬间，我明白不能惹怒紫苑。

## 第五章
大激战

黑兵卫看着紫苑这副模样自信满满地补充道："这是我打造的最大的武器。我估计紫苑能够运用自如。"

紫苑显得非常满意，似乎在说黑兵卫的判断是正确的。

最后，黑兵卫拿出了我的武器。

"这是利姆鲁大人的。它仍在基础阶段，还没完成。这是根据利姆鲁大人将魔石与武器结合的构想而设计的刀。为了这一目标，我正和凯金先生一起研究，我们还需要一些时间。在此期间就先让这把刀浸染利姆鲁大人的魔素……"

说着，黑兵卫给了我一把直刀。

原来如此，他们计划根据我的设想进行研究啊，我和他们提过

这事，真让人兴奋。

虽然听完两小时的说明让我身心俱疲，但现在这种感觉一下烟消云散了。

"明白了。"

我点点头，把刀吸收进"胃"中存放，放在体内更容易浸染我的魔素。

黑兵卫点点头又给了我一把刀。

"这是试制品。请先凑合一下。"

虽然是把平淡无奇的打刀，但这是黑兵卫的作品。这个替代品可是名品，我要好好爱惜。

既然有机会在白老的指导下学习剑术，那我应该也可以带刀。

我正好也想要把刀，于是就开开心心地接过刀佩在腰间。

真是不可思议，我感觉自己好像变强了。

最后我也没忘记提出请求："黑兵卫，帮我打造一把小刀。"

听到我的请求，黑兵卫思考了一下，但很快就笑着点头答应了。

也不知道他想到了什么，不过反正是哥布塔的武器，我就不必在意了。我边想边看着黑兵卫走回工作区的身影。

就这样，所有人都拿到了自己的武器。

我们拿到武器后，伽卢姆来了。

据说红丸的铠甲做好了。

现在没有铁矿石，铁很少，所以做不出全身钢铠。不过这事和鬼人没有关系，毕竟和服不适合全身钢铠。

伽卢姆搬来的是用魔物素材制作的甲壳鳞铠。

我之前给过冒险者卡巴鲁一件试制品，这件是完成品。而且据

## 第五章
大激战

说这件装备也会浸染穿戴者的妖气。

我的"魔钢块"在这里大显身手,大量运用到这件装备中。

论强度,之前的试制品根本不能与之相比。

这是专为红丸设计的防具,和火红的和服非常搭,包括护胸、护腰、护手以及铠甲。红丸说他一向不戴头盔,所以也没必要准备。这身盔甲很花哨,不过很适合红丸。他穿上之后有种华贵之气。

我问起其他人的盔甲,伽卢姆说:"啊,我交给朱菜了。"

看来是做好一套就送一套,这家伙到底有多想见朱菜啊。

他为白老、苍影、紫苑三人准备了锁甲。

他们的锁甲穿在衣服里面,根本看不出来。

这也是伽卢姆的想法,并且和朱菜讨论过,这种形式不会影响美观。伽卢姆见朱菜的借口多了很多,估计他也很满意吧。他的细心造就了作品完美的外观,做得非常棒。

如果不是因为动机不纯,这就是完美的作品,不过还是不提为妙。

既然我有黑毛皮甲,那就没必要多此一举了。

我要赶紧向伽卢姆道谢,免得忘记。

就这样,我们的装备都齐了。

翌日,狼鬼兵部队也准备就绪。他们带着一周的干粮整好队列等待我们。

这次要速战速决,只能带最低限度的食物。

因为带上后勤部队会拖慢行军速度。

速度就是一切,而且如果情况不对,我们就要迅速逃走。

各人都只携带自己的食物,但这应该够了。

我本以为需要两天时间,不过准备工作提前结束了。

"敌人是猪头帝！我们要干脆利落地解决他！"我的宣言非常简单。

也难怪我会如此自大，这次行动我有一套完备的计划。

目标越明确越好。

众人用呐喊来回应我的宣言。

震耳欲聋的齐声呐喊响彻云霄。

大型哥布林士兵主要是经历过和牙狼决战的老兵。

虽然也有几个新人，但他们是狼鬼兵部队的成员，是得到岚牙狼认可的精英。

众人士气高涨。

在他们的影响下，我心中的不安也消失了。

这次也能赢，即便是最坏的情况，我们也能逃掉。

过于乐观不是好事，但也没必要带着悲观的想法去战斗。

我们满怀信心地朝决战场湿地出发了。

*

离开小镇三天后……

树木变得稀疏，看来就快到湿地了。我们的速度比预想得要快。这是我们专注行军速度把随身物品控制在最低限度的结果。

途中没有水源，于是我用"胃"里的水为他们填充水壶，没想到这些水竟然有消除疲劳、增加体力的效果。因此，我们耗费的休息时间较少，行军时间较长。

仔细想来，我"胃"里的水含有浓厚的魔素。对魔物而言，魔素既是毒也是药，所以才会有这效果。这水就和回复药差不多。

总之，现在先原地休息。最好趁准备野营的时间提前调查一下

## 第五章 大激战

会谈的事。

我们和蜥蜴人首领的会谈定在三天后，既然已经到这里了，就没必要着急。所以我命令众人待命，在这里展开阵型确保阵地安全。

接下来，说到侦察……

"利姆鲁大人，我去看看情况。"苍影不失时机地说道。

苍影自信满满，毫无疑问他是最合适的人选，这次也交给他吧。

"好，苍影。你去察看周围的情况。如果可能的话，把肥猪头目的位置也给我摸清楚。"

他的调查能力高得离谱，一定会为我带回很多情报。

苍影离开后，红丸来找我讨论。

"利姆鲁大人，我们这次可以放手大干一场吗？"

我摸不透红丸的意图，而且在不清楚现状的情况下，我也不知道该怎么回答。

"嗯？这倒是没问题，但在接到撤退命令时，你们可不能恋战啊！"我叮嘱道。

听到我的回复，红丸露出自信的笑容。

"估计你没机会发出撤退命令。要下也是下歼灭命令。"

我心想，你也这么自信啊。

真是个美男子，这自信满满的态度非常威风。

前提是能赢。

现在把话说得这么满，万一输了就太丢人了。是我的话，一定会觉得非常丢人，也不知道他会怎么想。这些家伙似乎不会去担心这种事……

算了，别想那么多了。

"他们不会轻敌吧？"我耸耸肩，不再胡思乱想。

205

紫苑那家伙痴迷地盯着大太刀笑着嘟囔："你马上就可以随心所欲地大闹一场了。"

这可真够吓人的。

她的呆萌属性真的适合这种危险的兴趣吗？

紫苑外表冷酷，相处的时间越久，我就越能肯定她是个危险的女人。

我就当没看见吧。

白老和平时一样冷静。

不愧是久经沙场的老手，他给人一种静若止水的感觉，然而……

"希望能有值得一战的对手……"

他的低语没能逃过我的耳朵。

连白老也……我无言以对。

真是的，这些鬼人是不是太自信了？他们这次要挑战的是曾打败过他们的对手，我本以为他们会有所戒备。

我担心地叹了口气。

野营的准备工作已经进行了一个小时，这时——

（现在方便说话吗？）

我边休息边看着众人忙碌，突然我收到了"思维传递"。

（怎么了？你已经有收获了？）

（不，我发现有一批人正在交战。）

（什么？是加维鲁的人吗？）

（不是。其中一方只有一人，应该是蜥蜴人首领的亲信。而另一方是一群半兽人，是一个高阶个体和他的随从。随从一共五十人——）

（首领的亲信……单独一人？）

## 第五章
### 大激战

　　（是的。战斗才刚刚开始，但结果显而易见。高阶个体正独自对付那个蜥蜴人，似乎是想炫耀自己的武力。怎么处理？）

　　（你能赢那个高阶个体和随从吗？）

　　（轻而易举——）

　　不愧是苍影，非常自信。

　　我相信苍影的话，那要怎么处置蜥蜴人呢……

　　见死不救可不好。既然苍影想炫耀自己的实力，那我就借机看看他的能力到底如何。

　　所幸"思维传递"是项方便的能力，苍影也可以把他看到的景象传递给我。

　　不过遗憾的是，苍影和我不同，他不能一直保持"思维传递"的联系，每隔一段时间就要休息一下。

　　不仅是苍影，其他人也一样。虽然可以随时接收，但发送有一定的限制。所以说能够无限制使用"思维传递"的我才是异常的。

　　如果距离不远的话倒是可以用"思维传递"进行连接……但这事说了也没用。

　　（你尽量观察情况，之后再向我汇报情况。虽然有点对不住那个蜥蜴人，但先让那人坚持一会儿。但在蜥蜴人快撑不住的时候，你要去救他。）

　　（遵命！）

　　我下达命令之后切断了"思维传递"。

　　看来有情况，要不然那个蜥蜴人也不会独自跑到这种地方来。

　　好不容易想休息一下并调查情况，看来没这个时间了。

　　"各位听我说，中止野营。好像有情况。"

　　听到我的话，所有人的表情都严肃起来。

207

"那我们直接开始战斗？"

"是的。对方约五十人，你们要两人对付一个。听好了，连最底层的士兵所吞噬的敌人的能力也会被猪头帝吸收。你们绝对不能胡来，一旦发现情况不妙就要立即逃跑。明白了吗？"

"是！！"哥布塔带着众人齐声答道。

"好。等确认苍影的位置之后就包围敌人。包围完成后立即开始歼灭敌人。我再强调一次，不能胡来，记住了吗？"

"利姆鲁大人，你担心过头了吧？我看这些家伙没什么大不了的。而且还有我们在，请放心吧。"

"是吗？那就靠你们了。现在开始行动。"

"了解！那么——"

红丸劝我别担心，接着他按照我的命令出战了。

看着红丸、白老和哥布塔他们离开后，我和紫苑也开始行动了。

周围的杂鱼就交给红丸他们，我也想会会那个高阶个体，多少了解一下敌人对今后的战斗也有帮助。

而且还有苍影和紫苑在。我们应该没那么容易输。

我跨上岚牙径直往苍影那边赶去。

*

我们抵达时，苍影正好从树上跳下来接住半兽人将领的刀。沉重的半月刀（Scimitar）停住了，但苍影没用那两把刀，他竟然空手接住了。这把弯刀就像一把大型的割肉刀，看上去非常沉重，似乎能够连骨带肉一起斩断。

那个半兽人的手长得离谱，所以接刀的时机很难把握。

他和苍影只进行了一瞬间的交锋，但从那变换自如的动作看得

## 第五章
### 大激战

出这个对手十分棘手。

不过……他看上去好像非常弱。

仔细想想，和白老那连靠直觉都无法避开的剑相比，他那肉眼可见的动作简直太可爱了。

"咕咕咕，你们是什么人？是来给本猪头将军送外卖的吗？"

这家伙手非常长，看起像是野猪、家猪和人类的混合生物，他对着我说道。看来他就是高阶个体猪头将军。

"你对利姆鲁大人太无礼了！"

紫苑凶狠地看着猪头将军，光是那眼神就足以杀死对方。

"啊，你是——"

我循声看去，一个蜥蜴人正蹲在地上抬头看着我。

这个蜥蜴人伤痕累累，奄奄一息。她流了很多血，眼看就要不行了。

虽然是我让他尽量观察情况，但想不到苍影真的等到那蜥蜴人岌岌可危的时候才出手。尽管苍影只是遵守我的命令行动，但我希望他能早点救下那个蜥蜴人。

这下，我彻底成了坏人。为了避免这一状况，我要稍微表现一下。

"喝下这个。"我给了蜥蜴人一个回复药。

蜥蜴人犹豫了一下一口气喝光了。效果显著，蜥蜴人一瞬间全恢复了。

"什么？"

"难道——"

猪头将军和蜥蜴人同时发出惊叹。

这样一来，蜥蜴人对我的印象多少会有改观吧，能在会谈前赚到印象分就好。

209

我正想着，那个蜥蜴人突然急匆匆地对我说道："我……我有个请求！使者大人和使者大人的主人，请你们务必救救我的父亲蜥蜴人首领以及哥哥加维鲁！！"

这个蜥蜴人跪下来低下头，哀求道。

"发生了——"

我正想问发生了什么事，猪头将军突然一刀砍过来。

"既然你想碍事，那就先吃了你！"他边叫边挥动手中的半月刀。

他似乎想发动偷袭，不过我早已通过"魔力感知"看得一清二楚。

我正想轻轻后跳避开攻击，不过看来没这个必要。紫苑已经站在我的面前，她不知何时已经挥出了手中的大太刀。

猪头将军瞬间交叉双剑想挡住攻击，但紫苑的蛮力很可怕，他整个人都被击飞了。本来就是力量超乎常人的种族，而且紫苑在族内也以蛮力著称，现在又有高阶技能"刚力"的加持，所以这是必然的结果。

"低贱的家伙，利姆鲁大人正在说话，你就不能老老实实地待着吗？"紫苑美丽的脸庞上浮现怒意，紧盯着猪头将军。

"可恶！一次性解决这些家伙——"

猪头将军正想命令部下，结果没有任何动静。

那是自然……

"太弱了，都不够我打发时间的。"

"利姆鲁大人，这些家伙弱得让人扫兴。要我们两人一起对付一个，那他们也太惨了吧。"

红丸和哥布塔来我身边报告道。

他们按照命令包围并歼灭了其他半兽人。但他们的速度太快了，

## 第五章
### 大激战

我都不知道该说什么好。

猪头将军最后的几个随从刚刚也被白老制伏了。

难怪他们说我担心过头了。

"不……不可能——"

猪头将军惊愕地说不出话来。

他的厄运降临了。

"喂,从那家伙身上——"

我一听到苍影的话就把注意力转向那边,但已经结束了。

"消失吧。"

话音未落,一道闪光飞过,之后一声轰鸣在周围回荡。

猪头将军四分五裂……

"你在干什么……这个笨蛋……"我嘟囔着。

苍影知道我的意思正要找猪头将军问话,但紫苑完全没考虑这事。

"利姆鲁大人,我给这蠢货降下了天诛!"

紫苑笑着向我报告,似乎想得到表扬。

虽然她的小心思一看就懂,可是我是该表扬还是该生气?

"啊,嗯,下次尽量活捉。"

"我明白了!有必要让别人知道违逆利姆鲁大人的行为有多么愚蠢呢!"

不对,我不是那个意思,不过解释起来也很麻烦,总之她知道要生擒就好。

他的部下已经全部被歼灭了,我本想从猪头将军身上弄点情报,但只能作罢。

这些都是杂鱼,应该只是侦察部队,估计也问不出什么名堂。

事已至此，多想也没用。

我迅速转换心情去问蜥蜴人的事。

"现在离会谈还有几天，是不是有变故？"等蜥蜴人冷静下来之后，我再次问道。

这次不会有人妨碍我们，蜥蜴人来回看了看苍影和我，然后把视线停留在我身上，一字一句地开始说道："我是蜥蜴人首领的女儿，担任首领的亲卫队长。我哥哥加维鲁在我们结盟之前谋反了，他控制并幽禁了首领。我哥哥打算和半兽人交战。他太小看半兽人了，再这样下去，蜥蜴人可能会战败从而灭亡……"

说到这里，蜥蜴人停了下来，露出一副欲言又止的表情。

几经犹豫之后，蜥蜴人再次开口了："我的父亲命令我来通知你们，以免牵连盟友。可是——可是请你们一定救救我们！"

蜥蜴人说完，伏首在地。

原来加维鲁是蜥蜴人首领的儿子啊，而眼前这个蜥蜴人是首领的女儿、加维鲁的妹妹。无论是首领，还是这个亲卫队长，都是个人物。唯独加维鲁是个令人遗憾的家伙。不过，如果首领出事的话对我们也不利。

现在怎么办呢？

"我们还没结盟。你们的首领认为不能在这状况下因为内讧而牵连到我们，于是就派你来通知我们，是这样吧？那你为什么要向我们求助？"我问道。

虽然有点为难人的意思，但我们没义务救蜥蜴人。如果已经结盟就要另当别论，但现在撤退才是上策。

没有名字叫起来真是不方便。魔物之间可以通过彼此微妙的感情波动来识别个体，但我之前一直是人类，所以对这种感觉非常混

## 第五章
大激战

乱。不管是叫蜥蜴人，还是叫亲卫队长，感觉都很别扭。

我一不留神就开始想无关紧要的事了。不过蜥蜴人亲卫队长并不知情，她抬着头径直看着我说道："既然有各位强大的魔人追随您，我相信您有能力拯救我们。能得到森林的管理者树妖精大人的认可，想必您是个慈悲的人。我也知道自己的请求很自私，但请一定救救我们——"

"说得好！能看得出利姆鲁大人的伟大之处说明你还挺有眼力。我们会答应你的请求去救蜥蜴人。因为——我们已经决定要歼灭那些半兽人了。"

怎么又来这一出？有股强烈的既视感（Dejavu）——虽然我任命紫苑当我的秘书，但她唯有这项乱揽工作的能力出类拔萃。

算了。反正都要和他们战斗，我就在能力范围内帮帮他们吧，不过要在我们不会出现伤亡的范围内。

"苍影，你可以用'潜影移动'到前首领身边吗？"

"可以。"

"我命令你立即救出蜥蜴人首领，如果有人想妨碍结盟，你就一并清除。"

"遵命！！"

"这……谢谢！！"

"我先声明，我只能在有余力的情况下提供帮助。"

"我明白。另外，我想与苍影大人同行以便带路……"

我这话似乎没有影响到她的心情，估计她也知道自己的要求有些强人所难吧，幸好这个蜥蜴人没有天真到想把一切都交给我们。如果是那样的话，结盟的事就要缓一缓了。

"虽然我也理解你想和苍影一起回去，但他单独行动能更快抵达首领身边……"

我吞吞吐吐地想把她留下,免得妨碍到苍影。

但这时——

"你能屏息三分钟吗?"苍影问蜥蜴人。

"能,没问题!我能屏息五分钟。"

"好,那我带你去。"

看来苍影和蜥蜴人谈好了。

"利姆鲁大人,可以吗?"

"嗯,没问题。你顺便带上这个。"

既然苍影没问题,那就用不着我操心了。只要这蜥蜴人不会碍事,我也没理由反对。然后,我给了苍影几个回复药。

"如果伤得不是特别重,稀释到十分之一的浓度也有效果,给伤员用吧。另外,如果有情况,就用'思维传递'向我报告。"

"明白了。现在开始执行任务。"

苍影点头对我行了一个礼。

蜥蜴人也对我深深地鞠了一躬。

苍影自然地搂住蜥蜴人的腰并开始使用"潜影移动"。接着,这两人一眨眼的工夫就消失了。

"只要有苍影在,首领就不会有事。"

红丸的话让我彻底放下心来。

苍影的身手那么好,确实可以放心交给他。

\*

既然首领那边交给苍影,那我们就按照最初的计划转而调查战场的情况。

## 第五章
大激战

不过双方似乎正在交战,看来我们也不能慢悠悠地行动。

"那我们就去看看加维鲁那家伙怎么样了。"

"要去救他吗?"

"这个就看加维鲁自己了。话说回来,我们连他是死是活都不知道呢。"

我耸耸肩回答紫苑的问题。

我只答应过救首领,加维鲁的事我可什么都没说。我也不想为了救那个蠢货而让自己人身陷险境……

总之第一件事是去察看战场的情况。

"难道利姆鲁大人打算亲自上战场吗?"红丸问道。

"嗯,我想亲自上阵指挥。"

掌握战场局势是基本,我也想确认加维鲁是否还活着。

于是我这样答道,但红丸慌慌张张地表示反对。

"请等一下。只要有我和白老上阵就行了。利姆鲁大人和紫苑在高处观察战局就好——"

"是啊。利姆鲁大人是我们的主人。打仗的事交给我们就好,您不必亲自上阵……"

不,不能这样吧。

只有红丸、白老以及一百名狼鬼兵部队,不管怎么说都太勉强了。

详细的战术要在结盟后的作战会议上制订,但大致目标已经定好了。我们计划让蜥蜴人军队吸引敌人大部队,红丸等人去对付猪头帝身边的人。

总之就是让他们为我们创造与猪头帝一对一的条件。

想用一百名骑兵打败二十万大军简直就是去送死。

215

"等等，等等，你们才需要冷静。难道你们想靠一百人打赢二十万大军吗？"

"是啊！你得好好说说他们！"

我吃惊地反问红丸，哥布塔见机抱怨道。

"拿出干劲来总会有办法的……"红丸悻悻地嘟囔道，但只有白老和紫苑赞同。

这些鬼人的脑子该不会短路了吧？拿出干劲来总会有办法？这怎么可能？

我本想给红丸一定的自主权，但看来我必须亲自监督。

红丸他们曾败给半兽人，我本以为他们最清楚这支军队有多可怕。

不过，这话我没说出口，现在他们听到这话可能会有想法。

"总之，我会在上空观察战况。视情况作出指示，细节就交由红丸指挥。"

"这样的话——"红丸似乎也能接受。

其实我从没指挥过军队。虽然没少玩模拟游戏，但不管怎么说，我也不可能会有实战经验。所以我打算从始至终在上空俯瞰并发出指示。

我用"思维传递"把所有人联系在一起，以便随时通知他们战况。红丸在此基础上进行指挥，但撤退等重要决断由我定夺。

"记住，所有人都听红丸指挥，直接接到我的指示的情况除外。另外严禁一切有生命危险的行为！这一战不是决战。你们别搞错了。"

"哦！！！"

众人一齐用呐喊来回应我的话。

## 第五章
大激战

虽然我叮嘱他们这不是决战,但大战将至,他们还是压抑不住兴奋之情。

"交给我吧,利姆鲁大人!"

紫苑答道,红丸也看着我点点头。

白老和平时一样。

总会有办法吗……

鬼人们过于自信,狼鬼兵部队也很兴奋。

我非常担心他们会胡来。

我在心中发誓,一旦情况不对就毫不犹豫地下达撤退命令。

*

我想从后背变出一对翅膀,但想到衣服会碍事。

我做过试验,变出翅膀,我就能飞起来,但这就不好办了。

我正纠结该怎么办,突然想起了朱菜的话。

我记得朱菜说过,用"魔丝"编织的衣物能根据主人的意愿产生一定程度的变化……既然是这样,那就好办了。

我正想变出翅膀,衣服上就自动开了两个口子。等我伸出翅膀之后,开口又收拢了。

竟然能根据自身的意愿在一定程度上改造衣服和防具,这简直太方便了。

我在心中感谢朱菜和伽卢姆。

跑过森林需要花一个小时左右,但如果飞过去只要一眨眼的工夫。

我居高临下观察战况。

虽然用肉眼观察有些吃力,但用"魔力感知"可以看得一清二

217

楚,感觉就像用卫星从高空监视战场一样。

这样看来,能够飞在空中俯瞰战场、掌握两军的动向,拥有压倒性的优势。

而且我还能通过"思维传递"把在空中取得的情报传给每一个士兵——我在魔幻世界中实现了现代战争的信息化战术。

与普通军队相比,我所能传达的信息量有无可比拟的优势。这样一来,我们也可以以少胜多。

这么看来,也许我们很适合用少数人与敌人周旋。

我正感慨时,大脑已准确地分析完情报——战况对蜥蜴人不利。很明显,他们已经被围困,无处可逃。

在指挥官的鼓舞下,他们才勉强坚持住,而这状况已经坚持不了多久了。

细看之下,我发现指挥官是加维鲁。我本以为他只是个蠢货,看来我太小瞧他了。他妹妹也希望我能救他。也许他比我预想的要能干,就是第一面的印象太糟糕了。

看不清大局是指挥官的致命缺陷。

不过,也没人能在经验不足的情况下看清全局。

如果这次这家伙能活下来并吸取教训的话,他很可能会成为一名优秀的指挥官。

一个半兽人出现在加维鲁面前。而且还带着一群身穿黑色铠甲的士兵把加维鲁的部队团团围住。

很明显这些不是普通的半兽人,是骑士。

每一个骑士都穿着全身钢铠在指挥下统一行动。其中有一个特别显眼的半兽人站在加维鲁面前。

估计这个半兽人和刚才被紫苑打得血肉横飞的家伙一样是猪头

# 第五章 大激战

将军。他与周围的半兽人明显不同。

接着,他们开始单挑了。

加维鲁非常拼命。

如果他没大意的话,说不定不会输给哥布塔。他凭借这股气势和枪术与猪头将军对峙。

然而,遗憾的是他和猪头将军的实力相差太大。

加维鲁身上的伤痕越来越多……

让他死了也有点可惜。

既然我这么想,那答案也就出来了。

我发出命令。

(岚牙,你可以用"潜影移动"到加维鲁身边吗?)

(可以,主人。)

和苍影的"潜影移动"一样,岚牙也可以直接前往见过的人身边。

那么——

(哥布塔,你也一起去!)

(嗯?真的要去吗?要在那大军之中……)

哥布塔惨叫般的传话中断了,接着……

(他似乎已经开始行动了,利姆鲁大人。)

紫苑的传话挤了进来。

我不知道哥布塔发生了什么,不过估计也没必要知道。

(是吗?那就去救加维鲁。交给你们了!)

我不再废话,发出这道命令。

岚牙上去一阵大闹,吸引猪头将军的注意力,哥布塔趁机救走加维鲁,接着让加维鲁率领蜥蜴人和子鬼族部队在绝境中找出一条生路。

哥布塔和岚牙出动去救加维鲁了。

但他们寡不敌众，再这样下去，哥布塔他们可能也会被大军淹没。

（利姆鲁大人，那么我们可以随性大闹一场了吧？）

红丸问道，他浑然不知我的担忧。

（那些蜥蜴人还没脱困。我让哥布塔和岚牙去救他们了，但他们坚持不了多久。首先要救出他们，之后就随你喜欢。你可以把指挥权交给白老自己去大闹一场。）

（了解！好好看看大鬼族——不，是鬼人的强大！）

接到我的传话后，红丸开心地回复道。

接着，战况出现了变化。

发出指示后，我开始监视战况。

蜥蜴人的防御阵型眼看就要崩溃了，他们坚持不了多久。看样子首领在洞窟内部也被逼上了绝路。

苍影只有一个人，没问题吧？

岚牙姑且不谈，哥布塔又怎么样？

还有红丸他们……

我之前就担心过那些鬼人，现在更加不安了。

我下达命令后，他们都开始行动了。

不自量力就是无能。

我刚进公司时，主任曾这样骂过我。他让我不要揽下超出自己能力范围的工作量。

承接工作的人如果无法完成而造成工作停滞的话，就会给所有人添麻烦。

## 第五章
大激战

同样，看不清下属的能力、把工作压给下属的上司也很无能。最重要的是要量力而行。上司的职责是看清部下的能力，合理分配工作。

现在我还没掌握他们的能力，无力判断分配给他们的工作是否合适。但愿他们不是无能之人，希望自己不会背负无能之主的骂名。

虽然很没责任心，但现在也只能相信他们了。

向有困难的人伸出援手也是上司的职责，我有责任继续观察战况。

如果有人陷入苦战的话，我要立即出手相助……

●

猪头将军的战戟砍断了首领手中的枪。

首领撑过了猪头将军的数轮猛攻，可以说他防得非常好。

首领一脸自豪地盯着猪头将军说道："哈哈哈哈！就算没有武器，我也能战斗！"

然而，任谁都看得出他只是在虚张声势。

首领的铠甲已经碎了，他引以为傲的鳞片也出现了无数裂痕。首领失去了所有防卫手段，性命堪忧。

"听我命令！！亲卫队上前。你们要尽己所能保护妇孺，绝对不能放弃。哪怕能多争取一秒钟也好，你们要等待救援到来！！"首领极力保持着威严大喊道。

"首……首领……可……可是援军……"

亲卫队副队长的话被一句"闭嘴"喝止了。

"我相信他们会来。我们还没失去希望。直到最后，都不能放弃我们蜥蜴人的荣耀！！"

决不能示弱——因为他是蜥蜴人实力的象征，是希望。

而且蜥蜴人已无处可逃，首领的话是他们唯一的精神支柱。

"而且，只要我打倒这家伙，我们就能杀出一条活路。"

首领露出无畏的笑容鼓舞战士团。

虽然他们已被敌人封住退路，但只要击败这些敌人的头目，就有希望杀出一条活路。

蜥蜴人战士没有绝望。

他们已经下定决心，即便首领倒下，他们也会一个个上前挑战。

他们从首领的背影中看到了蜥蜴人的生存之道。即便只剩最后一名士兵，他们也会继续战斗，只要能让尽可能多的妇孺逃出去，就是他们的胜利。

只要还有未来……然而，猪头将军无情地粉碎了他们的希望。

"你们这些蠢货，给你们一个说话的机会，你们就得意忘形！"

一闪。猪头将军挥动战戟撕开首领的胸膛，留下一道又长又深的伤口。

"咕！！"首领口吐鲜血倒了下去。

（到此为止了吗……）

洞窟内部回荡着蜥蜴人的尖叫。

猪头将军准备给首领最后一击，蜥蜴人战士们纷纷挡住他的去路。猪头将军不费吹灰之力将他们一个个斩杀，步步逼近首领。

接着……

"你比其他蜥蜴人强多了。你是个勇者，有资格成为我们的血肉。能成为我们身体的一部分是你的荣幸，去死吧！！"

猪头将军锁定首领，正要刺出战戟——

## 第五章
### 大激战

"真让人头疼。那我就无法履行和首领阁下的约定了。"一个男性出现在首领面前挡下了攻击并平静地说道。

来得正是时候。

那名男性——苍影的出现，扭转了蜥蜴人的命运。

●

苍影露出淡淡的微笑。

他真切地感受到自己为主人尽了一份力。

对苍影而言，红丸虽是前任主君的儿子，但却不是自己的主人。

苍影是一族之长，和红丸年龄相仿，两人是竞争对手。等红丸继承家业之时，苍影也会成为他的部下，但他们没能等到那一刻。

利姆鲁成了苍影的新主人，苍影觉得自己很幸运。

世道太平，没有战乱。大鬼族是强者，森林里的魔物不配当他们的对手。最近也没有低阶龙（Lesser Dragon）作乱。

他知道这是件好事，但内心深处渴望试试自己练就的技术。

这时，家园被半兽人军队袭击了。

苍影很懊恼当时自己什么都做不了。他本以为他们无法为主君报仇，会带着这份悔恨迎来最后一刻……

苍影十分庆幸自己的运气好。

新的主人给了他为同伴报仇的机会。

苍影从不会因为骄傲而轻敌，他从那一次失败中吸取了很多教训。苍影将那份屈辱的记忆和自己的愚蠢铭刻在心中。

要为主人磨砺自身的技术，要消灭主人的敌人，苍影为此砥砺精进。

他最大的快乐是接到主人的命令。

之后,苍影开始忠实地履行主人下达的指示。

●

首领抬起头来,发现静静站在自己面前的是曾见过一面的魔物。他是高阶魔人苍影,就是他带来了结盟的邀请。

(终于来了吗?不,我们还没结盟。可是……)

首领脑中闪过一个又一个疑问,但他已经奄奄一息,能做到的事非常有限。

首领嘴角淌着血说道:"苍影先生……你来了吗?我已经得到了你的忠告,但还是贸然行事了……看在我这条老命的份上,请一定救救——"

首领想在临死前把之后的事托付给苍影,但这时有个人跑到首领身边。那人是首领的女儿、蜥蜴人的亲卫队长,首领还没注意到,她就开口了。

"父亲,喝下这个!"

她拿过一个水蓝色的东西倒进首领口中。液体从嘴角滴下,胸口那惨不忍睹的伤口在碰到液体的瞬间痊愈了。不仅如此,进入身体的液体在一瞬间彻底治好了首领身上的伤。

"什……"首领惊奇地跳了起来。

一个平淡的声音传进首领耳中:"忠告……指的是什么?算了,这无关紧要。我希望你能在这里等到我们约好的那一天。如果你在履行和我主人的约定之前随随便便就死掉,那我就头疼了。希望你能注意一下。"

## 第五章
大激战

虽是非常不合时宜的话，但苍影冷静的声音令首领的内心也平静下来。

（难道他们遵守约定来与我们结盟了……可是……）

"现在可不是说那事的时候，那些半兽人……"

话说到一半，首领突然注意到有些不对劲。

猪头将军仍拿着战戟一动不动。是错觉吗？他脸色紫黑，全身肌肉膨胀，像是正拼尽全力在和什么东西较劲。

"什……什么？到底怎么回事……"

"不必在意。那家伙已经动不了了。"

苍影一句话消除了首领的疑问。不过到底是什么意思……

首领惊愕地睁大双眼凝视着苍影。对首领而言，猪头将军是压倒性的强者，可他在苍影面前却动都没法动。

"啊！你到底……"

"不过很遗憾。难得抓了一个，我本想为利姆鲁大人拷问出一些有用的情报……但他被人施了信息共享的秘术，看来只能杀掉了。"苍影瞥了猪头将军一眼，冷静地说道。

苍影的任务是收集情报，他的自尊心不允许自己把情报泄露给敌方。正因为这样，他才会慎之又慎地观察敌人。苍影的眼中泛着青光，可以捕捉到细微的魔素波动。这是高阶技能"观察眼"的效果。

他的眼睛发觉猪头将军正在向某人发送信息。

苍影认为与其暴露在敌方的视线下，还不如直接杀掉那家伙。但只是这样就太无趣了，他想稍微放出一点情报，调查敌方的动向。

"我不会立即杀你，你还要帮我传句话。"苍影露出一丝微笑，与猪头将军四目相对，"你在看吧？在背后操纵这些半兽人的家伙，接下来就轮到你了。与我们鬼人为敌，你会后悔的。"

225

苍影说完便移开视线，似乎对猪头将军彻底失去了兴趣。

事情办完了，接下来只剩清理垃圾。

"消失吧。"苍影嘟囔了一句。

紧接着，猪头将军被切得粉碎。苍影用布下的"粘钢丝"把他切得七零八落。

利姆鲁在脑中描绘的"操丝术"在这一瞬间正式诞生了。

首领惊愕得僵在原地看着这一切。

首领拼命整理自己混乱的思绪，回想刚才听到的内容。他一直盯着苍影，连头上直往外冒的汗都忘了擦。

（鬼人……他是说鬼人吗？）

首领盯着苍影仿佛在看一个难以置信的东西，想到鬼人的力量之后，他终于想通了。

（如果是鬼人的话倒是说得通。那是与猪头帝齐名的传说。大鬼族的高阶种族吗……）

森林的高阶种族大鬼族进化之后就是鬼人。这样想来，他的力量自然也能达到高阶魔人的高度。

超越 A 级的惊人力量。

据说在众多魔人中，能超越 A 级壁垒的人也为数不多……

但即便如此，首领仍对苍影的话十分在意。他记得刚才苍影说过"我们"。这意味着，不止他一个鬼人，想到这里，首领不禁打了个寒战。

（我的判断——接受结盟提议的判断是正确的……）

后知后觉的首领不由得瘫坐在地上。

他确信只要鬼人帮忙，蜥蜴人就有救。

## 第五章

大激战

尽管半兽人的将领猪头将军瞬间落败，但半兽人士兵却毫无惧色。

激烈的战斗仍在继续，亲卫队长用苍影给她的回复药救治伤员。

苍影瞥了那些半兽人士兵一眼，似乎觉得他们很烦。

"有这些烦人的家伙在，这里也静不下来吧。我顺便把他们也收拾了。你稍等片刻。"

苍影泰然而立，他仿佛在说着一件无关紧要的事。

下一瞬间，苍影的身体如颤抖的重影一般，飞出了五个影子。

他们和苍影一模一样，连装备的形状都完全一样。

那些只是苍影用魔素创造的"分身"。

每个"分身"都默默地开始行动了。

他们前往通道，站在正在防守的蜥蜴人面前。包括撤退道路在内的五条通道都站着"分身"。

蜥蜴人战士吃惊地腾出地方。

"下去休息吧。"说完，"分身"各自守住通道与半兽人士兵对峙。

接下来，蜥蜴人士兵看到了难以置信的情景。

那些半兽人士兵如地狱的使者一般让蜥蜴人吃尽了苦头，可现在他们却遭到苍影单方面的蹂躏。

同样的情景在各条通道中蔓延。

操丝妖斩阵——闪耀的丝线的杀戮之舞。

"粘钢丝"在一瞬间布满了通道，在魔力的驱动下按照苍影的意愿行动。

在有限的空间内，受到这一招将无处可躲。通道这种狭小的地方更是如此。

苍影使出这招，半兽人士兵的身体便化为乌有。

那些半兽人士兵没有恐惧之情，这也造成了一场灾难。涌进通道的半兽人遭到无情地屠杀，毫无还手之力。

苍影没有怜悯之情。

他如收割落入陷阱的猎物一般消灭那些半兽人，没有半点犹豫。

那些半兽人士兵被尸体吸引，不断上前送人头，苍影布下的蜘蛛丝仿佛会自行捕猎一般。

这个形同迷宫的战场成了苍影个人秀的舞台。

他布下的陷阱多种多样，可以根据状况作出调整。

对苍影而言，那些半兽人士兵只是妨碍对象而已。他们太弱了，不配当敌人。

苍影的"分身"淡然地服从命令。

蜥蜴人们惊得说不出话来。面对这不断重演的场面，他们心中只有畏惧。

他们亲眼见到了这望尘莫及的实力差距。

苍影是恐怖的化身，是远超他们想象的压倒性的强者。

苍影心想剩下的事交给"分身"就行了。

为防万一，他留下了第六个"分身"用于联络，本体则趁人不备悄悄开始移动。

苍影回到自己的主人利姆鲁身边寻求新的任务。

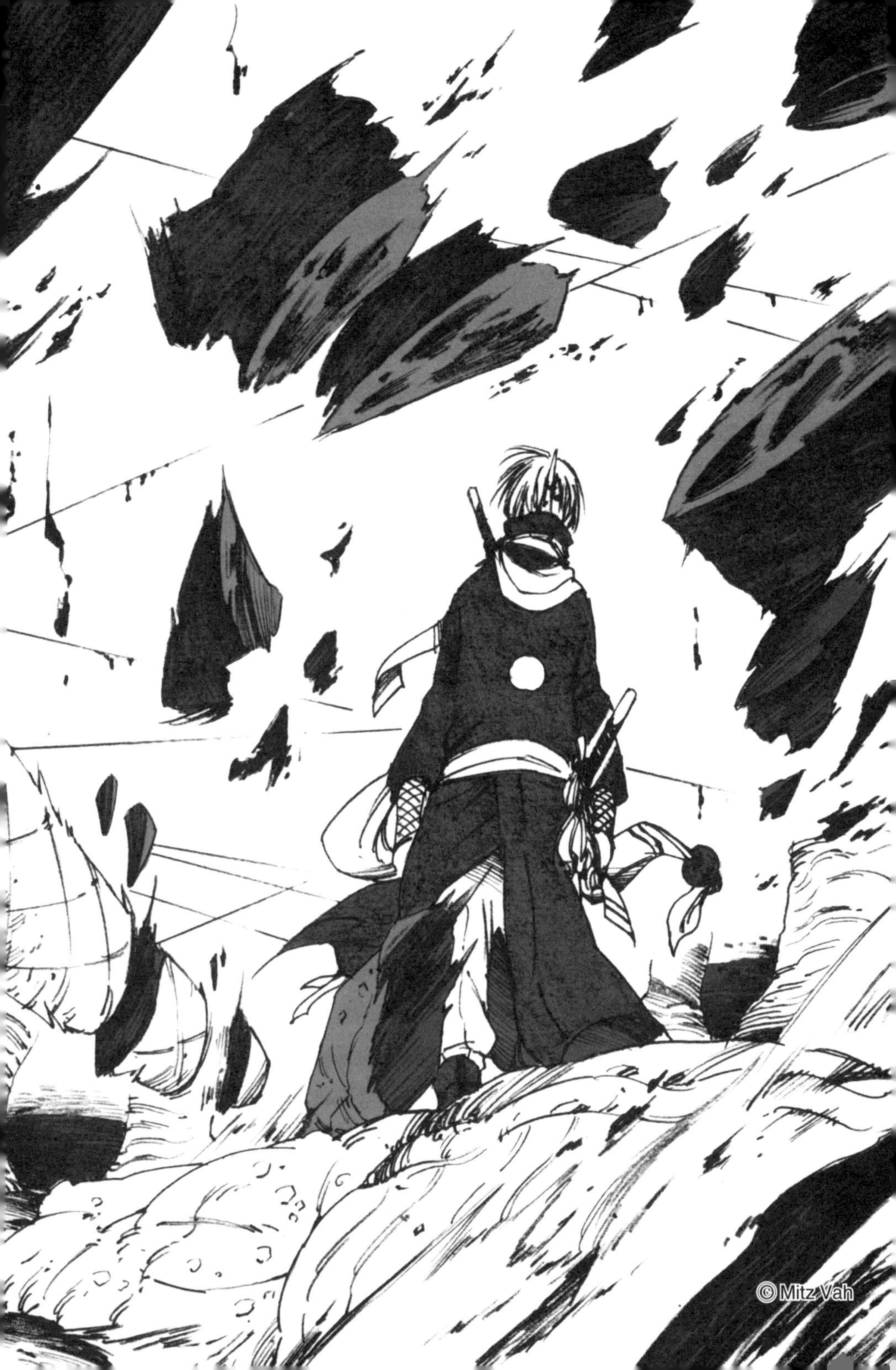

哥布塔和岚牙开始行动之后，红丸稍稍思索了一会儿。

接着，他问大型哥布林："我问一下，你们会用'潜影移动'吗？"

岚牙狼是岚牙的眷属，自然会"潜影移动"。不过，他们的搭档大型哥布林呢？答案是……

"和哥布塔不一样，我们不会'潜影移动'，但搭档可以带我们走。"一个戴着一只眼罩的大型哥布林答道。他是哥布塔队的队员。

"因为这里的每个人都和搭档一心同体。"

其他大型哥布林也表示同意。换句话说，所有人都会用"潜影移动"。

"好，这就好。我们会从包围网外面攻进去，你们就用'潜影移动'直接去哥布塔身边。利姆鲁大人让哥布塔先过去以便你们也能过去。"

得到大型哥布林的确认后，红丸满意地点点头发出命令。听到这个命令后，大型哥布林也表示理解。

"原来如此，不愧是利姆鲁大人。"

"我记得，他让岚牙去吸引敌人的注意力，哥布塔趁这机会去帮蜥蜴人重整队伍吧？"

"接着我们发起突击，与哥布塔会合。杀敌人个措手不及，一口气扭转局势，计划是这样吧……"

红丸点头。所有人都明白了利姆鲁大人的意图，他脸上挂着开心的笑容。

"就是这样。既然理解了就迅速突击！！"

## 第五章
### 大激战

"明白！！"

于是，狼鬼兵部队一齐突入战场。

大型哥布林和岚牙狼离开后，这里剩下三名鬼人。

红丸没有逞强，他开始轻轻舒展筋骨，进行准备活动。

大鬼族本来是从事佣兵工作的战斗种族。正因为这样，他们一直想有个主人。可以说找个值得追随一生的主人是他们这一族的夙愿。

而且这也是红丸作为一名武者的想法。

红丸知道自己是个随性的人，所以他曾犹豫该不该继承大鬼族的里长一职。

事到如今，继承一事已经不可能了……

如果当了里长，他就要担起一族的重任，不能以身犯险，但现在不同。他可以大展身手，所以红丸很喜欢现在的身份。

另外两个鬼人陪着红丸，没有任何抱怨。

"这一刻终于来了。"

"是啊。要感谢利姆鲁大人给我们这个机会。"

白老和紫苑轻轻活动身体进行准备。

他们也和红丸一样，视利姆鲁为主人，所以才能放心地把一切交给他。

他们一起追随主人利姆鲁。对此，他们都很高兴，红丸视他们为同伴并率领着他们。

"那么，我们就正式登场吧。这是我们新的起点，是利姆鲁大人辉煌战绩的第一战。"

听到红丸的话，另外两人点点头。

接着，三人同时开始疾奔。

他们穿过茂密的树林，周围的水气越来越重。

他们的速度快如飞翔。

三人一转眼就到了湿地，直接冲进外围蠕动的大群半兽人中，丝毫没有减速。

紫苑的大太刀放出一道炮击般的冲击波。

挤在她前方的半兽人士兵还没反应过来就倒下了。

这意味着战斗正式打响。

不堪一击——红丸想到。

他还没大显身手，紫苑和白老就把靠近的家伙消灭了。

不过，红丸可不希望这样。

白老和紫苑两人在近身战中无人能敌。

而且紫苑还会射出缠绕刀身的强大斗气，这是她的技术"鬼刀炮"。

俯瞰战场就会发现，白老的攻击是点，紫苑的攻击是线。

那红丸的攻击是——

"好——站在我面前的肥猪给我散开。乖乖听话，我就放过你们。"

没有一个半兽人士兵退开。

"开什么玩笑！"

"竟然小瞧我们……"

半兽人士兵叫嚣着，更加凶狠地冲向红丸等人。

"那就消失吧！"

确认半兽人士兵不会退开之后，红丸缓缓向前伸出右手。

## 第五章
大激战

他的右手冒出一个黑色的火球。黑炎球膨胀到一米左右时向前飞了出去。

半兽人士兵察觉到危险开始躲避，但为时已晚。

黑炎球边飞边膨胀，速度比疾风还快。笨重的半兽人士兵躲避都来不及。

被火球碰到的半兽人瞬间燃尽，连灰都不剩。不过，这还不是黑炎球真正的可怕之处。

几秒后，黑炎球飞到前方半兽人士兵最密集的地方，释放出蕴含其中的破坏力。

紧接着，四周响起轰的一声。

这一声巨响撼动战场，令听者僵在原地不禁冒出一阵冷汗。嘈杂的战斗声瞬间消失了，四周陷入一片寂静。

大范围烧灭攻击——"黑炎狱（Hell Flare）"！

红丸获得了高阶技能"操纵火焰""黑炎"还有"范围结界"。他将这些技能与自身的妖炎术结合便创造出了独创术式（Original）——黑炎狱。

几秒后，黑色的半球形消失了，只留下被烧过的地面。泥泞湿地的水分被蒸干，地面像冷却的岩浆一样反着光。地貌被那可怕的高温改变了。

不必说，被那个半球形笼罩的数千名半兽人士兵还没反应过来就已化为灰烬。

红丸从放出黑炎球到结束，全过程不到一分钟。

这就是答案。

红丸的攻击能覆盖一个面，他进化成了可怕的战术级魔人。

红丸露出邪恶的笑容再次发出通告:"给我让开,你们这些肥猪!"

那些半兽人士兵陷入恐慌状态。专属技能"饥饿者"在一定程度上抑制了他们的恐惧之情。然而红丸的攻击唤醒了根植在他们心底的恐惧。

那些半兽人士兵没有任何手段能够抵挡那种攻击——前所未有的超高威力。

也许可以使用魔法与之对抗,但身穿施有对抗魔法防御(Anti Magic Guard)的全身钢铠的人也无一生还,所以那些半兽人士兵认为抵抗没有意义。

他们的看法是正确的,这一招不是随便什么魔法都能防住的。这骇人的攻击足以匹敌高阶禁术。

没有手段可以对抗这种强大的攻击……即便半兽人想啃食尸体获得属性也没有意义,因为尸体被烧得连灰都不剩。

他是那些半兽人士兵无法企及的高阶魔人。

他的出现带来了恐惧。

半兽人士兵陷入恐慌,开始溃逃。现在局面已经无法控制。他们争先恐后地逃跑,一眼就能看出他们的脑中只剩这个念头。

这一击令半兽人军队陷入混乱,成了利姆鲁等人参战的狼烟。

红丸斜眼看着战场的状况迈出脚步。

他悠然自得地在战场上散步。跟着他的两名鬼人也一样。

他们面前没有敌人,只能看着岚牙等人的战斗。

在这些鬼人眼里,区区半兽人士兵连障碍物都算不上。

## 第五章
大激战

加维鲁抱着必死的决心向猪头将军发起挑战，但他发现自己在千钧一发之际被人救了。

加维鲁转过头打算道谢。

映入他眼帘的是一个表情呆滞的大型哥布林。

加维鲁觉得自己好像在哪里见过这个大型哥布林，他像得到天启一般清晰地想起了一切。

（对了！这不是那个驯化牙狼族的村子的主人吗？）

他发现哥布塔呆滞的表情和那个打败自己的大型哥布林一模一样。

"哦，哦！是那座村子的主人吧？你是来帮忙的吗？"他不由得问道。

加维鲁曾把哥布塔当成卑鄙的家伙，但确认对方是援军后，加维鲁改变了想法。

看到加维鲁这反应，哥布塔很困惑。

（这家伙在说什么？）

他没有回应。既然听不懂，那就当没听到吧。

加维鲁从没期待过援军，在援军到来时，他终于又有余力观察周围的情况了。

远处有巨大的骚动，肯定有事发生。

加维鲁估计刚才的轰鸣声就是骚动的原因。

哥布塔知道事情的来龙去脉，他注意到那是红丸等人参战的信号。

"哦，看来已经开始了。你是叫加维鲁吧？你赶紧指挥你的人摆好防御阵型！"

"唔，我明白。"

两人进行着驴唇不对马嘴的对话，但神奇的是两人在行动目标上达成了一致，加维鲁慌忙开始行动。

●

岚牙不顾哥布塔和加维鲁两人，独自与猪头将军对峙。

"你打算碍我的事吗……你是什么人？"猪头将军用枪指着岚牙。

猪头将军多少有些动摇，但他很快就恢复了冷静。

虽然他很在意突然出现的黑狼族，但造成刚才那声轰鸣的人更重要。不过也不能放着黑狼族不管，所以他质问起黑狼的身份。

岚牙从腹中发出低吼般的声音。

"我是岚牙！是利姆鲁大人忠实的仆人。"他侧视着猪头将军宣告道。

两人都侧视着对方。

"利姆鲁？没听说过。不过既然你们要来碍事，那就一并解决。"

猪头将军对岚牙失去了兴趣。

既然他们不是那个有名字的魔人或魔王的人，那就可以解决掉。

猪头将军认为当务之急是调查那声轰鸣的原因。

猪头将军漫不经心地刺出枪打算解决岚牙。但岚牙以灵巧的动作退到枪的攻击范围一步之外。

"唔唔唔，雕虫小技！"猪头将军终于开始认真观察岚牙，他这才发现岚牙和普通的黑狼族有些不同。

## 第五章
大激战

（什么？他不过是只魔兽……为什么会让人这么在意……）

猪头将军断定自己的直觉只是错觉。

"区区一只畜生也敢对我们张牙舞爪？"

猪头将军叫着对属下的精锐发出命令。猪头骑士散开包围了岚牙。他们的行动井然有序，配合得十分完美。

他们在猪头将军的指挥下，一齐把枪指向岚牙。看来猪头将军不打算和野兽单挑。

岚牙笑了。

他很久没有如此激动了。他解放了自己狩猎魔兽的本能。

他用全力发出咆哮，释放出自己的妖气。

他一直潜伏在主人利姆鲁的影子中，长期沐浴在主人的妖气中，那只魔物的身姿在他脑中挥之不去。

主人说过要以此为目标，自那以后，那只魔物的身姿就一直留在岚牙脑中。

岚牙知道自己本能觉醒的时刻终于来了。

他感觉到有股力量正在涌现。他肌肉膨胀，原本五米的巨大身躯变得更大了。他的爪子更加锋利，牙齿更加尖锐。最大的特征是额头上长出了第二根角……

他的主人曾展示过这副身姿。岚牙进化为黑岚星狼了。

岚牙的咆哮令半兽人士兵震颤，但他们没有恐惧。

因为猪头将军站在他们身旁，在专属技能"饥饿者"的影响下，他们的情绪十分迟钝。

岚牙对那些半兽人士兵嗤之以鼻，并瞥了猪头将军一眼。

他们完全不构成威胁。岚牙切实感受到自己变强了，而且他要用行动证明这一点。

岚牙将魔力汇集到角上。

猪头将军发现了岚牙的变化和实力的增强，察觉到危险。

雷光破空，轰鸣随之而来。天地之间不时闪现几道雷柱，同时还有几股龙卷风。

岚牙获得技能的是"黑闪电"。虽然他无法像利姆鲁一样自如地操纵雷电，但可以通过两根角调节威力与距离。

他还获得了另一项能力——能够操纵风的高阶技能"操纵气流"。

这项能力算是利姆鲁的"操纵分子"的低配版，可以在周围产生气压差从而操纵风，但和"黑闪电"同时使用时会产生可怕的效果。

岚牙也知道这一点，这是他的本能。他毫不犹豫地对敌人使出了这一招。

他创造出巨大的气压差，并把"黑闪电"注入其中，具有一定指向性的雷击肆虐。强大的上升气流和下降气流碰撞交织形成一个涡流，最终出现了龙卷风。

几股龙卷风夹杂着闪电席卷战场。

这简直就是带来死亡的暴风……

猪头将军瞬间化为焦炭，周围的半兽人士兵也被风暴和雷电夺去性命。

龙卷风所过之处，半兽人统统倒下，无一幸免。

岚牙的大范围攻击招数——"黑炎暴风（Death Storm）"就这样横空出世了。

## 第五章
### 大激战

岚牙心满意足地看着龙卷风肆虐。

蜥蜴人没有受到波及，即便施展了最大威力、最大范围的"黑炎暴风"也不会伤到己方。

施放了如此强大的技能之后，岚牙的魔素见底，但还不至于无法活动。

确认自己完全掌握了这招之后，他开心地摇着尾巴。

"唔哦——"

岚牙开心地再次咆哮，但远处的半兽人士兵看到这一幕便陷入了恐慌状态。

看到那些半兽人士兵一溜烟地逃走，岚牙当即坐下，努力恢复魔力。

战斗还没结束。

他有的是大显身手的机会，没必要着急。

哥布塔的战斗也很顺利。

在加维鲁的指挥下，部队的混乱平息了。

再加上狼鬼兵部队也已和哥布塔会合，他们正在收割那些将蜥蜴人和哥布林逼到绝路的半兽人士兵。

加维鲁重新投入战斗也只是时间问题。

而且，岚牙看到红丸等人正慢悠悠地从远处走过来。

岚牙点了一下头，坚信他们会取得胜利。

●

那个男人——格鲁米德盯着水晶球恶狠狠地咒骂着："可恶，这些没用的东西！"

他冲动地把水晶球砸向地面,砸得粉碎。

那水晶球同步显现了猪头将军的视线,映出了现在森林中的情况。格鲁米德通过水晶球掌握战况,期待着自己野心的实现。

然而现在,最后一个水晶球也一片漆黑,受雇者给他的三个水晶球全部结束了自己的使命。

为了这次的仪式,格鲁米德准备了多年,谨慎地推进计划。

一切都是为了这次新魔王诞生的仪式。

这个计划是格鲁米德的任务。

得到这个任务后,格鲁米德欣喜若狂。

如果顺利的话,就能创造出一位听从自己命令的魔王。他抱着这个想法,稳步进行准备。

魔王缔结了不可侵犯条约,即任何人都不能对鸠拉大森林出手。

但这终究是台面上的话,事实上小规模的介入是家常便饭。

格鲁米德也在暗中捣鬼。

他在森林里播下了争斗的种子。

格鲁米德亲自寻访森林里各种族中的强者,为他们"命名"。给魔物命名会消耗大量魔素,需要好几个月才能恢复实力。这种行为要冒很大的风险,不过被"命名"的魔物会视格鲁米德为生父,对他言听计从。

格鲁米德谨慎地在森林中寻找适合培养的魔物,慢慢增加自己的部下。虽然有些种子还没发芽就已夭折,但也有一些种子已然崭露头角。

哥布林和蜥蜴人,还有从其他各种族中诞生的持名魔物将会带

## 第五章
### 大激战

来战争。

这种蛊毒般的邪恶办法会让强者产生竞争，最后的幸存者会进化成魔王。这就是格鲁米德的目标。

原本一切都很顺利。

种族间的战争本来还要再等三百年，在维鲁德拉消失之后才会发生。

虽然维鲁德拉已经被封印，但在他活跃时发动战争非常危险。因为这有可能会解开他的封印。

所以，格鲁米德正在慎重地搜集棋子，调整各种族间的平衡。

然而，维鲁德拉的提前消失打乱了他的计划。

幸运女神没有抛弃格鲁米德。

猪头帝出现了。虽然在格鲁米德的计划之外，但他成功控制了猪头帝。

这是格鲁米德的王牌。他的计划现在需要做出大幅调整，于是他决定使用这张王牌。

最理想的状态是让魔物们自然决出胜负，但格鲁米德知道现在别无他法，于是做出决断。他变更计划，转而帮助猪头帝成为魔王，不过最终结果没什么差别。

现在时间紧张，必须要把计划提前，而且以格鲁米德的力量还不足以收服森林的高阶种族。

他还没在大鬼族和树人中播撒种子，不过很遗憾，这次只能作罢。

准确地说，大鬼族拒绝了"命名"。

他匆忙前去交涉，结果被冷淡地拒绝了。大鬼族是战斗种族，他们不会轻易决定自己的主人。尽管格鲁米德是高阶魔人，但大鬼族还是不愿跟随他。

这事触碰了格鲁米德的逆鳞，所以大鬼族才会成为猪头帝第一个袭击的目标。

成功蹂躏大鬼族后，格鲁米德确信他的计划将会成功。

猪头帝的成长很顺利，现在连他部下的实力都接近 A 级了。

格鲁米德非常满意，心里十分痛快。

第一个要消灭的是碍事的大鬼族。

这样一来，就不会有任何不稳定因素。至于树人，只要不侵犯他们的领域就没问题，可以留到以后慢慢处理。

一切都按计划进行。

格鲁米德一直战战兢兢地侍奉魔王们，而魔王以后将会受他操控。

他离这一目标只有一步之遥。

消灭蜥蜴人是计划的最后一步，之后就只剩弱小的哥布林而已。

猪头帝夺得森林的霸权之后，再让他乘势毁灭一座人类都市。

毁灭人类都市之后，应该就能向世界宣告新魔王的诞生。

在这之后，再消灭森林的管理者树妖精及其庇护之下的那些树人，猪头帝就能成为公认的名副其实的森林的统治者。

而且在忠实于自己命令的魔王诞生之时，格鲁米德也会成为与统治者齐名的人物。

自己领导猪头帝的身姿清晰地浮现在格鲁米德的脑中……

## 第五章
大激战

　　格鲁米德花大价钱雇了一些人，合同完成后，他没再继续雇佣他们。那伙人是格鲁米德的主人介绍的"中庸小丑连"。

　　那些魔人确实实力不凡，但计划很顺利，现在已经没什么需要帮忙的了。最重要的是，如果让他们继续插手计划，胜利的果实也有可能被夺走。

　　那些魔人忠告格鲁米德要小心树妖精，不过他已经准备了魔法防御力较高的装备。

　　格鲁米德认为这不成问题。

　　猪头帝的军队顺利攻下了森林，只差一步就能取得森林的霸权。

　　然而……

　　在格鲁米德的努力下，猪头帝距成为魔王近在咫尺，但这时却发生了意想不到的事件。

　　一个水晶球的影像突然消失了。

　　这意味着猪头帝的心腹——五位猪头将军中的一个被杀了。

　　格鲁米德慌了，脸色立刻变得铁青。

　　他知道这样下去别说与统治者齐名了，搞不好连他自己也会被主人肃清。

　　他刚想到这里，第三个水晶球的反应也消失了。

　　如果再不采取行动，格鲁米德的野心就会化为泡影。

　　不仅如此，连他自己也会面临被消灭的命运。

　　格鲁米德飞奔而出，并开始咏唱飞翔咒文。

　　现在可没工夫关心外表了。

　　格鲁米德迅速朝湿地飞去，连对策都忘了斟酌。

第六章

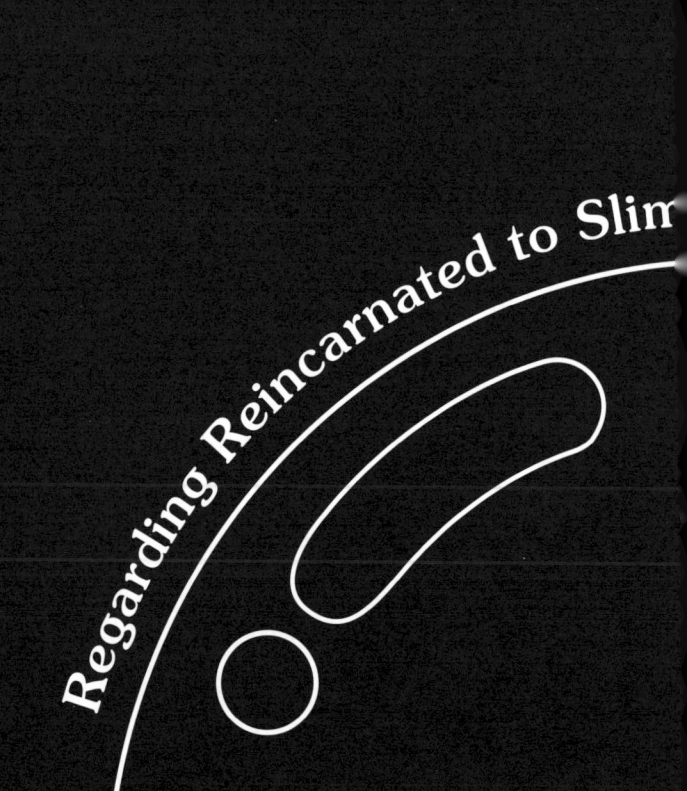

# 万物吞噬者

Regarding Reincarnated to Slim

## 第六章
万物吞噬者

话说回来那情景真是可怕。

我在上空观察湿地的战况,努力理解现实情况。

战场的一角突然飞出一道闪光,几个猪头族(半兽人)士兵被击飞了。

随着"轰"的一声巨响,战场上出现了一个黑色的半球形。几秒之后,那个半球形消失,只留下像冷却的岩浆一样反着光的地面……

刚才还在那里的一堆半兽人士兵全被烧得连灰都不剩。

虽然这状况一目了然,但我的内心不愿接受。

不仅如此,龙卷风突然出现,在战场的一角肆虐。

暴风扩散开去,覆盖范围巨大,闪现的雷电将半兽人士兵烧为灰烬。

在那一角的身穿黑色铠甲的半兽人士兵都化为飞灰散开去。

我不禁在心中感叹:这到底是怎么回事?

紫苑挥动大太刀一击就打倒了大量的半兽人士兵。

大太刀的刀刃上泛着淡紫色的光芒,刀身上似乎缠绕着妖气。

她每次挥刀都有紫光奔窜,每次斩击都会倒下一片半兽人士兵。

不必说,没人能够直接接住她的刀刃。那些半兽人士兵何止是一分为二,他们直接被炸开了。

一击的射程约为七米。她的攻击能斩杀处于那条直线上的所有敌人。

紫苑秀丽的脸庞上挂着娴静的笑容,如舞蹈般连续发出进攻。

她接连不断地攻击,仿佛有用不完的体力,没有一个半兽人士兵能靠近她。

这是压倒性的强大实力。

但某些人的表现让紫苑也显得黯淡无光。

他们就是红丸和岚牙。

首先是红丸,刚才那个黑色的半球形到底开的什么玩笑?

不,我在看到的瞬间就隐约感觉到了。

那应该是我的"操纵火焰""黑炎""范围结界"的复合技能。

首先用"范围结界"封闭空间,再用"操纵火焰"加速其内部的分子运动,最后再将空间内部的魔素转化为"黑炎"这项技能就完成了。

超高温的火焰填满这封闭的空间内部,将一切化为灰烬。

这一招的威力足以匹敌炎之巨人(伊芙利特)的炎化爆狱阵,但范围更大。虽然只持续了短短两秒,但只要有足够高的温度就不是问题。这项技能的杀伤能力着实可怕。

这项技能与核爆炸不同,它最大的特点是不会对半球形外部造成任何伤害。结界解除之后没有任何冲击波之类的东西扩散到外部。限定范围应该是为了让内部的热量成倍增长。因此,空间内部的热量高得超乎想象。一旦被关进结界内部,生存希望将十分渺茫。

问题在于红丸竟然会随意使用这种危险至极的技能。事后他告诉我这是他自己研究出来的技能,命名为"黑炎狱"……

还有另一个,也许应该说是一只,就是岚牙。

## 第六章
万物吞噬者

没想到他竟突然进化成黑岚星狼。

问题的关键是他刚进化好就施展的技能。正确地不加限制地使用"黑闪电"的话应该就是那个效果吧。

不仅如此,岚牙还操纵气流产生了龙卷风,这到底……

"说明。推测个体名,岚牙同时使用'黑闪电'和'操纵气流',利用温度和气压差产生上升气流和下降气流,从而制造出龙卷风。"

原来如此……我没听懂。

总而言之,就是他为了增加攻击范围在雷电的基础上再加上龙卷风。

没想到这一击竟然抹消了敌方势力的一角。但他似乎也消耗了大量的魔素,估计不会再来第二发……

如果能连发这种技能的话,估计战争的概念会因此改写。

看着这一状况,我注意到一件事。

我下意识地对自己施加了限制,但这些家伙不会。他们不会因为技能危险就不使用。他们会毫不犹豫地对敌人使用可怕的技能。也许在这弱肉强食的世界里,这才是正常的想法。

不,说不定我的想法才不正常。如果因为犹豫而导致友方出现伤亡就得不偿失了。

在我原来的世界,不使用强大的武器是默认的规则。

大规模杀伤性武器只是一种威慑手段。

但真是这样吗?

把金钱投入到不能使用的武器上没有意义,那为什么要花钱去

247

开发那种武器呢？不是为了在关键时刻使用吗？

退一步说，既然不应该对民间人士使用那些杀伤力极大的武器，那么在战场上使用就是正义吗？

不管使用什么武器，被杀的一方的罪责都不会改变，所以这应该也不能成为理由。而且，为了让这种力量具有威慑力而展示它所拥有的强大力量绝不是一种错误。

现在没人敢靠近坐在地上的岚牙。估计敌人也被吓得不敢对他发动攻击吧。

也许这才是真正的威慑力。我心不在焉地考虑着这些。

战斗开始后已经过了两个小时。

红丸一共放出了四发黑色半球形的攻击。

这么强大的技能果然不能连射，不过这一招消耗的魔素（能量）也不算大。

岚牙只有最初的那一击威力巨大，估计是他的全力一击。

不过那一击非常有效，敌军因此高度警觉不敢轻举妄动。

还有那些半兽人士兵也被紫苑追得抱头鼠窜。

我重整心情，冷静地观察战势发展。

最初的一击是红丸主动打出的，但剩下的都是打向我指示的地点。我让他瞄准敌人密集的地方，削弱敌军的战斗力。

紫苑顺利把敌人赶到一起，然后再由红丸一发搞定。

白老负责精准打击解决敌军指挥官和将军级人物。那根本称不上战斗。他悄无声息地接近目标，在一瞬间将其粉碎。受到专属技能"饥饿者"影响的人可以通过啃食尸体来增加能力，所以我叮嘱他要把尸体消灭干净。白老从手掌中放出妖气烧毁了尸体。那也许

## 第六章
万物吞噬者

是"气操法"的一种？与其说是烧，不如说更像是溶解。

就这样，我方毫发无伤地在战场上取得了压倒性的优势。

我的心情十分舒畅，为了提高战斗效率，我继续冷静地观察着战场。

之前得意忘形的半兽人们也终于意识到自己失去了优势。他们不再鲁莽地进行突击，不再集中站位，而是分散开来，远远地围住红丸和岚牙。

此时，半兽人军队的损失超过了两成。根据计算，已有四万多名半兽人丧命。

迫于这种形势，半兽人的主力部队终于开始行动了。

猪头帝总算出面了。

\*

猪头帝走上前来。

这是一只丑恶的猪形怪物。

两个猪头将军跟在他身后。

猪头帝和我之前遇到的半兽人有明显的区别。他浑浊的黄色瞳孔中充满了敌意，释放出妖气。

在其妖气的影响下，半兽人士兵的士气高涨。

红丸、紫苑、白老三人比肩而立，准备迎击。

不知什么时候，苍影也站到了红丸身边。

我们已经做好万全的准备，接下来就要看看猪头帝到底有多强了。

那家伙的能力还是未知数，但他似乎控制不了获得的力量，迷失了自我。

249

他那迟钝的反应就是证据，看来他的威胁没我想象的那么大。

不过就算是这样，再让他变强的话也很麻烦。应该趁红丸他们都在，赶紧解决他。

我从怀里取出面具戴到脸上。

我来送他上路吧。当我正要降到地面上，这时……

锵——传来刺耳的声音。

与此同时，我的"魔力感知"发现有人正从远方高速飞来。

那人飞到湿地的中央——对峙的两军的正中间，停了下来。

他的妖气很强，估计是个高阶魔人，装扮怪异。

随后，我也降到地面上。

岚牙和红丸跑到我身边。

那个男人瞥了这边一眼。

"这到底是怎么回事？你竟敢破坏本大人的计划！！"他愤怒地大叫道。

*

这个男人提到了什么计划。

我懂了，这家伙是主谋，肯定错不了。

别人连问都没问，他就主动坦白，难道他是白痴吗？

感觉这是个心胸狭窄的家伙，不过以貌取人可不好。

他的服装虽然怪异，但每一件都施有魔法，看来不能掉以轻心。

根据现状推测，在背后教唆猪头帝的应该就是这家伙。

由于计划受阻，这个名叫格鲁米德的魔人非常生气。

"这……这是格鲁米德大人！想不到您会亲自来帮我们！"

加维鲁看到格鲁米德后跑了过去。

# 第六章
万物吞噬者

听到加维鲁的话,格鲁米德看了他一眼,那眼神仿佛是在看垃圾。他无视加维鲁,开始慌张地大声叫唤着:"不中用的蠢货!如果你能快点吃掉蜥蜴人和垃圾子鬼族进化成魔王的话,就不用我高阶魔人格鲁米德大人亲自出场了。"

这说法太过分了。

他知道自己在说什么吗?

又是蜥蜴又是垃圾的,也就是说他打算把蜥蜴人族和子鬼族(哥布林)当成猪头帝的饲料吗?我也搞不大清楚。

等等!我好像听过格鲁米德这个名字……

"说明。为哥布林起名利古鲁的魔人自称格鲁米德。"

对了。

为二代利古鲁已故的哥哥命名的人就叫格鲁米德。这么说来,给加维鲁命名的也是这家伙?

我正疑惑时,加维鲁对格鲁米德的话起了反应。

"吃……吃掉蜥蜴……哈、哈哈哈,真是难懂的玩笑。看来我加维鲁还差得远啊。自格鲁米德大人赐予我名字之后,我便砥砺精进,不敢懈怠……"

果然是这样啊。看来给加维鲁命名的也是这个魔人格鲁米德。

不过,他竟然要让猪头帝吃掉自己命名的魔物——不,仔细想想这似乎很合理。因为被命名的个体会变强,只要吃了他们,猪头帝也会变得更强。

既然他想让猪头帝变强那为什么不给猪头帝命名?我还是搞不懂这家伙在想什么……

"啊？原来是加维鲁啊。你也赶紧去填猪头帝的肚子……你这个不中用的家伙不管什么时候都是那么碍眼。算了。难得来一趟，我就送你最后一程吧。加维鲁，成为猪头帝的力量吧，为我而死是你的荣幸！！"

我正在揣摩格鲁米德的计划时，他发出命令让猪头帝去解决加维鲁。

然而，猪头帝没有动。

他浑浊的眼睛盯着格鲁米德，问道："进化成魔王……是怎么回事……"

他停止行动，盯着格鲁米德。

"喊！真是愚钝的家伙……你的营养全给了肌肉，脑子完全没有发育。没时间了，虽然上面严禁我出手……但现在我也只能亲自动手了——"

格鲁米德发着牢骚，他双眼充血，向加维鲁伸出手掌。

格鲁米德喊出一句"去死吧！"射出了魔力弹。

"危险，加维鲁大人！"

"危险！！"

加维鲁的下属们在保护他。那些蜥蜴人纷纷叫喊着提醒加维鲁小心，同时挺身而出为他抵挡。

一发魔力弹击飞了五个蜥蜴人。

是因为人多分散了威力，还是因为运气，抑或是因为蜥蜴人其实很顽强？总之没有出现死者。虽然他们受了重伤，但全都没死。

"你……你们？这……这到底是怎么回事？格鲁米德大人——"

加维鲁对格鲁米德叫道，他彻底混乱了。

格鲁米德利用了加维鲁，但在事情不如自己所愿时又要杀掉他。

## 第六章
万物吞噬者

格鲁米德那家伙似乎是个以自己为中心的人。

加维鲁被自己信任的人背叛,表情因绝望而扭曲。

"加……加维鲁大人,危险!!你快逃——"

身负重伤的部下仍在担心加维鲁的安危。

加维鲁有一群好部下。不……应该是因为加维鲁是个好上司。

从他的作战方式也能看得出来,他并没有单纯地将哥布林当弃子使用。虽然在战术上,哥布林就是肉盾,但我看得出他有充分的理由。也许他是个受部下敬仰的指挥官。

"区区下等种族竟敢如此狂妄……既然那么想死,我就把你们一起杀了!你们就成为猪头帝的养分为我效劳吧!!"

格鲁米德边说边在头顶集中妖气,他准备发射一枚特大号的魔力弹。

这不是魔法吗?他没有进行咏唱,只是集中精力把魔力汇聚在一点上。

算了,这种事无关紧要。

我走上前,来到加维鲁面前。他惊慌失措、混乱不堪,但为了保护部下扑在地上。

他应该看不到我藏在面具后的表情。

我突然想到,加维鲁是怎么看待我的呢?

我为什么要站到加维鲁面前?答案很简单。我很中意加维鲁。所以我想帮他,理由仅此而已。

这个理由就足够了。

我选择随性而活,不愿踌躇不前。因为我发过誓要自由自在地活着。

加维鲁抬起头呆呆地看着我。

看来他还不清楚发生了什么。估计事情的发展已经超过了那家伙大脑的处理能力。

不过我并不在意,我本来就没想要回报。

那个叫格鲁米德的混蛋让我非常恼火。

"利姆鲁大人,我来——"

我伸出一只手拦住红丸,并往前跨出一步。

格鲁米德继续凝聚那个特大号的魔力弹,似乎没把我放在眼里。

"哈哈哈哈!我要让你们知道高阶魔人的厉害。去死吧,死者之行进演舞(Death March Dance)!!"

他大笑着露出愉悦的表情,估计他想用这一招一下解决所有人吧。

他放出的特大号魔力弹在空中分裂成无数小魔力弹以圆形轨迹向这边袭来。每一个魔力弹的破坏力都和刚才那一发相当。这些球像游行队伍一样接连朝我们落下。

格鲁米德确信我们无处可逃。

不过很遗憾,这招对我没用。

我向前伸出儿童般的小手。

我的左手轻而易举地吸收了飞来的魔力弹。"捕食者"将魔力弹全部吸收了,同时对魔力弹进行"解析",立即得出了结果。

这不是魔法,是技术。这一招是凝聚妖气并掺入魔素形成破坏力。

这和白老的"气操法"的原理相似。格鲁米德使用的魔素量(能量)比白老更多,但由于威力分散,所以效果不如白老。估计他凝聚的气不够。

如果刚才那招就是这家伙的全部实力,那他就不是我的对手。

## 第六章
万物吞噬者

"喂，这就是你的全部实力吗？区区雕虫小技就想要我的命？看来需要你给我示范一下该怎么消失。"

我边说边汇聚魔力尝试放出魔力弹。不过，我伸出的右手前什么都没有。虽然我能感受到自己的魔力和妖气，但操纵又是另一回事。尽管我明白其中的原理，但要做到似乎没那么简单。

看来和魔法不同，这一招就算解析成功也无法获得……这也难怪，毕竟我都没练习过，怎么可能会释放得出来？

这架势摆得有模有样，结果却射不出魔力弹，我感觉有点丢人。为了掩饰这份尴尬，我放出了水冰大魔枪。

我没必要拘泥于"气操法"，就借机试试自己有多少技能对所谓的高阶魔人有效吧。

等玩腻了再把你也吃掉——

我射出的水冰大魔枪加速飞向格鲁米德。他伸出双臂保护自己，结果双手结冰被冻住了。

格鲁米德发出尖叫。想不到魔法对他也有用。

不过他毕竟是高阶魔人，战斗不会就此结束。他双手上的冰瞬间碎开，眼中布满血丝，射出一个极大的魔力弹。和刚才的小伎俩不同，这才是他的全力一击。

"去死吧！！你竟敢伤到本大爷……我要把你轰得粉碎！！"

可惜没用。我和刚才一样用"捕食者"吃了那个魔力弹。

看到自己得意的攻击和刚才一样再次消失，格鲁米德大叫起来："不可能？怎么回事，到底是怎么回事？"

他的内心出现了巨大的动摇。

我对格鲁米德放出"水刃"。

"水刃"的速度超出他的预想，他无法完全躲开。我的"水刃"

把格鲁米德的侧腹撕开一道巨大的伤口。

"呃！！什……你……这不是魔法吗……"

原来他不是躲不开，而是没有躲。看来格鲁米德把我的"水刃"当成了魔法，所以选择保持攻击姿态，用魔法结界挡住这一击并伺机反击。

看来刚才的水冰大魔枪没有对格鲁米德造成大的伤害也是因为他张开了结界。

格鲁米德开始咏唱，拼命用魔法治愈伤口。

哦，原来他会用回复魔法啊。想不到这个外表怪异的家伙还这么多才多艺。

这个魔人不是徒有虚名。那我就多试几个技能吧。

红丸和岚牙看到这一幕后便放心地在一旁看戏。

紫苑之前一直很期待我使出全力，她并没有失望，而且还两眼放光地在一旁观战。

白老和苍影没有松懈，他们保持着战斗姿态以便随时应对突发状况——真是可靠。

猪头帝那边暂时也没有动静。

我像散步一样走到格鲁米德身边，他摆出戒备的姿态。

"赶紧拿出真本事来啊。你不是要让我知道高阶魔人的厉害吗？"

我踢飞了格鲁米德。如果换作白老，我踢的这一脚估计会被轻松避开。从脚上的触感来看，格鲁米德的手臂已经骨折了。

这一脚的威力比我预想的要大……还是说格鲁米德太脆弱了？啊，说不定……是因为我的身体有"多重结界"和"全身装甲"的保护？

"你……你……你！我可是高阶魔人——"

## 第六章
### 万物吞噬者

我正在估量自己一脚的威力时，格鲁米德愤怒地放出了压抑的妖气。

不愧是高阶魔人，但这魔素量也就和紫苑、苍影差不多。难道高阶魔人还比不上红丸吗？他果然不是我的对手。

格鲁米德跟跟跄跄地站起来，我瞬间钻进他怀里，一拳打进他的心窝。

没有任何疼痛，我的拳头突破了格鲁米德的魔法屏障。这屏障似乎能缓冲物理攻击，但无法完全抵消我这一拳的威力。

格鲁米德露出痛苦的表情。

我全当没看见，连续出拳。

格鲁米德跟不上我的动作。虽然他的妖气很强，但肉体能力非常低。也许他是个擅长远距离攻击的魔人。

在"捕食者"面前，投射系攻击几乎都无效。仔细想来，我似乎在对战远距离投射型的敌人时有绝对的优势。

那我也用远距离攻击陪他玩玩吧。

我调整刚才射出的"水刃"，做出了一个水球，并尝试在水中混入"毒雾吐息"和"麻痹吐息"的毒素与麻痹成分。

我把这个水球投向格鲁米德。

拳头大小的水球速度比我预想的要慢。这也难怪，与"水刃"不同，我在射出时并没有施加压力。

格鲁米德当然也有足够的反应时间，他射出魔力弹迎击。估计是因为刚才吃过"水刃"的苦头，这次他不敢轻敌了。

不过他还是太嫩。水球像雾一样散开，格鲁米德整个人被笼罩在其中。

"唔哦哦哦！！"格鲁米德满地打滚，痛苦地喊着。

效果符合预期。这样一来，我也可以把这种变化应用到"水刃"上。

我刚才突然灵光一闪，就在我制造水球的时候……

格鲁米德使用了回复魔法，痛苦似乎有所缓和，我朝他伸出右手。会成功吧？

我这次没有从"胃"中抽水，参考制作水球的要领凝聚妖气，就像注入魔素一样——我的右手前出现了一个拳头大的气团。到这里为止都很顺利，那么要怎么射出去呢……

我参考喷出吐息的感觉往前推出气团。

我的手掌感受到一个轻柔的冲击力，气团飞了出去，速度和"水刃"差不多，看来我成功了。

白老睁大眼睛，低声说着："竟然学会了'气操法'……"之后他又接了一句："不过还要多加练习——"

这事就先放到一边吧。

我成功学会了魔力弹。

有了第一次，之后就简单了。通过练习应该可以把"黑炎"加到魔力弹中。或许可以让魔力弹燃烧，提高威力。

"刚才那一发没打中，不过之后就不会打偏了。"我盯着格鲁米德想道。

"什……什么……你！你！你！！你竟敢……这样对……我这个高阶魔人——"

我射出的魔力弹击飞了格鲁米德。因为是练习，所以我注入的气不多。尽管如此，威力也比拳头高。

这次的发射很顺利，看来完全掌握只是时间问题。

剩下的就是练习，于是我瞄准格鲁米德射出了几发。

## 第六章
### 万物吞噬者

我的魔力弹全数命中,连我自己都觉得这份冷静有些可怕。

不过,魔力弹的威力也太弱了。

毫无疑问,格鲁米德的魔素量也超越了A级,不过感觉他比红丸他们弱。这是为什么?

"说明。人类定义的评定等级是以魔素量为基准判定的。但是,魔素量相同的人进行战斗时,拥有高效的能力(技能)或技术的一方更有利。此外,由于技量(等级)没有统一的计算标准,所以评定等级也不会反映出技量(等级)的差距。"

原来如此,"大贤者"的鉴定结果中没有技量(等级)的概念。

等级这东西连自己都测不出来,这么说也很合理。

这又不是游戏,有些东西要经过实战才会清楚。

所以,原本等级就很高的白老才会得到强大的肉体。如果空有强大的力量却不能运用的话就没意义了。

现在我可以确定自己不会输给这个格鲁米德。

"伟大的高阶魔人也不过如此嘛。还是说你还有撒手锏?"我挑衅道。

这家伙还会有什么招数?

既然没有危险,就尽可能多搜集一些情报。

我问得很随意,但并没有轻敌。我一直在关注猪头帝的动向,那边完全没有动作。

"明白了,你可以加入我。总有一天,我会——"

一拳。

这家伙就不能好好回答我的问题吗?

259

"住手！住手！等等！我可有魔王撑腰，你做这种事——"

说什么呢？

麻烦的家伙！

"然后呢？你要怎么去找你的靠山哭诉？难道你以为你能活着逃回去？你不会那么天真吧？"

听到这话，格鲁米德的表情僵住，他开始颤抖了。

"呜啊——别过来！你完蛋了！魔王大人不会放过你的！！"他边说胡话边爬着逃走。

魔王啊……

话说回来，如果魔王是那个莱昂的话，我就省事了。虽然现在赢不了他，但我也很想知道他到底有多强。

我知道魔王不止一个，不过他们的实力应该差不多吧？

这家伙好像知道不少事，我想问问详细情况，但如果他抓住机会逃走也会很麻烦。我必须考虑清楚再提问，免得被他抓住机会。他刚才直接曝出自己是幕后黑手，希望他这次也能把话全部吐出来……

即便吃掉他，我也得不到他的"记忆"。

不知道为什么我只能获得魔法方面的知识。这方面没有什么规律，全靠运气。能力（技能）倒是一定能得到，光这一条就算得上犯规（作弊）了。

我用"粘钢丝"绑住想要逃跑的格鲁米德。

格鲁米德浮在半空中正在咏唱某种咒文。

他似乎打算从空中逃走，不过他无法挣脱"粘钢丝"的束缚。

"可恶，你！"他拼命挣脱丝线，但一切都是徒劳的。

我沉默地走到格鲁米德身边。

# 第六章
## 万物吞噬者

"停下，别过来。喂，猪头帝！快来救我！！"

格鲁米德开始向猪头帝求助了。那个猪头帝刚才一直呆呆地站着，怎么看都像个白痴。

真不知道该拿这家伙怎么办。

我喜欢受部下仰慕的人，反之则很讨厌。

而且那种把部下当成消耗品的人更是没必要容忍。他似乎会很多技能，我就一口吞了他吧。

不过……是因为他会说话吗？说实话，我不大想吃掉这个家伙。

●

一眼望去，遍地枯骨，他的心非常痛。

肚子……好饿……

肚子……好饿……

"原来是猪人族（高等半兽人）的小鬼啊。死不足惜的家伙，赶紧消失吧。"

人人都饿着肚子……

"魔人大人，发发慈悲吧——"

"别碰我，会弄脏衣服的。嗯？等等。你是……"

"我能吃这个吗？"

"当然能。别客气，吃吧。你要填饱肚子，变得更加强大。"

"感谢魔人大人！！"

这份恩情——

"别客气。从今天起，你要把我当成自己的生父。对了，我给你命名。你的'名字'是……"

他想起了过去的情景，想起了自己刚被魔人养父收养时的事。

如今他为了报恩，一直听从养父的命令。

这也是他自己的愿望。

他要让这片富饶的鸠拉大森林成为半兽人的第二乐园。

他们的故乡发生了饥荒和瘟疫，成了一片不毛之地，魔王大人也抛弃了他们……

只要他能取得森林的霸权，养父就会成为魔王的重臣。养父答应他，到时候帮助更多的同胞。

他有足够的实力。

他要吃掉森林里的高阶种族，获得更多的力量——然后为半兽人建立安居之地，建立新的乐园。

有了森林的恩赐，同胞们就不会再饿肚子了。

虽然这么做对不起森林中的其他种族，但在弱肉强食的铁律面前，所有人都必须接受。

毕竟这是事关种族存亡的战争。

……事情本应是这样。

"如果你能快点进化成魔王的话——"

"这是什么意思？"

养父——格鲁米德大人到底……

被称作猪头帝的他继续用黄色浑浊的眼睛盯着养父格鲁米德……

## 第六章
### 万物吞噬者

格鲁米德陷入了恐慌状态，开始对我连射魔力弹。虽然他的手被绑住，但仍能在空中生成并射出魔力弹。

他倒是挺能干的，但一切都是徒劳。

我用"多重结界"弹开所有魔力弹。格鲁米德的魔力弹属于物理攻击，无法突破我的防御。这是我刚才解析出来的。我甚至不需要用"捕食者"化解这些攻击。

格鲁米德露出绝望的表情。

"可恶！救救我，猪头帝——不，克鲁特！！"

格鲁米德喊出了猪头帝的"名字"。

原来他也给猪头帝命名了。虽然不知道为什么，但他似乎想隐瞒自己和猪头帝的关系。

他刚才还提到严禁出手之类的，看来这事没这么简单。

这时，猪头帝开始行动了。

他想救格鲁米德吗？算了。随他的便吧。

而且我和托蕾妮有约，必须解决猪头帝。

他好像是格鲁米德的傀儡，但现在说什么都晚了。而且估计只解决幕后黑手也阻止不了半兽人大军。

我和他无冤无仇，就给他一个痛快吧。

我边想边看着猪头帝一步步逼近。

我现在感觉不到威胁。我们没有直接接触，无法准确探测魔素量（能量），粗略来看，他的实力和红丸差不多。

他的实力大概是伊芙利特的一半，如果我认真应战，应该不会

关于我变成史莱姆这档事2 Regarding Reincarnated to Slime

陷入苦战。

我唯一的担心是,失去统帅之后,那些半兽人士兵会不会失控。

"你个迟钝的家伙终于动了吗……哇哈哈!虽然不知道你是何方神圣,不过我要让你见识见识这家伙的实力!上吧,克鲁特!我要让你后悔对我出手——"

咚的一声打断了格鲁米德的话。

头颅滚落。

猪头帝斩下了格鲁米德的头。

啊呜,啊呜,撕啦,啊呜。

猪头帝走到格鲁米德身边毫不犹豫地用手中的切肉刀(Meat Crusher)斩下格鲁米德的头颅,接着把他肢解并大口吞食。

话说不只是我,连这只猪也想吃他?还是说这是本能?

不管是什么原因,这下可麻烦了。

猪头帝黄色浑浊的眼中出现了光芒,那是智慧的光辉。

猪头帝之前似乎因为吞食了太多种族,遭到体内力量的侵蚀而失控,但他现在又取回了自我。

想不到事情会变成这样。他竟然会吃掉幕后黑手……而且他似乎吸收了那份力量。

猪头帝身上的强大妖气是之前无法比拟的。

"确认完毕。个体名——克鲁特(猪头帝),魔素量(能量)增加。该个体已开始魔王之种的进化……已成功。个体名——克鲁特,已进化为猪头魔王(Orc Disaster)。"

## 第六章
### 万物吞噬者

哇啊……这是世界通知吗?

不对,现在可不是说这话的时候,出现最糟糕的情况了吗?

我本来可以轻松打败那家伙,所以放任猪头帝行动,结果事情一发不可收拾……

说真的,饶了我吧。

我有不可推卸的责任。

你看,一旦得意忘形,事情就会变成这样。

格鲁米德比我预想的要弱,我本以为打败幕后黑手之后事情就结束了,这种天真的想法导致了我的失败。

如果我早点解决他就好了,但现在说什么都晚了。

绝不手软,这是铁律。

这是今后的课题。如果不反省的话就没意义了。

这事先放到一边……

我要怎么对付这家伙?现在烦恼也没用,总之我必须打倒他。

无论我在心中如何感慨,意外都不会停止发展。

现实不会等我。

"咕噜啊——我是猪头魔王,是吞噬世间万物之人!!我的名字是克鲁特。我是魔王克鲁特!!"

猪头魔王克鲁特——不,魔王克鲁特报上了自己的名字。

对克鲁特而言,自己只是实现了格鲁米德的野心,仅此而已。

格鲁米德希望克鲁特成为魔王,所以克鲁特只是选择了最快完成进化的方法而已。

他只是按照格鲁米德的想法行动。

© Mitz Vah

## 第六章
### 万物吞噬者

　　这就是克鲁特的耿耿忠心，但我不可能注意到这事……
　　"这是什么怪物……"我的心中只有厌恶。
　　他的眼睛熠熠生辉，闪耀着智慧的光芒。
　　这家伙十分危险，引起我强烈的警觉，格鲁米德根本无法与之相比。
　　这就是魔王——
　　他的魔素膨胀了数倍，和之前有着天壤之别。魔王只是他的自称。
　　据"世界通知"所说他是"魔王之种"。虽然现在是自称，但一旦觉醒，他就会成为真正的魔王。
　　这家伙——如果我现在没有杀掉他，他就会成为真正的灾厄魔王。

　　红丸等人摆出战斗的架势。估计他们也知道魔王克鲁特是个威胁。他们脸上从容的笑容消失了，取而代之的是严肃的表情。
　　"利姆鲁大人，这里交给我们！"
　　不等红丸开口，紫苑就行动了。
　　一闪——她已挥出大太刀打出一击。
　　竭尽全力的一击——这是高阶技能"刚力"和"肉体强化"强化到极致的一击。魔王克鲁特单手举起切肉刀去抵挡这一击。
　　但这一击太强大了，他不得不又举起右手以抵挡紫苑的猛击。
　　"肮脏的肥猪想当魔王？真是自大！"
　　紫苑边叫边用妖气缠绕大太刀，并高高举起，重重挥下。黑兵卫锻造的绝品上隐隐缠绕着妖异光芒。
　　双方瞬间退开，不做停留，立即再次开始激战。

## 关于我变成史莱姆这档事2
Regarding Reincarnated to Slime

大太刀与切肉刀碰撞出激烈的火花在战场上四溅。

双方短兵相接，看上去不分胜负，但优劣渐渐明朗。

魔王克鲁特全身肌肉膨胀，铠甲像和肌肉同化一般开始脉动。

胜者是魔王克鲁特。

紫苑拥有"刚力"和"肉体强化"只靠蛮力战斗，但在力量上，魔王克鲁特更胜一筹。经过强化后，他的身体素质也有压倒性的优势，我差点叹出气来。

紫苑被弹飞，克鲁特紧追其后。

她察觉到危险，用大太刀挡开攻击的同时后跳来减轻冲击，但那一击似乎对她造成了不小的伤害。

紫苑一时无法动弹，一脸不甘。

但在场的不只是紫苑一人。

魔王克鲁特穷追不舍地对紫苑打出第二击时，一个壮年武士站在他身后。

那人是白老。

他用拐杖刀使出拔刀斩，那速度快得连我也只能勉强看出来。凝聚的斗气在刀身上泛着淡淡的光芒。那坚定的光证明了白老斗气的纯度。

魔王克鲁特来不及抵挡，也无法回避。

刀光在魔王克鲁特身上奔走，他的躯体被一分为二。而且刀入鞘时，已割落了他的头颅。

他再怎么强也该死了吧。可事情没我想的那么简单。

黄色的妖气如触手一般将魔王克鲁特上下分离的躯体拉回原位。接着，他若无其事地蹲下去把滚落的头颅捡起来放回原处。

面对这恐怖电影般的情景，所有人都哑口无言。

## 第六章
## 万物吞噬者

白老惊异地睁大眼睛。

我现在可以确信,魔王克鲁特最可怕的能力是那惊人的回复力。

他现在还不具有各种耐性,却有可怕的回复力。一旦让这怪物获得各种耐性,他就会成为不死之身。

这时——

"操丝妖缚阵!"

苍影用"粘钢丝"困住了魔王克鲁特。

他潜伏在白老的影子里,抓住时机,完美地封住了魔王克鲁特的行动。

"动手,红丸!!"

苍影喊出这话时,红丸已经开始行动了。

红丸突然放出黑炎狱。

以克鲁特为中心形成了一个小型的半球形,也不知是因为红丸已经打出四发,所以现在魔素量不够,还是因为他把技能设成针对单体的规模。魔王克鲁特被"粘钢丝"封住行动无处可逃,彻底被困在"结界"中。

结界内部肆虐着高温的暴风,其威猛的气势似乎能将魔王克鲁特烧为灰烬。内部的温度似乎不受半球形大小的影响,这次克鲁特死定了。

然而——

几秒后,半球形消失了,魔王克鲁特仍悠然地站在那里。

看到自己的必杀攻击没有效果,红丸皱起了眉头。

黑炎狱的威力确实很强,但这项技能的侧重点是能量的利用率,和伊芙利特不同,它无法产生极限的热量。因为这项技能的目的是用瞬间的高温烧毁一切。

它的优点是能用较少的能量产生与伊芙利特一样的高温，但抵抗力较高的敌人可以集中防御抵挡住。

如果这项技能的持续时间再长一些的话，恐怕敌人会直接被烧为灰烬，无法抵抗或再生……

或者也能让能量更加集中产生能烧毁一切的超高温——

黑炎狱并非没有效果。克鲁特的皮肤被烧得伤痕累累，他似乎没有耐热能力。他没有受到致命伤是因为他放出妖气来抵抗高温。

只要能活下来，他就可以使用刚才那种极具威胁力的回复力。

估计克鲁特获得了史莱姆等特殊魔物的"自我再生"。他被烧得溃烂的皮肤一眨眼的工夫就开始再生了。克鲁特口中念念有词，等他念完，恢复速度迅速提高。

看样子，他继承了格鲁米德的回复魔法。这两项能力相辅相成，恢复能力与我的"超速再生"相近。

在我分析的时候，战斗仍在继续。

岚牙趁克鲁特还没完全回复红丸造成的伤害时发起攻击。

他将我曾试过的"黑闪电"收束在一点，释放出去。这全力一击可不是闹着玩的。

这一击正中魔王克鲁特，他定住了。

看到他化为黑炭当场倒地，我确信我们取得了胜利。

这一点毫无疑问。就连我也没自信能撑过这样的攻击。如果是"分身"的话，肯定已经化为焦炭了。

这简直就是以多欺少，希望他不要怪我们。

因为任何一个鬼人都无法在一对一的战斗中胜过他。

刚才那一击耗尽了岚牙的魔素。"黑闪电"的魔素消耗本来就很大，而且那又是他竭尽全力的一击。岚牙蹲下来一动不动。

## 第六章
### 万物吞噬者

战斗时本来应该留一点余力,但这次不一样。

不过,这一战终于结束了……我正想着——

"这就是疼痛吗?"

我本以为魔王克鲁特碳化之后肯定活不成,可是他又站了起来。看来战斗还没结束。

*

"不是吧……"我不由得低声感叹。

这怪物的强大远远超出我的常识,毫无现实感。

猪头将军跑到克鲁特身边:"王,请让我成为您身体的一部分——"

两人对视,魔王克鲁特点点头把手伸向猪头将军。

可怕的家伙……他每咀嚼一口,就会长出新的皮肤。

接着,他的手臂重新从伤口处长了出来。

估计他可以通过吞食补充损失的细胞,并使用"自我再生"和回复魔法无限再生。

这种回复能力实在可怕。

说正经的,如果不能将其一击必杀,我们就难以获胜。

也许应该把他轰得连渣都不剩……

简而言之,就算我最强的五名部下一起上都没有胜算。

这时,魔王克鲁特发出了吼叫:"不够。我还要……我还要——吃更多!!"

随着这声尖叫,他的身上迸发出黄色的妖气。

"吞噬一切,'混沌喰'!!"

黄色的妖气像有意识的触手一般涌向尸体。

妖气腐蚀并吞食碰到的所有东西。估计这黄色的妖气就是魔王克鲁特的真髓。

事实上，这项技能中含有专属技能"饥饿者"的能力"腐蚀"。这一招拥有腐蚀效果，能侵蚀接触到的全部东西。如果抵抗失败就会遭到腐蚀，生物会因此丧命。这项技能非常可怕。

我凭本能察觉到危险，对全员发出躲避命令："全员散开！"在我的命令下，红丸等人也往后方避让。

"告诉哥布塔和加维鲁他们不要靠近这边，还有那些蜥蜴人。"

"那利姆鲁大人呢？"红丸接到命令后问道。

我正要开口回答——

"你们也要成为我的食物。消失吧，'饿鬼之行进演舞'！！"

这和格鲁米德之前用的技能一样，但更加凶恶。魔王克鲁特进一步增加原本就不可小觑的魔素量，而且每一个魔力弹都附带"腐蚀"效果。

如果被直接命中的话，连那些鬼人也不可能毫发无伤。

所以——我必须想办法。

我的身体止不住地颤抖。

这是出于本能的颤抖。

糟糕，我控制不住自己的颤抖。

这是恐惧吗？

不……不对。

这是……欢欣。

原来是这样，原来我很开心。

是的——

## 第六章
## 万物吞噬者

我的本能在体内狂欢,我控制不住自己。
就算我最强的五个部下一起上也赢不了这个对手。
但我的心中竟没有恐惧。
此时,我心中最初的忧郁已经烟消云散。
是的。我将这家伙视为敌人。
抱歉,我只是觉得你很麻烦。
我现在会认真做你的对手!!

分裂出来的无数魔力弹向我袭来。
我用"捕食者"吸收魔力弹后,黄色的触手向我伸来。
魔王克鲁特的"饿鬼之行进演舞"产生的魔力弹如拥有自我意识一般疯狂地舞动并向我咬来。
魔力弹散发着黄色的妖气,放出了本能"混沌喰"。
我被缠住,感觉到一种黏稠的触感。
即便隔着"多重结界"也十分不快。

是吗?你想吃掉我吗?好啊。有本事就试试看啊!

我发自本能地兴奋,露出淡淡的笑容。
既然你想吃掉我,那我就以牙还牙。
我静静地摘下面具,放进怀里。
就这样,我和魔王克鲁特迎来了激战。

*

通常来说,我很难赢魔王克鲁特。

我不紧不慢地用刀挑断身上的黄色妖气。

这感觉虽然很糟糕，但我受到的伤害并不大。虽然我没有"腐蚀耐性"，不过这技能似乎属于物理攻击。我受到了轻微的伤害，但可以用"超速再生"回复。

我抓住机会一下斩向魔王，但他用切肉刀轻松挡住了攻击，我反而被弹飞了。

这也难怪。

拼力量连紫苑都比不过他，何况是我。

最重要的是，连白老的攻击都无法奏效，他的剑术可是远远凌驾于我之上。

我再次开始高速移动，利用速度优势尝试斩击。

我在试探有没有哪个角度是弱点。

我知道这没用，但仍在不断尝试。

即便被挡住、被弹飞，我仍闷头尝试，最后我确信了。

我确信自己很弱。

仔细想想，我那五名部下，还要加上朱菜和黑兵卫，他们都继承了我的一部分技能，不过他们对能力的运用比我强得多。

岚牙的"黑闪电""操纵气流"。

红丸的"黑炎""操纵火焰"。

白老的"思维加速"。

紫苑的"刚力""肉体强化"。

苍影的"潜影移动""分身"。

朱菜的"解析者"。

黑兵卫的"研究者"。

## 第六章
万物吞噬者

单是这些代表性的技能，我们间的差距就一目了然。

他们继承的技能有的是我的低配版，有的只有我的部分效果，可以肯定他们的技能都不如我。但他们能够运用自如，使用技能的效果比我更好。

一对一的战斗我用全力应该能赢，但同时面对多人，估计我就没胜算了。我这些部下非常强。

可是，魔王克鲁特可以同时与他们五人战斗，而且他肯定会赢。

这是"大贤者"分析的战斗结果。

这五人无法打出决定性的一击，他们最终会因为魔素耗尽而败北。

即便我全力以赴也赢不了这样的对手。

是的，前提是我全力以赴。

红丸他们对能力的运用比我更好。

这是为什么？

也许白老只是因为他通过日积月累的锻炼磨砺出超高的技量，但其他人不同。他们或者将能力与自己的技术相融合，或者遵从本能不加限制地释放出能力原有的威力。

他们顺利吸收了那些能力，能比我更高效地使用能力。

所以他们很强。

无论我用"大贤者"模拟多少次都难以同时面对多人取胜。

不过，这真的是事实吗？

不，也许……真正的"我"很弱？

这问题的答案——

首先是前提。

我的大半能力都是从魔物身上获得的。

由于这些不是我与生俱来的能力，所以我需要从头开始深入了解。

坐上车不等于拥有驾照，更不可能会胜过专业车手（Driver）。

直言不讳地说，即便有方程式赛车，外行也不会开。

可是，我也有类似的能力，我一转生到这世界就拥有那项能力。

那是我与生俱来的能力。

我可以随心所欲地使用那项能力。

也许我也可以将那项能力的效果发挥到极致。

所以我发出了命令。

"到你出场了'大贤者'，快去打倒敌人！！"

"明白。现在进入自动战斗状态（自动战斗模式）。"

这就是刚才那个问题的答案。

●

魔王克鲁特欣喜若狂，竟然有五只有骨气的强大魔物。

这些魔物强到能让克鲁特吃苦头，是无可挑剔的食物。他知道自己吞食的人越强，自己就越有希望进一步进化，成为更强的魔王。

一个魔物阻碍了自己烹煮享用那些魔物。

克鲁特很饿。

克鲁特受到了巨大的伤害，必须要有肉才能再生。

所以，那个碍事的魔物点燃了他的怒火。

那是一个戴着面具的奇怪魔物。

# 第六章
## 万物吞噬者

无聊的对手。这就是克鲁特的感想。

克鲁特完全感觉不到他的妖气，他简直与人类无异。不过克鲁特见过他展开翅膀飞行，所以他肯定是魔物。

克鲁特想给予那五份食物最后一击，顺便把那魔物也杀掉。

不可思议的是克鲁特的攻击没有效果，那五份食物逃掉了。

魔物独自站在克鲁特面前，缓缓摘下面具。克鲁特发现他有着月光般美丽的银发，相貌如少女般惹人怜爱。

和那可爱的相貌相反，他的脸上带着邪恶的笑容。

那笑容仿佛在说：我对接下来的战斗期待得不得了……

他刚摘下面具，被抑制的妖气就散发出来。

克鲁特感觉有些不对劲。

（是错觉……吗？他的妖气好像深不可测……）

克鲁特警觉起来，但这份警觉似乎很多余，那魔物连续不断的攻击都徒劳无功。

克鲁特认为这只是自己的错觉。

（那就先把你吃掉！）

克鲁特心想既然他要妨碍自己吃东西，那没必要留情。而且他的魔素量比克鲁特预想的要高，应该是优质食物。

那个魔物纠缠不休地攻击过来，克鲁特把他弹开，举起切肉刀准备了结他。

然而，就在这时——只会闷头攻击的对手突然站住了。

（他想干什么？）

魔物如戴上能乐面具一般，所有的情绪都从他脸上消失了。他盯着这边，但那双眼睛闪耀着金色的光辉，似乎在评估自己的实力——

克鲁特正想着，那一瞬，自己在前方挥动的左臂突然映入眼帘。

（什么！）

尽管克鲁特知道发生了什么，但无法立即接受。

自己左臂手肘往前的部分竟然瞬间被斩飞了……

"黑炎"将自己被斩飞的左臂烧为灰烬。

那魔物手中的刀上包裹着黑色的火焰。克鲁特感觉不到那火焰的热量，刀身在火焰中闪着冷寂的光芒。不过，被斩飞的左臂瞬间碳化，由此可见，那火焰的温度高得出奇。

（敌人？）

是的，他是敌人。

克鲁特此前一直把那魔物当成食物，但现在不一样。那个魔物和刚才有着天壤之别，克鲁特不得不防备起来。

面对进化之后的第一个敌人，魔王克鲁特的紧张感传遍了每一个细胞。

这时，克鲁特感到有些异样。

（奇怪——手臂没有再生？）

克鲁特慌忙确认手臂末端，"黑炎"还在燃烧，完全没有熄灭的迹象。这妖气与敌人相连，也就是说，只要不杀掉使用这招的人，火焰就不会消失。

克鲁特眼中燃着怒火。

克鲁特从肩头扯下手臂并吞下，接着让手臂再生。

这时，克鲁特想到一件事：可以用敌人的能力来弥补自己的不足。

虽然敌人的速度很快，但在力量上，克鲁特有压倒性的优势。既然这样，只要尽全力击溃敌人，降低他的速度和能力上的优势就行了。

## 第六章
万物吞噬者

那魔物杀了过来,速度比刚才更快。克鲁特举起切肉刀挡住攻击。

然而在碰到对方那刀的瞬间,切肉刀便承受不住那份高温,被"黑炎"熔解蒸发了。

(不可能!)

魔王克鲁特慌忙退后。

敌人?不。他是威胁。

克鲁特终于明白了,自己必须尽全力杀死并吞食这家伙,否则被吞食的人就是他自己。

克鲁特迸发妖气向四周释放出冲击波。

克鲁特用余光瞄到那魔物挡住冲击波,竭尽全力射出"饿鬼之行进演舞"。

魔力弹在空中分裂成八个,接连不断地攻向目标。每一发魔力弹都经过专属技能"饥饿者"的进一步强化,带有"腐蚀"效果。

那魔物边躲避,边将紧追其后的魔力弹一个个吸收掉。

克鲁特笑了。

(我现在就要吃了你!!)

克鲁特把那五份食物抛到脑后,一心只想吃掉眼前的猎物。

那魔物的注意力全在魔力弹上,克鲁特步步逼近,伸出手抓向猎物。

那魔物在最后关头发现了克鲁特,他迎向克鲁特,两人扭打成一团。

论力量,克鲁特占上风。克鲁特想趁机把他捏碎——这时,克鲁特失去平衡蹲了下去。

克鲁特发现那魔物踢碎了自己的膝盖。光看外表,根本无法想

279

关于我变成史莱姆这档事2
Regarding Reincarnated to Slime

象这个楚楚可怜的"少女"会踢出如此迅速沉重的一脚。

不过即便如此，克鲁特也没有放手。

（咕哇哈哈哈！！有趣，我就这样吃掉你！！）

猎物已经落网，最后一步就是吃掉他。

无论猎物如何挣扎都没用。受到一些伤害对克鲁特而言并不是问题。他有再生能力，刚刚碎掉的膝盖已经长好了。

克鲁特的手掌里涌出黄色的妖气，开始侵蚀猎物。

这是专属技能"饥饿者"的能力，能够直接"腐蚀"对手，最终能完全终结对手的生命活动，并将其转化为自己的养分。

克鲁特一心想吃掉对手，将所有的力量都灌注到"腐蚀"里。

终于——对手的抵抗越来越弱，他的身体开始溶解……

●

一切都在计划之中。

我在专属技能"大贤者"的全面支援下运用自身的能力进行战斗。

虽然能自如地运用能力，但我的技量（等级）并没有提高。准确地说，在战斗的不是我，而是"大贤者"，我把战斗的事交给"大贤者"了。

我能用最优的方式战斗是因为我把战斗全权交给"大贤者"。和我预计的一样，"大贤者"能完美地运用我的能力。

"大贤者"看出我在力量上敌不过克鲁特，于是使用"多重结界"保护我的刀并在结界外附加"黑炎"用于攻击。这不仅能防止这把刀受损，还能大幅提高攻击力。

## 第六章
## 万物吞噬者

就连我没熟练掌握的能力,"大贤者"也能自如地运用。它可以解析所有信息并采取最合适的行动。"大贤者"牵着魔王克鲁特的鼻子,将其玩弄于股掌之中。

即便如此,我也不能大意。魔王克鲁特跟得上我的速度,如果一直这样战斗下去的话,他有可能会进一步进化。万一他获得了"火焰耐性",那后果将不堪设想。

不,说不定他已经……

甚至可以说魔王克鲁特的情况和我一样。他才刚完成进化,所以还不能自如地运用自己的能力。也许随着时间的推移,我会失去优势。因为魔王克鲁特和我一样也在进化。所以,才有必要创造出这种局面。

我们扭打在一起的状况,也在"大贤者"的计划之中。

我很难用"黑炎"把魔王克鲁特整个烧为灰烬。因为他的再生能力太强了,彻底烧光需要很长时间。如果能用炎化爆狱阵困住他几分钟的话,估计能打败他,所以我必须把他这样扣押住——瞬间压倒对手,引诱他用最擅长的技能进行战斗。

魔王克鲁特彻底中计了,双方开始角力。

这一切都和"大贤者"的预测一样。

魔王克鲁特想就此把我"腐蚀"并吞食。不过,只要能在那之前发动炎化爆狱阵,我就会赢。

竟然能完全预测局势,真不愧是"大贤者"。

然而这时,刚才从我脑中闪过的可能性(那个因概率过低而被"大贤者"忽略的可能性)成了现实。

"哇哈哈哈!!火焰对我没用哟。"

我把自己连同魔王克鲁特一起封在"范围结界"中,并发动了炎化爆狱阵。魔王克鲁特本应被数千度的超高温烧为灰烬，但他却大笑着说出了这段话。

我预想的最糟糕的情况果然出现了。

"提示。经确认敌方个体拥有对火焰的耐性，立即修改计划——"

"大贤者"的语调和平时一样，但我从这声音中感受到它有所动摇。

糟透了。可以说这是最糟糕的情况。

本来只差一步就能将死对方，结果局势被彻底扭转。

可是为什么？很不可思议，我的心中没有不安和动摇，似乎这才是我所期盼的结果。

"是吗？也许被火烧死会更好哟。"

我露出无畏的笑容答道。

魔王克鲁特的妖气突破了"多重结界"开始侵蚀我的身体。我感觉不到疼痛，但皮肤上有股强烈的不快。

可是，即便如此——我仍然很高兴。

是的，就是这样。

既然他视我为敌人，那当然会这么做。

我在心中告诉"大贤者"之后的事交给我，于是取回了身体的主导权。

刚才"大贤者"代替我进行战斗，所以我能仔细观察魔王克鲁特。我将思维速度提高到千倍，充分利用时间考虑意外情况的对策。

我的思维和精确无误的计算机一样，能够算出一切概率。我可

## 第六章
### 万物吞噬者

以摒弃低效的过程,追求极致的效率。

正因为这样,我才会在这里。

正因为这样,曾为低效的人类,思维有缺陷的我才会在这里。

所以,我的搭档你别悲观。你是完美的,之后就交给我吧——

我瞪着魔王克鲁特,在心中低语。

这家伙想吃了我。这一点肯定错不了。

既然这样就有希望。乐观点想,只要我先把他吃掉就行了。

我是粘体生物史莱姆,本来只会用"溶解""吸收""自我再生"等技能。

这些技能经过统合之后已经消失了,但我有比它们更强的专属技能"捕食者"。这项技能和史莱姆的能力非常相似,和我的相性极佳。

我的"自我再生"进化为"超速再生"后,回复能力应该不会比魔王克鲁特差。这样的话,如果我们互相吞食,那胜利应该会属于我。

"提示。先'捕食'对方的概率为……"

概率多少无关紧要。

别担心,我让你把这事交给我了吧!

要么是魔王克鲁特先把我"腐蚀"干净,要么是我先吃掉魔王克鲁特——答案显而易见。

即便概率为零,我也要用这一招。

因为——

我从一开始就想吃掉魔王克鲁特。

魔王克鲁特得意地开始溶解我的身体，他似乎确信自己会获胜。

我利用这一点，装出被腐蚀攻击而溶解的样子，操纵着溶化的身体，然后趁他不备悄悄缠住他的身体，慢慢地从手掌蔓延到手臂……

直到彻底中计时，他才反应过来。

我利用自己的本能、用史莱姆最原始的方式吸收对手。

魔王克鲁特慌忙把我往外扯，但已经来不及了，我已经覆盖住他全身。

"没用吧？很遗憾，事到如今，你那份蛮力还有用吗？"

"唔唔，不可能！你想干什么……"

"哼。吃可不是你的专利。"

很好。魔王克鲁特听到这话也很后悔。

不过，我并没有优势。

战斗陷入胶着状态。

克鲁特用回复能力对抗我的"捕食"攻击，而我受到的"腐蚀"攻击超过了"超速再生"的回复能力。

我们互相吞食对方，与衔尾蛇（Ouroboros）很相似。"大贤者"是个完美主义者，它根本不会想到这种做法，但我要的就是这个状况。

吃掉敌人的一方获胜。

这是非常简单易懂的比试方法。

我为了胜利才创造出这一状况，这才是我的胜利条件。不是为了防止"大贤者"的策略失败事先准备的方案，只是我出于本能从脑中蹦出来的办法。

## 第六章
万物吞噬者

不依赖那些不熟悉的能力,而是遵从本能使用最原始的能力,我不过是在用这种办法而已。

我拥有的能力——粘体生物史莱姆天生的"溶解""吸收"能力统合后进化的"捕食者"。所以,我出于本能发动了"捕食者"技能。

我是捕食者(Predator)。

魔王克鲁特,你的专属技能"饥饿者"确实很强大。

不过,你只是腐食者(Scavenger)。

什么都能吃确实很厉害,但我的能力擅长打败并吃掉对方,在这状况下,我更有优势。

因为只要我们持续吞食对方,我就能先获得新的能力。

通过我的专属技能"捕食者"!

我可以解析并获得活着的对手的能力,而魔王克鲁特必须等对手死后才能获得能力。

所以,胜负已分。

\*

到底过了多久?

我们在互相吞食对方。

我确信自己会获胜,正集中精力进行"捕食"。这时,我听到了不可思议的声音。

我不能输。

否则,我愧对牺牲的同胞。

我不能输。

我必须成为魔王。

© Mitz Vah

## 第六章
**万物吞噬者**

因为我吃了格鲁米德大人。
我不能输。
同胞正饿着肚子。
我不能输。
我要吃到饱!

一个意念传进我脑中。
这应该是魔王克鲁特的思想。
哼。你是白痴吗?
不管你怎么想,胜利都将属于我。

但是我不能输……
我吃了自己的同胞。
我……罪孽深重……
所以我不能输。

没用的。
我告诉你,这终究是个弱肉强食的世界。
你输了,所以你就消失吧。

但是我不能输……
如果我死了,同伴就要承担那份罪孽。
让我独自背负深重的罪孽就好。
要想填饱肚子就必须要有不择手段的决心。
我要成为魔王。

我要替其他人承受这世上所有饥饿！！
是的。
我是猪头魔王——世间万物的吞噬者。

即便这样，你也要消失。
不过，放心吧。
我会把你的罪孽全部吞噬。

你说……什么？
吞噬……我的罪孽？

嗯。
不只是你——
我还会吞噬你同胞的所有罪孽。

你会……吞噬罪孽……包括我同胞的吗……
你太贪心了。

是的。
我很贪心。
你安心了吗？
如果安心了，我就把你也吞噬了，你就安心休息吧。

嗯……
我本来不能输。

## 第六章
### 万物吞噬者

不过……我很困。
这里……很温暖。
贪心的人,你的路可能没那么好走。
不过,继承我罪孽的人啊——
谢谢你。
我的饥饿现在终于消失了——

猪头魔王克鲁特……
此刻,他的意识消失在我体内。

"确认完毕。猪头魔王消失。专属技能'饥饿者'已被专属技能'捕食者'吸收并统合。"

我胜利了。
我吃得饱饱的,饿着肚子的家伙不可能会赢我。
接着,我睁开眼睛。
他和他的同胞——猪头族的罪孽全部由我背负。

\*

"我赢了。安息吧,猪头魔王克鲁特。"
周围一片寂静,我发出了胜利的宣言。
那一瞬间,哥布林和蜥蜴人的阵营响起欢呼声,而半兽人阵营响起了悲叹声。
从这一刻起,猪头族(半兽人)的侵略结束了。
在和克鲁特互相吞噬的过程中,他的意识流入我的脑中,我明白了格鲁米德的野心才是这一切的源头。

不过我很在意，似乎有人在背后指使格鲁米德。他在战斗中说自己有"魔王"做靠山。现在已经无法确认那是虚张声势还是确有其事。

情报不足，就算想防备也不知道要防什么。

而且我也不能不管那些半兽人。

问题还没解决。


翌日……

在这之后，我们要举行重要会谈，这是鸠拉森林大同盟成立的历史性时刻。

设计草图

©Mitz Vah

第七章

# 鳩拉森林大同盟

Regarding Reincarnated to Slim

## 第七章
鸠拉森林大同盟

　　一名男性轻松地坐在豪华的房间中,丝毫不顾礼节。

　　那名男性戴着一张笑脸面具。

　　他优雅地挥挥手让近侍们退下。那些近侍一言不发地行了一个礼退出房间,动作干练,毫不拖泥带水。

　　那一瞬间,本来空无一人的墙边长椅处传来了愉快的声音。

　　"格鲁米德真是没用。我帮了他那么多,结果他却在关键时候掉链子。"

　　这声音的主人是穿着奇异服装的面具男——拉普拉斯。

　　拉普拉斯边说边走,来到那名男性跟前,完全一副事不关己的模样。

　　"哼。反正他没暴露和我的关系,死了也没什么。"

　　"也是。不过我们费了不少劲做足了准备工作,结果却没有催生出新魔王,你不觉得可惜吗?而且这新魔王仅仅是和你并肩作战还不够,这次计划的重点是要催生出受你控制的新魔王!"

　　拉普拉斯边说边坐到他对面的椅子上。

　　那名男性亲昵地对拉普拉斯点点头。

　　"如果你愿意当魔王的话,我就没必要费那么大劲了。"

　　"这可不行。我可不干那么麻烦的活。魔王一个个都是怪物,搞不好我会有危险的。最后诞生的魔王是……"

　　"魔王莱昂。人类魔王——莱昂·克罗姆威尔。"

　　那一瞬间,两人周围被冷空气笼罩,仿佛温度骤降。

想成为魔王最需要的是实力。

这世界上没人会蠢到自称魔王。

因为以魔王自居,会触碰现任诸魔王的逆鳞,招来杀身之祸。

不过也有人故意激怒魔王并反杀找上门的魔王。这样一来,就会凭实力得到认可成为新的魔王……

近几百年都没出现这种有实力的魔王。最后出现的魔王是曾为人类的莱昂·克罗姆威尔。

他凭借自己诡异的魅力不断收魔人为部下,并在边境地带以魔王之名自居。

被激怒的魔王——咒术王（Curse Lord）对莱昂发起了挑战,结果反被莱昂杀死。

而且,莱昂是独自一人击杀咒术王的。

这事之后,其他魔王认可莱昂为新魔王。

不过像这样凭借实力当上魔王的事例极为罕见。

本来要想当上新魔王,至少需要取得三位魔王的支持。这样,别人就知道想对新魔王出手,就要同时与他的靠山为敌。

这件事引起了一位魔王的注意。

那位魔王认为与其和别的魔王互相试探、交涉联手事宜,不如直接催生出一位受自己控制的魔王。但其他魔王也不会放任他这么做,所以要小心谨慎地推进这一计划,让别人认为这是自然诞生的魔王。

他在激发部下格鲁米德野心的同时,隐匿了与自己的关系。

那个男人无视这冰冷的气氛开口道:"算了,莱昂的事先放到一边。问题是我已经和两位魔王打招呼了。没想到……计划竟然功

## 第七章
鸠拉森林大同盟

亏一篑。"

事实上,这一计划是以维鲁德拉将于三百年后消失的推测为前提制订的,已经谨慎地进行了数十年。这一计划如今以失败告终,说魔王心中没有不甘肯定是骗人的。

"你看这个。这里面记录的影像可不一般。"说着,拉普拉斯拿出了四个水晶球。

其中三个记录了猪头将军视角的影像,最后一个记录了格鲁米德视角的影像。

他把复制品给格鲁米德的时候,趁其不备将第四个水晶球与之连接了。

看到水晶球中的景象后,那个男人也显得有些吃惊。

猪头将军的水晶球展示了他们活跃的身影,但在拥有压倒性力量的魔人出现后,影像就结束了。看来他们都命丧魔人之手。

那些魔人是鬼人族。

他们是高阶魔人,每隔几百年才会有一个老年大鬼族能进化成鬼人。鬼人的实力或许可以匹敌猪头帝。

据说鬼人族实力非常强,能够劈天碎地。现在,一共有三名鬼人,还有一只从未见过的大型魔兽。

他操纵雷与风的身影就是超高阶魔兽的证明。也许这是只在进化过程中出现变异的牙狼族,不过单凭影像无法确认。但是至少可以确认的是,它的实力肯定超越了 A 级。

超越 A 级的魔物有四个,以格鲁米德的实力根本没有胜算。

关键问题是最后一个水晶球中的景象——有一个人类挡在格鲁米德面前。

他戴着面具,身形像是人类孩童。

他不可能是普通人类,应该是魔物变的,要不然就是新的"勇者"现世了。

召唤者和异世界人确实会有强大的能力,但儿童无法自如地运用那些能力,因为儿童的思想还不成熟。

不过,勇者一般不会介入魔物间的争端。根据排除法,他应该是魔物的拟态。

影像中,那四个高阶魔人跟在那个孩童身后。

之后,两人开始战斗,不过格鲁米德明显没有胜算。

最后一片漆黑,影像中断了。估计格鲁米德死在某种攻击之下。

看完影像后,那个男人长长地出了一口气。

那个孩童凭一己之力,便力压 A 级高阶魔人格鲁米德。他身后还有四个高阶魔人。

虽然猪头帝的结局令人在意,但他赢不了如此强大的战力。

如此强大那就不能置若罔闻。

"我说,很了不得吧?"

"嗯,很有意思。不过,接下来……我们怎么办呢?"

男人思索着,脸上挂着愉快的笑容。他想到了和自己实力相当的两位魔王。他曾把这次的事件——可能会出现新魔王的消息透露给了那两位魔王。

"你好好加油吧。如果你需要帮忙的话,我给你最低折扣。那么请多保重,克雷曼。"

拉普拉斯说完便消失了,只留下那名陷入沉思的男性。

之后,魔王克雷曼又反复重播影像,继续沉思。

## 第七章
鸠拉森林大同盟

战斗结束了。

这个对手实在难缠。

如果让他完全进化,估计我将毫无胜算。

只有现在,我才能赢他。

当然,如果能在他进化前轻松解决掉就更好了。

这也是我自作自受。如果我没有得意忘形,第一时间把他杀掉就好了。我能赢他也算不幸中的万幸。

还好我得到了奖励,这奖励足以让我把反省抛到九霄云外。

是的。我得到了专属技能!!

我从魔王克鲁特身上获得了第四项专属技能。虽然这项技能已经被统合进了"捕食者"中。

"提示。因专属技能'饥饿者'被专属技能'捕食者'吸收统合,所以专属技能'捕食者'已进化为专属技能'暴食者(Gluttony)'。"

战斗之后,"大贤者"这样告诉我。

它统合了相似的能力并以向上发扬的方式进化。

我轻轻闭上眼睛对能力进行解析。

专属技能"暴食者"的能力是"捕食""胃""拟态""隔离",再加上"腐蚀""受容""供给",一共七项能力。

腐蚀:腐蚀目标。施加腐蚀效果。如目标为生物,则会腐坏。吸收魔物的部分尸体时可获得其部分能力。

受容：可获得受其影响的魔物得到的能力。
供给：可将部分能力授予受其影响或灵魂有关联的魔物。

这些就是新能力的效果，光看描述就知道它们很厉害。

"胃"在统合之后，容量增加了一倍以上。

我亲身体验过"腐蚀"的可怕。仔细观察后，我发现它好像还能破坏防具。

关键是"受容"和"供给"这两项。

也就是说，在红丸和岚牙等人进化并获得新能力的时候，我也能得到那些能力，而且我还能把这些能力传给部下。

"说明。这个想法没有问题，不过授予能力有限制条件。虽然不会导致原来的能力消失，但在授予对象无法掌握该能力的情况下，该对象将无法获得能力。"

不是吧……

看来我的能力增强之后，部下的能力也会增强，反之亦然。

授予他人能力对我没有损失。但如果接收方没有才能的话，授予他能力也没有意义。不是随便什么人都能得到我授予的能力，但也没有太大问题。

这项能力太可怕了。

可它还不至于强到可以共享知识或者传授魔法。

当然，技量（等级）必须要自己提升。日积月累的努力很重要。

即便如此，这项能力也强得没话说。

不愧是猪头魔王。被他抢先吃掉格鲁米德的时候，我感到有些

## 第七章
鸠拉森林大同盟

可惜，但现在看来这样似乎更好。竟然能得到这么好的能力，我赚大发了。

顺带一提，原来"捕食者"好像有一项"解析"能力，狡猾的"大贤者"好像把这项技能给私吞了。

咦？它得到我的许可了吗？我记得"大贤者"好像没申请过这事……

不，应该是我搞错了。

"大贤者"只不过是项技能，难道它会做那种事？

也许"捕食者"本来就没有"解析"能力，是我记错了。

就当是这样吧，我就此打住。

总之，现在先宣布战斗结束。

欢喜、悲伤和绝望之情在战场上交织。

接下来……

好像每次都是这样，比起战斗本身，战后的善后工作更棘手……

\*

打败魔王克鲁特的第二天，各种族代表齐聚湿地中央的临时帐篷。

我们这边是我和红丸，还有紫苑、白老、苍影。

岚牙和平时一样躲在我的影子里。

我以史莱姆形态待在紫苑膝盖上。

我在打倒魔王克鲁特的时候就已经完全现出了真身，所以现在没必要隐藏。

托蕾妮代表无法移动的树人前来。我还没来得及用"思维传递"

把打败猪头帝的消息告诉她，她就已经来到我面前了。

她是观测到我和魔王克鲁特战斗的波动了吗……

这人也非同一般。她似乎隐藏着深不可测的实力。

代表蜥蜴人族出席的是首领和亲卫队正、副队长。

加维鲁因反叛罪被关入牢中。虽然他是首领的儿子，但必须严惩，以儆效尤，否则后患无穷。

加维鲁有点蠢，但也有点意思。不过，首领当时态度非常坚决，没有商量的余地，而且别族内部问题，外人也不好多嘴，所以这事也只能这样。

子鬼族（哥布林）各族长也出席了会议。但他们被高阶种族的气势压倒，战战兢兢地缩在末席。

这也难怪，毕竟连树妖精都出席了这次会议。在他们眼里，树妖精是高不可攀的种族。

猪头族（半兽人）的代表是唯一生还的猪头将军以及代表部族联盟的十个大族长。

所有半兽人的脸色都很糟糕，每一个都沉闷地低着头。

半兽人就是这次骚乱的罪魁祸首，即便是受猪头帝控制，他们也有不可推卸的责任。

他们心里也很清楚，所以脸色才那么差。

当然，他们的粮食所剩无几也是原因之一。

据苍影报告，半兽人军队没准备多少粮食。魔王克鲁特的"胃"里也没有存放兵粮。也就是说，他们真的没有食物。

只有在专属技能的影响下，他们才能通过同类相食，饿着肚子进攻。现在没了那项能力的影响，他们不可能再去吃同胞。而且从那项能力中解放出来之后，已经开始有人因为营养失调而倒下。

# 第七章
鸠拉森林大同盟

半兽人现在一筹莫展，所以代表们的心情十分沉重。

即便别族要追究战争的责任，他们也无力赔偿。

而且他们这次本来就是因为同伴不断饿死，无可奈何才会发动战争。

总之，虽然他们的数量有所减少，但剩下的士兵还有十五万之多，谁也没足够的粮食填饱他们的肚子。

即便有这么多兵力，他们也无力继续进行战争，这也证明了半兽人整个种族已被逼入绝境。

失去专属技能"饥饿者"，他们就真的只能坐等饿死。

我看到了克鲁特的些许记忆，得知了更详细的情况。

虽然他们有十五万大军，但实际上生还者中还有女性、老人和孩童。

半兽人整个种族几乎是全体出动——

原因是大饥荒。

魔大陆那边有着富饶的大地，是受到魔王庇护的安全区域。

虽然那里有强大的魔兽和魔物横行，但魔王麾下的魔人会保护居民的安全。

这当然有代价——高额的税赋。

要想获得这片富饶土地的居住权，必须缴纳大量农作物。

半兽人繁殖很快，魔王需要他们在矿山上和农田里充当劳动力。

不交税的人只有死路一条。

魔王不用动手。

魔大陆是个危险的地方。许多魔物会为了丰富的资源发动袭击。魔王不会庇护没交保护税的人。

关于我变成史莱姆这档事2 Regarding Reincarnated to Slime

这样一来,那片土地必然会陷入危险。

半兽人的繁殖能力很强,即便死伤大半也能很快恢复到必要的数量。

如果数量增长过快,就要放弃部分新生儿,但放任不管也没问题。

由于大饥荒,他们交不上税。

而且还有更糟糕的情况。半兽人的自治领土与三位魔王的领土接壤。魔王拥有强大的力量,入侵魔王的领土就意味着灭族。可是,没了魔王的庇护,半兽人也无法在那片贫瘠的大地上生存。因此,这些半兽人被迫离开安居之地,来鸠拉大森林求生。

他们一路流浪到鸠拉大森林近郊。

在饥荒之中,猪头帝诞生了。他的力量还很弱,无法对抗魔物。

这时,格鲁米德向他们伸出了援手。

他们不知道格鲁米德的计划,抱住了这一根救命稻草。

就这样,在格鲁米德的支持下,骚乱开始了。

这就是我所知道的一切,是我在克鲁特消失之前,从他的意识中读取到的信息,更详细的情况我就不清楚了。

知道这些后,我有什么能做的吗……

会议在沉闷的氛围中开始了。

会议由白老主持。

我一开始是请蜥蜴人的亲卫队长来主持,可她没有接受。

"我无法胜任如此重任!"她坚定地推掉了。

战败方又不适合出面,我看白老似乎挺合适,于是我就把这事推……不对,是托付给他。

## 第七章
鸠拉森林大同盟

白老宣布会议开始后，大家都一言不发。所有人都齐刷刷地看着我。

真麻烦。说实话，我不喜欢开会。

我听说有公司因为会议过多倒闭了，而且有意义的话应该交给专家。

没办法……

"首先，在开始讨论之前，我先把自己掌握的情报告诉你们。听我说。"

我就这样开口了。听到这话，所有人都严肃地看着我。

我也看着其他人，说出了魔王记忆中的内容和苍影调查的情报。

我说出了半兽人诉诸武力的原因和他们的现状。

半兽人代表诧异地凝视着我，似乎想不到我会说出这些事。甚至还有人听着听着流下了眼泪。估计他们是抱着必死的决心来的，他们认定代表一定会被杀，连辩解的机会都不会有。

我说完后对白老使了个眼色，让他推进议程。

"嗯哼！那我们先确认半兽人这次侵略造成的损失。"白老开口了。

会议正式开始。

蜥蜴人首领报告了他们的损失情况。

那些半兽人代表低着头，一言不发地听着。

"那么首领阁下，你对半兽人有什么要求吗？"

确认损失之后，话题便转到相应的赔偿问题上。

我没经历过战争，所以不是很清楚，但无论哪个世界，胜利一方总是有利的。

我是没办法主持这种会议的。

303

"蜥蜴人没有要求。这次的胜利本来就不是我们的功劳,全仰仗利姆鲁大人的帮助。"

首领这话相当于放弃了赔偿。

半兽人能做的事其实也非常有限。

现在应该到半兽人了吧?我边想边看向半兽人的族长们。

"请允许我发言!这次的事请让我用性命来赎罪……我当然也知道这完全不够,但我们实在无力支付!!"猪头将军把头紧紧贴在地上大叫着,向我求情。

他十分激动,看得出是抱着必死的决心。

他说自己是 $A^-$ 级魔物,吃掉他,我应该能得到不少魔素,所以请放过其他半兽人。

我可没这个打算,而且问题也不在这里。

开会果然很麻烦,手续和表面功夫会占用实质性的讨论时间。

算了。就按我的想法推进议程吧。

"等等,利姆鲁大人好像有话要说!"

白老似乎看出来我的心思,让其他人安静下来。猪头将军也默默地看着我。其他人也一齐注视着我。

这种氛围也让我很头疼,但这话可不能说出口。

"那个,这是我第一次参加这种会议,有点不知所措。所以,我想到什么就说什么,之后还请各位一起讨论我的建议。"

说完这段话,我道出了自己的想法。

"先声明,我不打算追究半兽人的罪责。"

接着,我开始说明理由。

如果一定要分好坏,侵略当然是恶行。即便是被格鲁米德利用,半兽人在决定发动侵略的时候就已经和他同罪了。

# 第七章
## 鸠拉森林大同盟

但森林是他们唯一的生路，这也是事实。如果换作其他种族，在这种处境下估计也会做出同样的选择。

请求其他种族接纳他们就等于叫其他种族让出自己的生活圈。没有任何一个种族会轻易答应。魔物和人类不同，信奉弱肉强食的规则。

现在再说过去的事也没有意义，我们应该讨论今后该怎么办。

目前也只能先让道歉和赔偿的事过去。而且最重要的是我答应过魔王克鲁特要背负半兽人的罪孽。不管是用强迫还是其他什么手段，我都要让其他人接受我的想法。

"这就是我的想法。也许各位会有意见，但我不会处罚半兽人。因为我答应过魔王克鲁特，半兽人的罪孽全部由我来承担，如果你们有怨言就对我说！"我郑重宣布。

那些半兽人诧异地盯着我。

我无视他们继续说道："红丸，半兽人毁灭了你们的家园，你有怨言吗？"

"没有。而且那些死者应该也不会有不满。适者生存才是我们魔物间通用的唯一一条法律。他们面对半兽人时就已经有了相应的觉悟。而且——我们会无条件支持利姆鲁大人的决定。"红丸十分平淡地答道。

其他鬼人也点头认同红丸的话，看来他们都没有异议。

接着，我转向蜥蜴人。

首领没等我询问就平静地问道："我们对这事也没有不满。不过我有个问题……"

他没有不满吗？我还以为他肯定会有意见。

蜥蜴人首领比我预想的要明事理。

305

"什么问题？"

"不追究半兽人的罪责，我们没有意见。我们也是被利姆鲁大人所救，所以没资格说三道四。可是，有件事我无论如何都想确认一下——"首领顿了一下，径直盯着我继续说，"利姆鲁大人，你这话的意思是要接纳所有半兽人来森林吗？"

终究躲不过啊。这是必须要面对的问题，这才是关键。

"我就是这个意思。"我坦然地点点头。

在我承认的同时，会场一片哗然。

那些半兽人也一脸惊愕，他们彼此低声确认自己有没有听错。

哥布林唾沫横飞地叫着。

蜥蜴人喊道："不管怎么说，这也不可能。"

托蕾妮睁大眼睛，观察事态发展。

只有我和鬼人们一如往常。

"安静！！"白老大喝一声。

片刻后，会场终于又安静了下来。

众人各抒己见，我等待着说话的机会。

"我明白你们的想法，也理解你们的不安。这事确实没那么容易实现，但我认为我们能做到。你们先听我说。"

之后，我开始解释自己的想法。

这是一个天方夜谭般的构想——鸠拉森林大同盟计划。

\*

即便会议就此结束，结论是不处罚半兽人，得以生还的半兽人最终也会饿死。估计那些失去首领的生还者会独自袭击蜥蜴人和哥布林的村庄。因为他们没有食物，无处安身。不解决根本

# 第七章
## 鸠拉森林大同盟

问题就没有意义。所以，才需要这个同盟。

蜥蜴人提供优质的水资源和鱼类等食物，哥布林提供住所。我们的小镇提供加工产品，而半兽人提供辛勤的劳动力作为回报。

他们的住所要分散在各地，这样也可以帮我们进行联络。

没有地方可以同时容纳十五万人。他们只能分散到山岭、山麓、河边、森林深处等地。

住房等技术支援由我们提供，但是他们自己的事情要由他们自己解决。

毕竟我们的小镇人口太少，还有一大堆工作没有做，没有余力去照顾别人。我甚至还想雇佣那些半兽人，一口气为小镇增加大量劳动力。

大鬼族的地盘现在也空着，我总有一天要在那里建造小镇。那里位于山脚下，有一大片森林，似乎还储藏着丰富的资源。

但是，这要等到我们的小镇完成后再说。

估计到时候半兽人也学会了技术，我打算让他们自己建造小镇。这样一来，分散在各地的半兽人应该也能重聚。

我向其他人解释了这些，他们一齐倾听我的说明。

"这就是我的想法。鸠拉大森林的各种族间结成大同盟，构筑互惠互利的关系。我认为成立一个多种族共存的国家会很有趣。"

这就是我的结论。

和刚才不同，现在会场上洋溢着异样的兴奋。看得出，参会者们的心情都十分激动。

他们心中的不安被一扫而空，仿佛燃起了希望之火。

我在紫苑怀里，发现她不知为何挺着胸膛得意地哼哼暗笑。

算了，不和她计较。我是个胸怀宽广的男人。

"我……我们……建造小镇……我们也能加入这个同盟吗？"猪头将军战战兢兢地问道。

"你们现在既无家可归也无处可去吧？我们给你们一个归宿，但你们要工作。可不能偷懒啊！"

"……是！当然，当然。我们会拼命工作的！！"

半兽人们一齐站起来当场跪下。他们流着眼泪，激动得浑身发抖。

"我们没有异议。不，应该说请务必让我们也尽一份力！"

蜥蜴人首领也重重地点点头。他似乎很想参与这个计划。

我正想着，他也和半兽人一样在我面前跪了下来。

这时，连哥布林族也开始下跪了。

咦？缔结同盟还有这种规矩吗？

"您要干什么？"

我正想和他们一样跪下时，紫苑把我紧紧抱住问道。

"呃……现在不是要举行那种仪式吗？"

"没那回事。利姆鲁大人真是的……"

不知为何，紫苑惊诧地看着我。其他鬼人也一同向我投来温热的目光，他们似乎都很意外。

接着，紫苑也站起身，把我放到椅子上，然后和红丸等人并排跪在我面前。

这到底是怎么回事？

"那就这样。我——森林的管理者托蕾妮在此宣告，承认利姆鲁大人为鸠拉大森林的新盟主，鸠拉森林大同盟在此成立！！"托蕾妮如演讲一般，用热情洋溢的声音宣布道。

## 第七章
鸠拉森林大同盟

说完，她也毫不犹豫地跪在我面前。看来托蕾妮也很想加入同盟。

不过，你们先等一下。

为什么我会变成领导者？我们都没商量过，怎么就突然决定了？

事情为什么会变成这样？我刚想说，话被眼前那些热忱的视线挡了回去。

知道了，知道了……

反正我也要背负半兽人的罪孽。管它是森林盟主还是什么的，我都揽下来好了。

"既然这样，那就请各位多关照了。"

听到我无可奈何的回应，所有人一齐行礼，他们似乎都在等这句话。

"遵命！！"

众人热情洋溢的赞同和我敷衍的态度形成鲜明的对比。

冷汗直流的我被晾在一边，鸠拉森林大同盟成立了。

不过，还有问题没解决。

非常大，非常让人头疼的问题。

"安静。同盟成立之后，首先必须要解决最大的问题——食物短缺。生还的半兽人民众有十五万，我们不能让他们饿肚子。大家一起想想办法！"

我推出了最后的难题。

半兽人准备的兵粮只能维持两周。现在他们已经脱离了专属技能"饥饿者"的影响，仅存的食物一旦枯竭，一切就都完了。

309

现在耕种作物也来不及，竭泽而渔也解决不了问题。

这个问题非常令人头疼。

蜥蜴人的粮食储备只够一万人吃半年，就算全部拿出来也不够半兽人吃两周。

也就是说，时限是四周。

这该怎么办……

面对这个问题，所有人都陷入了沉思。

发现没有任何人置身事外，我很欣慰，可以肯定这个同盟的成功。

这时——

"粮食不够吗？那我应该帮得上忙。只要让我庇护下的树人也加入同盟，他们很快就能大显身手。"托蕾妮笑盈盈地揽下了难题。

她果然一心想加入同盟。既然她那么有自信，那食物问题就拜托她了。

我们也想不出别的办法，没理由拒绝。

就这样，议题全部结束，漫长的会议迎来了尾声。

这一天，我的名字初次被载入史册。

\*

魔物们永远忘不了大同盟成立的那天，那是个值得纪念的日子。因为他们每个人都将得到名字。

这话说得轻巧，也不想想是谁给他们命名的……

光是半兽人就有十五万……这简直是强人所难。之前给五百个哥布林命名就花了我三天时间啊！给十五万人命名得耗费多长

## 第七章
### 鸠拉森林大同盟

时间啊？

这次我真的想逃了，不过我必须吞食半兽人的罪孽。

那些被强化到 C$^+$ 级的半兽人不到一个月就会变回原来的 D 级。

原因很简单。猪头帝的影响消失了。

所以，我要吞食他们失去的魔素，并给予他们同等的量。这样一来，我授予他们"名字"的时候就不会陷入疲劳。

但问题是怎么给他们起名字。这么多人，就算拿出拉丁字母也搞不定啊。

虽然可以把大种族分为各个集团，给他们加个姓，可这样管理起来很麻烦。

只剩下一个究极、至高的办法。现在只能使用那个蕴藏无限可能性的最强的系列。

没错，就是数字。

这和身份证号差不多，从管理者的角度来看，数字是最方便的。

所以，我让那些半兽人在湿地整好队列。

我也想过起名字太随便好像不大好，可是等失去魔素的效果显现出来之后，他们可能会死于体力不支，在无人约束的情况下也有可能成为暴徒。

这次骚乱的原因是个体数量增加，也就是过度繁殖。命名也可以有效防止再次出现这样的情况。我通过观察哥布林确认过，魔物进化后，实力会提高，而繁殖率会下降。

现在可没工夫闲聊。而且红丸也说过，魔物可以拒绝命名，如果不愿意的话就不必来排队。

我告诉他们不命名我也轻松，可没有一个人离开队列。

311

看来我只能硬着头皮上了。

就这样，苦修般的命名工程开始了。

我按照山、谷、丘、洞、海、川、湖、森、草、砂等情况授予大部族名称。

山之部族的人的名字以"山·一M"为基础派生，女性的名字就以"山·一F"为基础派生。

老实说，我也不可能管得那么细。这太麻烦了。

他们的孩子的名字也可以在父母的基础上派生，比如"山·一·一M"，随便加个差不多中间名或者拉丁字母就行了。

父母分属不同部族的情况下，孩子的名字就有点麻烦了，但这个问题应该由他们自己决定。我也不可能插手那么多事。

就这样，我吞掉半兽人的魔素，以此作为给他们命名的代价。

他们按照部族分男女列队，所以命名的速度很快，但还是花了很多时间。好在我一句话就能搞定，不必再为名字头疼。

可以说排队的顺序已经决定了他们的名字。我也不知道里面有没有父子之类的，希望今后他们能够接受这件事。

依照这个方案，我毫不停顿地为他们命名。

记录的工作交给各部族的代表。因为没有纸，所以代表只是确认是否有误。

事实上也没什么值得担心的，被命名的人自己不会忘记。因为自己的名字是最特别的。

和人类不同，魔物间似乎能分得出铭刻在灵魂中的名字。

我就这样一个接一个地为他们命名。

## 第七章
鸠拉森林大同盟

每人不到五秒。

即便如此,我的魔素也多少有所损耗,最后花了十天才完成命名。

多亏了"大贤者",我才能不眠不休地强行给他们命名。虽然只是问问编号也花不了多少时间,但这很烦人。

在我忙着给魔物们命名的时候,红丸他们也没闲着。

他们在托蕾妮的带领下去了树人部落。

我让他们去搬运食物。

我很担心树人族支援的食物是否充足……

树人这种魔物通过水分、阳光和空气来产生魔素,他们不需要食物。树人会把自身多余的魔素凝结为果实,不过没人会去吃那种果实。

树人只能在圣域内移动,所以他们的果实越积越多。这果实是魔法植物,风干之后就不会腐坏。

我后来得知这种风干的果实名叫干魔果,是市面上难得一见的水果。由于很少见,所以能成为昂贵的嗜好品。毕竟树人与其他种族间没有交流,所以这种特产极少流通到市场上。

这昂贵的价格还有另一个原因。干魔果(Dry Treant)包含浓厚的魔素(能量),一颗就能提供七天所需的魔素,而且吃了之后也不会感到饥饿——这种水果非常完美,简直就是凝聚天地精华的水果。

树人族现在大方地拿出了这种果实。这样一来,那些半兽人应该就不用饿肚子了。

搬运方面没什么可担心的。

战争最让人头疼的就是后勤问题。前线的士兵饿肚子就意味着战败。搬运大量食物可没那么轻松，但果实体积不大。问题是运输时间，不过……

这时候就轮到岚牙狼族大显身手了。

准确地说是进化为星狼族（Star Wolf）的岚牙狼。

岚牙狼是岚牙的眷属，他进化为黑岚星狼后，岚牙狼也随之进化为星狼了。

星狼族个体的等级为B，足以匹敌高阶魔兽。

他们的最大数量仍保持在百只，不过以后似乎会增加。

岚牙还能召唤A⁻级的星狼将（Star Leader）代自己进行指挥。这似乎和"分身"差不多。他可以根据岚牙的意愿出现或消失。

话说回来，岚牙就那么不想从我的影子里出来吗……

这事先放到一边吧。

星狼族最值得一提的是全员都会"潜影移动"。

虽然他们达不到苍影和岚牙那种近乎瞬间移动的速度，但在移动速度上也占据绝对优势。"潜影移动"可以无视一切障碍以直线路径直通目的地。换句话说，他们能以两倍于往常的速度走最短的直线路径在两点间移动。

星狼的力量也很强，于是去树人部落搬运食物的工作就落到他们身上了。

如果用马车搬运还需要绕路，单程就要耗费两个多月。但星狼往返只要一天，实在惊人。

总有一天要在森林里修建马车可以通行的街道，所幸现在没有遇到相关问题。

但星狼的骑手大型哥布林无法和狼族一起行动。他们只能在能

## 第七章
鸠拉森林大同盟

屏息的短暂时间内和搭档一起"潜影移动",所以只好留下来。

不知道这问题能不能通过练习解决,如果可能的话,希望他们今后能和搭档共同行动。

我让无法和搭档一起去的大型哥布林帮我给半兽人整队。

我可不想自己在忙碌,而那些家伙却在一边玩耍。

就这样,最大的难题——食物问题也顺利解决了。

\*

十天后……

命名工程终于完成,我也筋疲力尽。

数字在我的脑中飞转。好累。

不过,我沉浸在完成这项浩大工程的满足感之中。

这可是十五万人,光是数字就够让人头疼的了。

这时,粮食的分发也结束了。

每人五十颗。如果没了就要饿肚子,所以每个人都小心翼翼地保存着。

命名之后,猪头族(半兽人)进化成了猪人族(高等半兽人)。他们这次进化依靠的不是我的魔力,所以我们之间不是支配和被支配的关系。

他们纯粹是自愿加入同盟,主动提出帮助我们。

他们之前的实力接近 $C^+$,但现在已经降到了 C 级,却依然比他们原来的 D 级高。

而且他们的智慧有所提升,得到的属性也保留了下来。可以说,他们已经进化为适应力很强的种族,能够应对任何状况。

他们向我道谢之后,便分散到各地安身了。我为每个大部族配

315

备十名哥布林骑兵陪同。

这些骑兵会为他们查看安居之处并援助他们搭帐篷，同时为他们提供技术指导，帮助他们建立村庄。

虽然前路坎坷，但我相信他们总有一天会安顿下来，生活也会越来越好。

托蕾妮会提前通告他们新居住地附近的其他种族。她似乎也会用魔法移动，一转眼就通知完了。

据说没人公开对森林管理者发出的通告表示不满，所以应该不会有大问题。我们选的地方周边没有智慧种族居住，大约不会有事。

就这样，高等半兽人启程前往各自的移居地。


不过，事情还没结束。

我把目光投向留到最后的那些人。

猪头将军一伙人说他们一定要留下来为我效力。

虽然有些头疼，但我决定接受。

仔细想想，我的小镇确实也需要劳动力。我们建造小镇的人手不足，而且他们的人数也不多，不至于会让我们有食物方面的压力。

于是，我便一口答应了他们。

他们穿着漆黑的全身钢铠，一共约两千人。他们是猪头亲卫队（Orc elite）的幸存者。因为他们体力较为充沛，所以留到了最后。

既然要跟我们走，那他们也就没有分到地形系列的数字姓名。

那该起什么名字呢……

他们的妖气是黄色，于是我决定用颜色加数字。

我简单地用"解析鉴定"（现在我和朱菜一样，只要看一眼就能做出一定程度的判断）看了看猪头亲卫队，并指示他们排好队。

## 第七章
鸠拉森林大同盟

不分男女,我按照强弱排序给他们分派数字。

这一刻,黄色军团(Yellow Numbers)诞生了。

排在最后一个的是猪头将军。我有预感这家伙会吸收我的魔素。

"我希望你继承猪头魔王克鲁特的遗志,你的名字是'克鲁特'!!"

"是!!"

四目相对,接着他的眼中流下了热泪。

我完成命名的一瞬间,猪头将军的身体笼罩在黄色的妖气(Aura)中,他开始进化了。与此同时,我被夺去了大量魔素。

终究还是无法避免吗?

和之前一样,我又陷入了不活跃状态(睡眠模式)。

我选错了道路。不过,我已经满足了。我在临终前释怀了。

克鲁特大人,我……我将继承您的意志与名字。请您放心。

嗯。你也别再烦恼了。不会有人怪你没能谏诤我父亲。正因为当时能活下来,才会有后来的我。而且你的罪孽也已经消失了。

是。我会保护替我们背负一切罪孽的那位大人,一定不负这个名字。

嗯……交给你了。

我这次终究还是流失了大量的魔素,也陷入了深度睡眠。

根据消耗魔素的多寡,我意识的清醒程度似乎也不同。

我感觉自己好像做了个奇怪的梦,但已经不记得内容了。这倒是有点可惜,我现在不需要睡眠,所以难得做一次梦。既然不记得,那就算了吧。

我起来之后一看，果然又是这样。

约两千名半兽人都进化为高等半兽人，而且全员都保持 $C^+$ 的等级。估计是因为他们比分散至各方的那些人更强吧。

至于克鲁特——

"我的忠诚属于您！！"

我刚起来，他就跪下来表忠心。

他似乎是个死板的家伙，不过这话就留在我心里吧。

另外，说到进化的情况……

克鲁特竟然进化成了和猪头帝同级别的猪人王（Orc King）。

嗯。我就知道会是这样。

虽然没有那种异样的感觉，但他们的实力相差无几。

而且他还获得了专属技能"美食者"。这项技能拥有"胃""受容""供给"等效果。他的"受容"和"供给"只对同族有效，但他的两千名下能够共享这一个"胃"。

那岂不是可以把物资运送到很远的地方去？这技能也太扯了吧？何止是后勤，这彻底颠覆了物流的常识。限制他们运输的不是重量，是体积。他们的存储量和我差不多，但无法搬运过大的东西，顶多只能搬运和自己体格差不多的东西。他们最多只能搬运能塞进铠甲的东西。顺带一提，我的"胃"没有这个限制。

好在他没有保留着能让他人啃食同族尸体的技能，也许是因为现在已经没必要这么做了。技能会受所有者内心的影响。

他的魔素量（能量）也增加了不少，现在和红丸一样是 A 级。

就这样，曾为猪头将军的半兽人蜕变为兼具理性与威严的魔人。如果魔王克鲁特没有发狂的话，应该就是这个样子。

多了强大的部下固然值得高兴，但他屈居在我手下真的没问

## 第七章
鸠拉森林大同盟

题吗？

由于这份担心，我明确地告诉他我不会发工资。不过，克鲁特依然带着温和的笑容说那不是问题，根本不把这当回事。

既然他本人说没问题，那应该就没问题。至少他的衣食住能得到保障。

如果以后他要独立的话，也不是坏事。

虽然克鲁特看上去似乎没这个想法。

总之，轰轰烈烈的命名工作就这样结束了。

回去前，我要先去问候蜥蜴人首领。

"首领阁下，我这次太过匆忙，礼数不周，请多包涵，今后还请多关照。"

"利姆鲁大人千万别这么说！这称呼太死板，还是免了吧。我反而会紧张的。"

听到我的问候，首领紧张得不得了。

话说回来，魔物似乎可以通过微妙的意识波来识别个体，但我掌握不了那么高超的技巧。没有名字实在太不方便了。

"就算你这么说……对了，听说首领是加维鲁的父亲，要不我给你起个名字叫'阿毕尔'怎么样？"

我一不留神说出了心里的话，老毛病又犯了。

"你说什么？"

首领看上去既惊愕又欣喜。

就这样，我在问候的时候顺便给蜥蜴人的首领命了名。

我没有给全部蜥蜴人命名，因为这是首领的事。作为命名战士的荣誉，今后名字在蜥蜴人中应该会渐渐普及。

那之后蜥蜴人中出现了龙人族（Dragonewt），但当时我还不知道。

这样一来，所有问题都解决了。

虽然只有不到三周的时间，但我感觉自己经历了一场漫长的战争。

只有我是真的打了一场持久战，死亡行军般的加班实在太艰辛了，赶紧回去放松一下吧。

至此，森林的骚乱终于平息了。

●

加维鲁被押到父亲阿毕尔面前。

在战斗结束的同时，加维鲁也被关进牢狱。

只在早晚有人送入饭菜，没人和他说过一句话。这样的生活持续了两周。

加维鲁发动谋反是事实，所以抱怨也没用。虽然他是出于好心，但却差点导致蜥蜴人被灭族。

加维鲁知道这一切都是自己的责任。

他现在没机会辩解，也没打算辩解。加维鲁认为自己会被判死刑，也没有任何不满。

不过，他一闭上眼睛就会想起那件事——他遭到了格鲁米德的背叛。但还有一件更具有冲击性的事，使得被深信至今的人背叛都成了无关紧要的琐事。

## 第七章
鸠拉森林大同盟

一个魔人以人类的模样完胜格鲁米德,并向魔王发起挑战。

他至今仍忘不了那长发飘飘、楚楚可怜的魔人的背影。

看到他站出来保护自己,加维鲁被感动了,被格鲁米德背叛的悲伤与不甘也被一扫而空。加维鲁心中只剩下近似崇拜的感情。但最让他震惊的是,那个魔人变成了史莱姆。

那个魔人就是加维鲁眼中下等的史莱姆。

加维鲁曾把他当成下等魔物。

说起来这想法也没错,但也不正确。

那只史莱姆是特别的。他远不止"特殊(特异)"或"持名(Named)"那么简单,是更加特殊的魔物。

如果可能的话,加维鲁想最后问他一句:你为什么要救我?

加维鲁被骗了,而且毫无价值,那个名叫利姆鲁的魔物应该没理由救自己。

自己如此愚蠢,他没理由出手相救……

在这两周里,加维鲁一直在想那件事。


加维鲁站在首领面前。

加维鲁在沉重的气氛中缓缓抬起头。

他眼中是父亲岿然不动的身影。

父亲身上朝气蓬勃的脉动展现出强大的力量,加维鲁看得目瞪口呆。

父亲身上散发出如此强大的力量,加维鲁现在可不敢仗着自己有名字就和他顶嘴……加维鲁怀疑自己看花了眼,深深的悔意涌上心头。

父亲比记忆中更强大了一些……不,加维鲁可以肯定这不是错觉。他径直看着站在自己眼前的父亲，两人对视着。

威严的父亲眼中不带一丝感情。

（啊——我果然是死罪吗……）

父亲是个冷静透彻的领导者，看到他的眼睛，加维鲁明白了：领导者决不能示弱，必须遵守规矩以儆效尤。

加维鲁不恨父亲。因为这是法令，不容侵犯。

加维鲁下定决心要接受制裁，不再多说。

首领开口了："现在宣布判决！加维鲁，我要将你放逐。你以后不得再自称蜥蜴人，而且也不能再回这里。你走吧！！"

什……么？

加维鲁被父亲的亲卫队架到洞窟外。

他们把加维鲁留在外面。

加维鲁还没回过神来，有人说了一句："这是你落下的，带上东西走吧！"然后把一个东西扔了过去。

有个穿过包裹的细长物件和行囊绑在一起。

加维鲁一拿起那东西就明白了。这重量他很熟悉，是蜥蜴人的宝物魔法武器——水涡枪。

加维鲁泪流满面地看着父亲想说点什么。

可是加维鲁说不出话，因为他已经被放逐了。

他百感交集，向父亲行了一个礼。

加维鲁，只要有我"阿毕尔"在，蜥蜴人就能安居乐业。你就去走你自己的路吧，但不能半途而废。你一定要铭记于心——

加维鲁低下头时感觉好像听到了父亲弱得几乎听不到的声音。

是！！我一定会成为出色的战士得到您的认可。在那位大人的身边——

# 第七章
## 鸠拉森林大同盟

加维鲁在心里暗下决心，接着便转过身迈开脚步。

加维鲁头也不回地离开了。

尽管心中有些不安，但他已毅然决定了自己的道路。

加维鲁刚走不久就被一伙人拦住了。

"加维鲁大人，请等一下！"

他们是加维鲁的百名下属。

"你……你们在干什么？你们不知道我被放逐了吗？"

"这不重要。我们是加维鲁大人的部下，加维鲁大人被放逐等于我们也被放逐。"

"是啊是啊！！"

下属们相视而笑对加维鲁说道。

加维鲁心想，这真是一群笨蛋。

加维鲁强忍着眼中的眼泪。

这时候可不能哭。

加维鲁带着和父亲一样的威严豪爽地笑了。

"真拿你们没办法！好吧。你们跟我来！！"

就这样，加维鲁带着同伴一起离开了。

和之前不同，现在他的脚步中带着满满的自信。

加维鲁等人和利姆鲁会合是一个月之后的事。

终章

安居之所

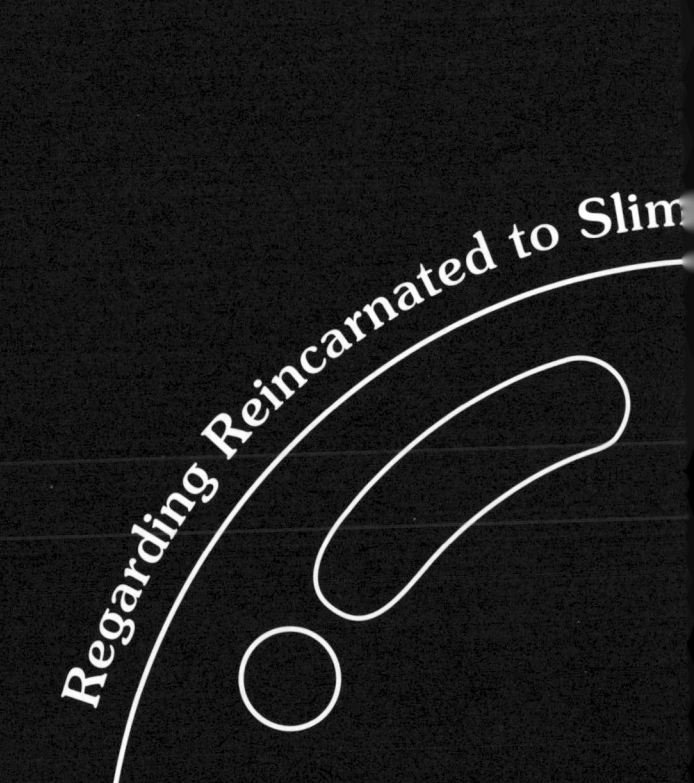

Regarding Reincarnated to Slim

## 终章
### 安居之所

我放松地待在自己的房间里。

安排好一切回来到现在经过了三个多月,那之后又发生了很多事。

现在,我回想着那次的骚乱。

\*

问候完蜥蜴人族的首领阿毕尔之后,我用"潜影移动"先回到了小镇,这也是个练习的机会。这项能力实在方便,移动速度比我预想的要快。

看到我回来,众人高兴地围了上来,于是我先告诉他们其他人也都平安无事。接着,我再向为我们担心的人细说事情的来龙去脉。

得知小镇的居民将会增加后,众人急忙开始工作。他们心中的不安一扫而光,每个人都干劲十足。第一步是为即将到来的伙伴们准备床铺。

众人都没有不满,整个小镇开始迎接新的伙伴。

这时候,红丸等人回来了。护送猪人族的狼鬼兵部队也陆续回到小镇。

他们回到各自的岗位上回归日常生活。

小镇的建设很快,越来越像样了。

高等半兽人们不到一个月就到了这里,在矮人和子鬼族(哥布林)的指导下,他们很快就进入了工作状态。

凯金说过："经过训练，他们的技术应该不亚于矮人工程兵。"

有了劳动力之后，小镇终于有人手可以投入到一直搁置的项目中了。小镇的建设热火朝天。

同时，物资的搬运也在有序地进行。

我们拆下淘汰的帐篷，送往猪头族各部落。

分散在各地的狼鬼兵部队的指导似乎很到位，半兽人们开始在移居地扎根。他们往返于移居地和小镇之间，与我们保持着联系，并协助我们搬运物资。

小镇渐渐成了各村庄间流通特产的中心。

他们现在就和远古时期的人类一样进行物物交换，但他们自己能够想到这一点倒是非常不错。

虽然他们还没发展到进行大规模农耕的阶段，但应该能够慢慢在新的土地上扎根。

现在农作物的种类非常少，但我们已经培育出了较为顽强的芋头。这种芋头在极端环境中也能栽培，而且营养价值也不低。虽然贫苦，却也算能维生。

我们之后慢慢给他们分发种苗，并指导他们栽培。

也许他们从后年开始就能在一定程度上实现自给自足了，真让人期待。

帐篷和种苗的搬运就要克鲁特出场了。

专属技能"美食者"的"胃"可以用来搬运小件物资。这哪里是搬运，简直就是传送，与高等半兽人的移居地的运输途径就这样确立了。

虽说有诸多限制，但用这项能力搬东西相当于转个身就完成了。

而克鲁特本人则负责搬运"胃"无法传送的大型物资。他主动

## 终章
### 安居之所

提出把拆解后的帐篷和资材等放进"胃"中，配送至各地。

星狼族主动承担了这项搬运工作。他们使用"潜影移动"辗转于各地。克鲁特看上了这一点，开始练习屏息以配合"潜影移动"。

经过勤恳的练习，克鲁特成了承受住了"潜影移动"的第一人。尽管他自己不会这项技能，但可以搭星狼的便车。

这样一来，速度就快多了。

毕竟徒步将物资送往山岳地带需要耗费好几个月。由于只要一天时间就能往返一趟，所以我们成功搭建了各村庄之间的联络网。

克鲁特就像一个邮递员。

我们在木板上写下一些内容，给各村庄传阅，就像传阅板一样。

魔物们都不会写字，所以采用口头传话，但这有点可怕……看来今后有必要考虑一个类似文字的传达手段。各村庄间的距离太远，"思维传递"也用不了。

这是今后的课题。

各村庄间的联络稳定之后，生活也随之开始安定下来。

就这样，时间不断流逝。

我们正忙碌时，其他哥布林族携家带口地来了。

我干脆也给这些家伙命名吧。

"不藐视其他种族"可是我自己说的，所以必须要负起这个责任。如果我接纳他们的话，他们过低的实力可能会成为被歧视的原因。

他们的皮肤是绿色，所以我决定用绿色加数字来分配名字。

不过，这接连不断的命名……

也许这才是格鲁米德那个"死者之行进"姗姗来迟的真正效果。说不定，他是个可怕的家伙。

这个想法在我脑中一闪而过。

顺带一提，现在这些哥布林就是后来的绿色军团（Green Numbers）。他们和由高等半兽人组成的黄色军团成了我麾下的主力双雄，不过我此时还不知道会发生这个情况。

为他们命完名后，我只剩一口气了，这时小镇里的每一个魔物都有了自己的房子。

我让那些哥布林一起住在宿舍一样的建筑物里，这应该比住在帐篷里强。

排水系统也已经事先准备好了，但现在还没有余力去安装排水。各地都设有按压式水井，这座小镇看上去很有文化气息。

冲水式厕所也是一大亮点。

虽然需要手动打水为厕所中的水桶补水，不过魔物的力气都不小，这只是小问题。

也有魔物不需要排泄，比如我。

但小镇各处的气味问题没有商量的余地。这一点我决不能让步，所以必须做好。

现在还有很多方面没有做出成果，我要让这座小镇越来越繁荣。

\*

就这样，我们的小镇匆匆成型了。

现在有一万多慕名而来的魔物在这里生活，而且居民们正齐心协力将这里建得越来越好。

这里是我们的安居之所。

魔物的小镇终于建成了。

# 现　状

## 克鲁特
Gerudo

| | |
|---|---|
| 种族<br>Race | (Orc Disaster)<br>猪头魔王 |
| 加护<br>Protection | 魔王之种 |
| 称号<br>Title | 微不足道的魔王 |
| 魔法<br>Magic | 恢复魔法 |
| 专属技能<br>Unique Skill | 饥饿者 |
| 高阶技能<br>Extra Skill | 魔力感知　外装同化　刚力 |
| 通用技能<br>Common Skill | 威压　强化　鱼鳞装甲　自我再生 |
| 耐性<br>Tolerance | 火焰攻击耐性　电流耐性　物理攻击耐性　麻痹耐性 |

## 现状

# 利姆鲁·
# 特恩佩斯特
Rimuru Tempest

**种族** / Race ——— 史莱姆（可化为人形）

**加护** / Protection ——— 暴风纹章

**称号** / Title ——— 魔物统帅

**魔法** / Magic ——— 元素魔法——水冰大魔枪（Icicle Lance）

**专属技能** / Unique Skill ——— 大贤者 | 变异者 | 捕食者

**高阶技能** / Extra Skill ——— 声波感知 | 潜影移动 | 黑雷 | 黑炎 | 刚力 | 肉体强化 | 多重结界 | 超嗅觉 | 超速再生 | 热源感知 | 粘钢丝 | 万能变化 | 操纵分子 | 分身 | 魔力感知

**通用技能** / Common Skill ——— 威压 | 思维传递 | 全身装甲 | 毒雾吐息 | 麻痹吐息

**耐性** / Tolerance ——— 痛觉无效 | 温变无效 | 腐蚀无效 | 电流耐性 | 物理攻击耐性 | 麻痹耐性

**拟态** / Mimicry ——— 炎巨人 | 黑狼 | 黑蛇 | 蜈蚣 | 蜘蛛 | 蝙蝠 | 蜥蜴 | 子鬼 | 猪头

## 后记

好久不见，或是初次见面，我是伏濑。

这次也要写后记，后记很让人头疼。

我喜欢先读后记再看书，有时也会单凭后记内容决定是否买书。

这么说也不准确，其实我极少因为后记而决定不买某书，不过有好几次，我在看了后记之后立即决定把书买下来……

所以，虽然这是我第二次写后记，但我依然很紧张。

本书是本系列的第二卷，实体版较网络版做出了一些修改，并拓展了其中描写不足的部分。

本来这次也计划加入番外篇，不过增写的内容过多，如果再加入番外篇，页数会超标，所以我在增写时放弃了这个念头。

本书的大体剧情沿袭了网络版，但故事的展开有所不同，不知道你们是否喜欢？

我最开心的是，能让看过网络版的读者看到更深刻的故事。

网络版《史莱姆创世记》顺利完结了。

我计划写本系列的番外篇和外传，但这事还没提上日程……

我的下一个目标是写完实体版，还请广大读者今后多多支持！